結婚詐欺じゃありません！

桜 朱理

Syuri Sakura

EB
エタニティ文庫

目次

結婚詐欺じゃありません！

1　結婚詐欺《さぎ》じゃありません！

「結婚詐欺《さぎ》で訴えられたくなかったら、責任を取ってもらおうか？」

酒の席での失敗は色々あるけど、いくらなんでもこれはないだろう。

今までの人生でお目にかかったこともないほど綺麗な顔をした男が、婚姻届を郁乃《いくの》の前に突きつける。

見慣れた自分の文字で記入されたピンクの婚姻届。ご丁寧に郁乃の実印まで押されている。

全く身に覚えのない婚姻届を目の前に、郁乃は結婚詐欺《さぎ》で訴えられそうという訳のわからない人生のピンチに陥《おちい》っていた――


ちらほらと桜の開花宣言が聞こえてきた三月。日没の時間も徐々に遅くなってきている夕方の六時半、残照《ざんしょう》を残して陽は完全にビル街の向こうに沈んでいた。

閉店時刻が迫り、中西《なかにし》郁乃は店頭に出している花を店の中にしまおうと外に出た。途端に春の暖かさを孕《はら》んだ風が頬を撫でていって、思わず顔が綻《ほころ》んだ。

——春が近いなー。

寒《かん》の戻りで気温が下がることもあるが、春の足音がすぐそこまで聞こえてきているのを感じた。それだけで不思議と心が弾んでくる。

鼻歌でも歌いたい気持ちで、郁乃は「よっこいしょ」と自分でもおばさんくさいと思うかけ声で、大きめの鉢植えを持ち上げた。

花屋の仕事は見た目の華やかさに比べて、かなりの重労働だ。朝も早いし、水仕事のせいで手荒れもする。けれど高校生の頃から十年以上、『フラワー藤岡《ふじおか》』で働いている郁乃にとっては慣れた作業だった。

「よっと！　これで終わりかな？」

最後のバケツをフラワーキーパーの中に入れた郁乃は、さすがに重怠《だる》くなった腰を叩きながら、外に出て点検する。全部片付けたことを確認し、店内に戻ろうとしたとき——

「あ！　郁ちゃん！　もう店じまい？」

聞き馴染《なじ》んだ声に呼び止められた。

振り返れば、向かいの喫茶店『花水木の夢』のドアから、店主の向井佳代《むかいかよ》が焦った様子で顔を出している。年齢不詳な和服美人である彼女は、この朝日《あさひ》商店街の不動のアイドルだ。

彼女が花水木の夢のマスターと結婚したときは、商店街中の男がマスターを襲撃しようとしたという、嘘か本当かわからない伝説まで持っている。

着物の衿《えり》から覗《のぞ》く白いうなじは、女の郁乃ですらドキリとするほどに艶《つや》めいていた。

「佳代さん？　どうしたの？」

佳代の店には定期的に店内に飾る花を納めている。今朝届けた花に何か問題があったのかと首を傾《かし》げる郁乃に、店から出てきた佳代が肩を竦《すく》めた。

「いやー明日、お義父《とう》さんの月命日でお寺さんが来るの忘れてたのよー。仏前用のお花が欲しくて、間に合う？」

「あぁ、そういうこと。レジはまだ締めてないから大丈夫だよ」

郁乃は笑顔で頷いて、店の中に取って返す。仏花用に束にしている菊を二つまとめてバケツから引き抜き、佳代を振り返る。

「佳代さん！　これでいい？」

「あ、いい！　いい！　ありがとう！　いくら？」

「二つ合わせて八百円」

「助かったわ！　今朝お義母《かあ》さんに頼まれてたのをすっかり忘れてたのよ。さっき、お寺さんから電話がきて思い出したの。焦ったわー」

佳代はホッとした様子で微笑むと着物の袂《たもと》から小銭入れを取り出し、中から千円札を差し出す。郁乃は、仏花を一旦作業台に置き、佳代からお金を受け取ってレジに打ち込んだ。

「佳代さん、はい。お釣り！　今、花を包むからちょっと待ってて」

郁乃は佳代に百円玉二枚とレシートを渡すと、花きり鋏《ばさみ》を手にする。

「わかった。ありがとう」

菊が長持ちするように水切りして、新聞紙でくるんでいれば、「あ、そういえば！」と佳代が何かを思い出したように目を輝かせた。

「ねえ！　聞いて！　郁ちゃん！」

嬉々《きき》として身を乗り出してきた佳代に、郁乃はまたかと身構える。

「なんですか？」

その表情だけで先の言葉は簡単に想像がついたが、一応質問してみる。

「さっきうちの店に、ものすごいイケメンが来たのよ！　一時間くらい前なんだけど、郁ちゃんも見た？　あれは登《のぼる》さんと肩を並べるくらいのイケメンだったわ!!　ニット帽を深く被ってサングラスしてたから、ちゃんと顔を見られなかったけど、あれは絶対にイケメン!!」

それでどうしてそんなに自信満々に判断できるのか、郁乃にはわからない。

けれど、ことイケメンに関する佳代の察知力は並外れているから、きっと本当に男前だったのだろう。

――本当、佳代さん、好きだよねー。

「八頭身で手足がすらって長くて、スタイル抜群だった！　背中の筋肉が綺麗で、あれはしっかり体幹とか鍛《きた》えてると思うの！」

キラキラと目を輝かせ、滔々《とうとう》とイケメンについて語る佳代に郁乃は生ぬるい眼差《まなざ》しを向ける。

自分の旦那様の登が世界で一番カッコいいと言って憚《はばか》らない佳代だが、その反面、趣味はイケメン観賞だと公言している。郁乃の母が生きていた頃は、これまたイケメン好きな母と二人できゃーきゃー騒いでいたものだ。

佳代は郁乃の亡くなった母・早苗《さなえ》の高校の先輩だ。年齢的には五十代半ばを過ぎているはずなのに、見た目だけで言えば三十代半ばにしか見えない。今年二十八歳の郁乃と姉妹に間違われることもあるくらいだ。

常々、いい男を眺めて心をときめかせるのが若さの秘訣と言っているだけのことはある。

しかし、正直郁乃はその手のことにほとんど興味がない。だから、佳代がイケメンを見つけたと騒ぐたび、またかと相槌《あいづち》が適当になってしまうのは仕方ないことだった。

「郁ちゃん！　聞いてる!?」

「ハイハイ。聞いてます！　一時間前でしょ？　里谷《さとや》のおばちゃんのとこにお花届けに行ってたから見てないわー」

「もう！　絶対に聞いてなかったでしょ！」

適当に聞き流していたのがバレたのか、佳代が作業台にバンッと手を突いた。

「どうしてそんなに枯れちゃってるのよ！　郁ちゃんまだ二十八歳でしょ！　これから花も実もなる年頃なのに、つぼみのまま枯れる気!?」

——そんなこと言われてもな……

佳代に睨《にら》みつけられて、郁乃は首を竦《すく》める。

「枯れているつもりはないけど、興味がないいんだもん。佳代さんだって知ってるでしょ？」

そろりと言い訳ともつかない反論を試《こころ》みる。けれど、それがよくなかったのだろう。

佳代の目がくわっと大きく見開かれた。

「いつまでそんなことを言っているのよ！　私は郁ちゃんの将来が心配なのよ！　このままじゃ、あなた、恋愛も結婚もしないおひとりさまで干物まっしぐらになりそうなんだもの！　絶対に子どもを産め！　とまでは言わないけど、生涯をともに出来る人くらい見つけなさい!!　私は死んだ早苗にあなたの幸せを見届けるって誓ったのよ!!」

「干物って……」

――そんな大げさな……そこまでひどくないと思うんだけどなあー。

郁乃は佳代に気付かれないように、ため息をつく。

佳代の心配が的外《まと》れなものではないという自覚は、一応ある。

中西郁乃。今年二十八歳。年齢と同じだけ彼氏いない歴を更新中。だけど、恋愛もイケメンも興味は一切なし。ついでに言えば、ファッションやお洒落《しゃれ》についても同様だ。

肩先の長さの髪は、シュシュで適当に一つにまとめている。夏に日焼け止めを塗る以外は、ほぼノーメイク。仕事柄、服は動きやすいジーンズとシャツばかり。清潔感は保っているが、お洒落《しゃれ》や可愛らしさとは無縁の格好だ。

今の楽しみといえば、仕事帰りに居酒屋で夕食を兼ねての一杯だというのだから、女らしさの欠片《かけら》もないなと自分でも思う。

佳代が郁乃を見て、干物と称するのも仕方ない状況だった。

けれど、こうなったのには郁乃なりに言い分というか、言い訳はある。

郁乃は四人姉弟《きょうだい》の長女として生まれた。下には二歳下の二卵性双生児の長男、次男、七歳下の三男がいる。商社マンだった父は、海外出張も多く忙しい人ではあったが、専業主婦の母を溺愛していた。

家の中はいつも笑い声が絶《た》えず、とても賑《にぎ》やかだった。

そんな生活が一変したのは、郁乃が中学三年生のときだ。

母が交通事故で亡くなった――

最愛の人の死に、父は一時的に入院するほどの強いショックを受けた。退院後、父は、母のいない家に帰って来なかった。母の喪失から逃げるように、父は勝手に海外への単身赴任を決めてしまい、中西家には子どもたちだけが残された。

郁乃は不在の父に代わって、やんちゃ盛りの弟三人の面倒を見なければならなくなった。

母の死をきっかけに、三人の弟たちも変わってしまった。それぞれの理由で、非常に手がかかったのだ。

長男・肇《はじめ》は喧嘩三昧《ざんまい》の不良。次男・紡《つむぐ》は優等生の引きこもり。三男・結人《ゆいと》は天才肌で、興味のあることに猪突猛進《ちょとつもうしん》、唐突に行方《ゆくえ》不明になる。次々に問題を引き起こす弟たちの世話に追われるうちに、郁乃の青春はあっという間に過ぎていった。

その弟たちも、ここ三年の間に結婚や就職、進学でみんな家を出ていった。

弟たちが自分の足で人生を歩き始めた途端、郁乃は安堵すると同時に気が抜けてしまった。

友人や周りの人たちが、一人になった郁乃を心配してくれているのは知っている。

『せめて恋人を作れ！　合コンしよう！』

『見合いをしない？』

折に触れては郁乃にそう声をかけてくる。

しかし、やっと弟たちから手が離れたばかりなのだ。郁乃にしてみれば、ようやく得た一人の時間だった。

周囲の助言も心配もわかるが、出来れば今は放っておいてほしいと思っている。

最低限、自分のことだけをすればよく、好きなときに酒を飲める今の状況を干物と言うなら、それでもいいと郁乃は思う。

「今日という今日は郁ちゃんの将来について、じっくり、ゆっくりと話をしましょう！」

イケメンの話から、何故か郁乃の将来の話にすり替わっている。拳《こぶし》を握って意気込む佳代に、今日はどうやって宥《なだ》めようかと郁乃が思っていると、「ただいま」と店長の藤岡泰介《たいすけ》が店に帰って来た。

熊のように大柄で、強面《こわもて》の店長の登場に、郁乃はホッとする。

藤岡は、雇い主兼年上の幼馴染《おさななじみ》だ。八歳年上で、中西家の事情もよく知っている。肇が一番荒れていた時期には、体を張って諫《いさ》めてくれもした。郁乃にとって、頼りになる兄貴分だった。

一八〇センチ以上の長身で、学生時代にラグビーで鍛《きた》えたがっしりとした体型。三白眼のせいで、初対面の人には目つきの悪い強面《こわもて》と思われがちだが、その性格はとても温厚だ。

大学卒業後は地元で三代続いた花屋を継いだ。その厳《いか》つい見た目に反して、繊細《せんさい》で美しいフラワーアレンジメントを作り出す彼には、大手ホテルのロビーの装花やテレビ局のスタジオ装飾などの依頼も多い。本人は職人気質で、メディアなどで大きく取り上げられることを嫌がっているが、いくつかの有名なコンテストで優勝や入賞の経歴を持つ、新進気鋭のフラワーコーディネーターだった。

「泰《たい》兄！　おかえりなさい！」

「おう！　郁乃！　店番、すまなかったな！　レジを締めたら上がっていいぞ！」

郁乃の呼びかけに、藤岡が目元を緩《ゆる》める。途端にその厳《いか》つい顔が優しくなった。だが、佳代を見た途端、その表情がわずかに曇った。

「佳代さん？　今朝の花に何か問題でもあったのか？」

藤岡の問いかけに、佳代は「違う！　違う！」と顔の前で手を振った。

「泰介君！　おかえり！　お義父《とう》さんの月命日のお花を買い忘れていたのよ」

郁乃が手にした菊と佳代の顔を見比べて、藤岡が納得したように頷いた。

「はい！　佳代さん！　お待たせしました！」

藤岡の登場で話題が逸《そ》れたことをこれ幸いと、郁乃は佳代の手に菊を押し付ける。

「あ、郁ちゃん！　話はまだ終わってないわよ！」

「その話は今度、改めて聞くよ！　うちも店じまいだし、佳代さんのところもでしょう？　登さんが待ってるよ！」

作業台から離れた郁乃は佳代の背中を押して、店の外に促《うなが》す。

郁乃の言葉に閉店時刻を思い出した佳代が、「もう！」と唇を尖《とが》らせる。

「今日のところは帰るけど、次こそ絶対にちゃんと話を聞いてよ‼」

「はい、はーい！　わかったから！　佳代さんの気持ちはありがたいと思ってるよ！」

ぷりぷりと怒った様子で、彼女は向かいの自分の店に戻っていった。

その姿を見て、やれやれと安堵の息を吐く。花屋の店内に戻ると、二人のやり取りを見守っていた藤岡が苦笑していた。

「お前も苦労するな、郁乃」

藤岡の言葉に、郁乃は軽く肩を竦《すく》めてみせた。

中途半端になっていた閉店準備を続けるためにレジに歩み寄ると、藤岡の大きな手が伸びてくる。ぽんぽんと労《いた》わるように優しく頭に手を置かれて、郁乃の体からふっと力が抜けるのを感じた。

それで、自分が佳代とのやり取りに、案外ストレスを感じていたことに気付かされる。

別に恋愛をしないと決めているわけではないし、結婚したくないとも思っていない。

でも、今はまだ、もう少しだけ自由でいたいのだ。

——それはわがままなことなのかな？

考えが顔に出ていたのか、藤岡が郁乃の前髪をやや乱暴な仕草で乱す。

「佳代さんもお前のことが心配で仕方ないんだよ。あんまり邪険にしてやるな」

幼馴染《おさななじみ》の諭すような声音《こわね》に、郁乃は思わず視線を落とした。

「わかってる」

零《こぼ》れた呟きは、どこか拗《す》ねているように響いて、郁乃は落ち込みそうになる。

「それならいい。レジを締めたら今日はもう上がっていいぞ。明日はいつも通りに頼む」

「はい」

藤岡がもう一度、郁乃の前髪を乱して、事務所に入っていった。

藤岡の大きな背中を見送りながら、郁乃は乱れた前髪を直す。

最近、周りが色々とお見合いや合コンを勧めてくるせいか、神経が過敏になっているらしい。

——干物は干物で今の生活に満足しているんだけどなー。

郁乃は一つ大きなため息を吐く。

——よし！　今日は帰りに、大吉《だいきち》で出汁《だし》まきたまごでも食べよう！

ここ数年、すっかり行きつけになっている居酒屋の大好きなメニューを思い浮かべて、郁乃は気持ちを切り替える。

それが自分の人生を一変させることになるとは、このときの郁乃はまだ知らなかった――

「じゃあ、泰兄！　上がるねー！」

帰り支度を済ませた郁乃は、事務所で帳簿を付けている藤岡に声をかけた。

パソコンに向かっていた藤岡が、郁乃を振り返る。

「ああ、お疲れ。気を付けて帰れよ」

「うん」

「大吉に寄って行くのか？　あんまり飲み過ぎるなよ？」

過保護な幼馴染《おさななじみ》の言葉に、郁乃は首を竦《すく》める。すっかりこのあとの行動を見透《みす》かされている。

「はーい。気を付ける。じゃあ、お先に！」

手をひらひらと振る郁乃に、藤岡が呆れたように笑った。

郁乃の心がもうすでに、今晩の夕食メニューに飛んでいることに気付いているのだろう。

空に星が瞬《またた》いているのを見て、郁乃は大きく息を吸い込む。春の暖かい空気が肺を満たした。心がうきうきと弾みだす。

仕事終わりに好きな酒を飲み美味《おい》しいご飯を食べることの至福。

自分でも単純だと思うが、今日は何を食べようかと考えるだけで、疲れた心や体が軽くなった気がした。

「お、郁ちゃん！　上がりか？　これから大吉か？　俺もあとで顔出すってマスターに言っておいてくれ！」

「わかった！」

「郁乃ちゃん！　お疲れー。あんまり遅くまで飲んじゃだめよ！」

「はーい！　気を付ける！」

郁乃たちが暮らす町は、百メートルも歩けば知り合いが声をかけてくるような下町だ。

商店街の端にある居酒屋『大吉』に向かう間に、次々と顔見知りの店主や従業員たちが声をかけてきた。それらに笑顔で返事をする。

幼い頃からこの商店街に出入りしているせいか、皆が家族のように郁乃のことを見守ってくれていた。

いいことも悪いことも、三日もすれば近所の皆が知っている。そんな下町ならではの交流を、鬱陶《うっとう》しくも愛おしく思いながら郁乃は育った。

独り暮らしといっても、郁乃の生活はなかなかに賑《にぎ》やかで、寂しいと思う暇もないというのが実状だった。

近所の顔見知りに声をかけられながら道を進むこと五分。郁乃は目的地に辿《たど》り着く。

居酒屋『大吉』。

暖簾《のれん》と赤提灯《あかちょうちん》がぶら下がる古めかしい店構えは、常連以外はお断りといった雰囲気を醸《かも》し出しているが、郁乃は躊躇《ためら》いなく暖簾《のれん》をくぐる。

がらりと引き戸を開ければ、「らっしゃい！」と威勢のいい声に出迎えられた。

店の中に一歩足を踏み入れた郁乃は、何となく違和感を覚える。

——ん？　何か変？

カウンター十席、小上がりに四席のさして広くない店内は、常連客でほぼ埋まっている。いつも通りの光景のはずなのに、浮ついているというか、落ち着きがないというか、店の空気が違うように感じた。

顔見知りの常連たちが郁乃に気付いて、顔や手を上げて合図をくれる。だが、その顔には何故か戸惑いが浮かんでいた。そうして彼らは、居心地が悪そうにある一点を目で示す。

——ん？　何？

郁乃がその視線の先を追おうとした瞬間、「郁乃！　いつまでそんな所にぼさっと立ってるんだ！　邪魔だからさっさと中に入れ！」と大将に怒られた。

カウンターの内側で料理をしている大将の大吉は、今年喜寿《きじゅ》を迎えたはずだが、いつ来ても矍鑠《かくしゃく》としている。

郁乃は慌てて空《あ》いていたカウンターの片隅に座る。

「郁乃ちゃん。いらっしゃい。今日は何にする？」

すぐに女将《おかみ》の希子《きこ》さんが、ニコニコと笑いながら温かいおしぼりを開いて差し出してくれた。

綺麗な銀髪を上品に結い上げ、縦縞の着物に割烹着《かっぽうぎ》姿の希子は、佳代の母親だけあって、年齢を感じさせない美しさがあった。

郁乃はおしぼりを受け取って、手を拭《ふ》きながら今日のメニューに目を走らせる。

「うーんと、今日は出汁《だし》まきたまごと、たこと大根の煮物、アスパラの肉巻き、お新香三種盛！　あとお酒はいつもので！」

メニューを眺めて、今日の夕飯と、好きな日本酒を注文する。

「はいよ。出汁《だし》まきはちょっと時間かかるよ？」

「うん。わかってる」

「お酒は熱燗《あつかん》？　冷？　どうするの？」

「ぬる燗《かん》にできる？」

「できるよ。とりあえず、これでも食べてちょっと待っててちょうだい」

ニッコリと微笑んだ希子が、先付けの小鉢と割り箸《ばし》を渡してくれた。

先付けは希子ご自慢の揚げ出し豆腐だった。素揚げした茄子《なす》と豆腐に、熱々のかつお出汁《だし》がかけられている。小ねぎが散らされた小鉢は、とてもいい匂いがして、食欲をそそった。

揚げ出し豆腐に箸《はし》を入れると、さくりと音がした。口に入れると薄い皮にあつあつの出汁《だし》が染みていて、豆腐はほろりと柔らかに溶けた。

「ん――」

――美味《おい》しい!!

思わず顔が綻《ほころ》んだ。満面の笑みを浮かべて、揚げ出し豆腐を食べる郁乃を見やって、希子と大吉も表情を和《やわ》らげる。

「はい。お待たせ。たこと大根の煮物に、お新香の三種盛ね。ぬる燗《かん》一丁!」

「わー！　今日も美味《おい》しそう!!」

手渡された料理を見下ろして、郁乃の唇から歓声が上がる。

あめ色に輝く大根と赤く色づくたこは、ショウガのいい匂いと相まって、見ているだけで唾液が出てきた。

白菜とキュウリと茄子《なす》のお新香三種盛はつやつやとして、輪切りにされた唐辛子が色味を添えている。それに合わせて大好きな日本酒がやって来たのだ。

――ああ、もう本当に幸せ!!

仕事終わりのこの時間が、郁乃にとって至福だった。

美味《おい》しい料理と酒があれば、大概のことはどうでもよくなる。

「郁乃ちゃんは本当に美味《おい》しそうに食べてくれるから、作りがいがあるわー」

にこにことまるで孫でも見るような眼差《まなざ》しで、希子は郁乃を見守る。

目の前の料理に夢中な郁乃は、店に入ったときに感じた違和感について綺麗さっぱり忘れていた。

「大吉でご飯食べているときが、一日の中で一番幸せ！」

「郁乃ちゃんにそう言ってもらえているうちは、頑張らないとね」

お猪口《ちょこ》に日本酒を注《つ》ぎながら、希子が嬉し気に笑う。

「女将《おかみ》さん！　追加お願い！」

背後の小上がりの席の客から希子にお呼びがかかる。

「はーい！　今行きますよ！　じゃあ、郁乃ちゃん、追加があれば声をかけてちょうだい」

「うん。わかった」

希子が離れて一人になった郁乃は、「いただきます！」と改めて手を合わせて、たこと大根の煮物に箸《はし》を伸ばす。

たこは箸《はし》で裂けるほど柔らかかった。口に入れた瞬間、砂糖と醤油、ショウガのピリッとした甘じょっぱい風味が広がる。

あまりの美味《おい》しさに感嘆の吐息しか出てこなかった。

お猪口《ちょこ》に手を伸ばすと、温められた吟醸酒の甘い香りがほのかに香る。

一口含むと、さっぱりとした吟醸酒ならではの酸味が口の中に広がり、そのあとに癖のない甘味が残る。派手さはないが、優しい味に疲れた体と心が癒《いや》された。

もう郁乃の頬はだらしないほどに緩《ゆる》みっぱなしになる。

ほくほくの大根、酒、たこと順番に口に運んでいた郁乃は、ふと箸《はし》を止めた。

——ん？　何か視線を感じる。

大好きな料理と酒を堪能《たんのう》していた郁乃は、背後から自分に強烈な視線が向けられているのに気付いた。

顔見知りの常連客だろうかと、深く考えず後ろを振り返る。

視線の主は、店の一番奥の小上がりの席に座っていた。

自分を凝視する男と目が合った瞬間、郁乃は呆気に取られて、手にしていた箸《はし》を取り落としそうになる。それくらい、男は大吉の中で異彩を放っていた。

長い手足に、完璧な八頭身。座っていても男のスタイルがとても良いことがわかる。

Tシャツにジーンズというラフな格好なのに、男の場違いなまでの美貌が、この下町の居酒屋で浮き上がって見えた。

何故今まで、自分はこの強烈な男に気付かなかったのか、不思議で仕方ない。

年の頃は二十代の半ば。左右対称の絶妙なバランスで配置された顔立ち。多分、異国の血が入っているのだろう。日本人にしては白い肌に、すっと通った鼻筋。軽くウェーブのかかった栗色の髪を、無造作に後ろへ撫でつけている。

前髪の下から覗《のぞ》く瞳は、綺麗な榛色《はしばみ》だった。それは生命力に溢《あふ》れた輝きを放って、男を魅力的な存在にしていた。

その目が、何故かひたと自分に据《す》えられているのを見て、柄にもなくどきりとする。

絡《から》んだ視線が外せない。まるで男の眼差《まなざ》しに呪縛されたように、郁乃は動けなかった。

今さら顔を背《そむ》けるのも不自然すぎて、どうすればいいのかわからない。

けれど、次の瞬間、男の表情がふわりと綻《ほころ》んだ。

それまで、人を寄せ付けないような冷たさを漂《ただよ》わせていたのに、表情が和《やわ》らいだ途端に、雰囲気が一変する。

目じりに笑い皺《じわ》が出来て、人懐《なつ》っこい柔らかさが生まれた。

途端に郁乃の緊張が解けた。無意識に詰めていた息をそっと吐き出す。

そのとき、何故か郁乃は、男の笑顔に既視感を覚えて戸惑う。

――え？　どこかで会ったことある？　って、そんなことあるわけないじゃない！

こんなイケメン、いくら私でもさすがに忘れるはずない！

自分で自分に突っ込みを入れる。だが――

「郁乃」

男は、はっきりと郁乃の名前を呼んだ。

驚きに郁乃は目を瞠《みは》った。

そのまま男は自分の酒と料理を手に持って立ち上がると、カウンターにやって来た。空《あ》いていた郁乃の隣の席に皿を置いて座る。郁乃は男のその一連の行動を、ぽかんとして眺めていることしか出来なかった。

間近で見ても、男の美しさは変わらなかった。女の郁乃から見ても、羨《うらや》ましくなるほどきめの細《こま》かい肌。驚くくらい長い睫毛《まつげ》が、冷たく見える美貌に甘さを添えていた。

郁乃と向かい合う形でカウンターに座った男は、はにかむように微笑んで、「久しぶり」と声をかけてきた。

低く滑《なめ》らかな声は耳に心地よく、いい男は声まで素敵なんだなと思った。

「今日、久しぶりに日本に帰国したんだけど、まさかこんなにすぐ郁乃と会えるなんて思わなかった」

一瞬、新手のナンパかとも思ったが、人違いでもなんでもなく、確信を持って話しかけてくる男に郁乃は混乱する。

――待って！　本当にちょっと待って！　いつ、どこで会った⁉　全く覚えてないんだけど‼

自分のポンコツすぎる脳みそに、内心でだらだらと冷や汗をかく。

「郁乃？　どうかした？」

無言で固まる郁乃を男が心配そうに覗《のぞ》き込んでくる。近くなった距離に、鼓動が跳ねた。

「えーと。あの……」

「何？」

とりあえず口を開いてみるものの、何をどう問えばいいのかわからない。

――私たちどういう知り合いですか？

親しみを込めて微笑んでくれる男に、そんなことを聞く勇気はない。

「おお？　何だ？　その別嬪《べっぴん》な兄ちゃんは郁乃の知り合いだったのか？」

二人の様子を見守っていた顔見知りの一人が声をかけてきた。

「郁乃も隅に置けないねー。花屋とこんな色男の二人を手玉にとろうっていうのか？」

一人が声をかけてきたのをきっかけに、周囲の顔馴染《なじみ》たちが次々と揶揄《からか》ってきたので郁乃の焦りは募《つの》る。

「おい！　誰か今すぐフラワー藤岡まで走って、泰介呼んで来い！　郁乃が浮気しているって教えてやれ！」

「おお！　そうだな！　おい誰か!!」

「ちょっと！　やめてよ！　この人とは今日初めて会ったの!!　そして、泰兄とはそんな関係じゃないっつーの!!　何回言えばわかるのよ!!」

やいのやいのと飛び始めた野次《やじ》に、郁乃は立ち上がって、周囲にいるおっさんたちを大きな声で窘《たしな》めた。

ここの常連たちは、暴走して何をするかわかったもんじゃない。本当に藤岡を呼びに走り出しそうだ。

彼らは、勝手に郁乃と藤岡をくっつける会を結成していた。いくら二人がその気はないと言っても聞こうとしない。

佳代とは別の意味で厄介な連中に、郁乃は頭を抱《かか》えたくなる。

「初めて会った？」

郁乃と常連客たちがポンポンと言い合いをしている横で、男がぼそりと呟いた。

その声に、郁乃はハッとして振り返る。

いつの間にか、男の表情から笑みが消えていた。真顔になった男は、器用に右の眉だけを上げて郁乃を見ている。

顔が端整なだけに、表情が消えるとそれだけで迫力があった。

周囲の温度が二、三度下がったような気がする。それまで騒がしかった客たちも、男の纏《まと》う冷たい空気に気付いて、口を閉じた。

「覚えてないんだ？　俺のこと？」

声は穏やかなのに、剣呑《けんのん》な眼差《まなざ》しで問われて、郁乃は覚悟を決める。

「ごめんなさい。失礼だけど、私たちどこかで会ったことあるのかな？　君のこと思い出せないの」

「ふーん。そうか。覚えてないんだ。俺のこと」

郁乃の答えを確認した男はにこりと微笑んだ。その笑みは最初に郁乃へ話しかけてきたときとは全く違う、ひどく冷たいものだった。

男は、郁乃をはやし立てていた常連たちに視線を向けた。

「ねえ？　さっきから名前が出てくる泰兄って誰？　教えてくれない？」

にっこりと威圧感のある微笑みを向けられて、常連たちは全員ごくりと息を呑み込んだ。

蛇に睨《にら》まれた蛙《かえる》のように固まり、互いに顔色を窺《うかが》う。

しかし、いつまでも黙っていることも出来ず、一人が意を決した様子で口を開いた。

「泰兄っていうのは郁乃の幼馴染《おさななじみ》で、この商店街で花屋をやってる男だ。郁乃の雇い主でもある」

「ありがとう。もう一つ質問なんだけど、その泰兄っていう人、カッコいい？」

「いや、兄ちゃんに比べたら普通だ。むしろあいつは熊だな。昔ラグビーの選手だったから、体はがっちりしているし、髭面《ひげづら》だし。ただ、性格はものすごくいい」

男は常連の答えに面白くなさそうに相槌《あいづち》を打つと、ちらりと郁乃に視線を向けた。

「ふーん。そう。で、その人は郁乃の恋人なの？」

「郁乃は否定するけどな！　俺たち皆は、郁乃と藤岡の坊がくっつけばいいと思ってるんだよ！　幼馴染《おさななじみ》で気心も知れてる。花屋を一緒にやってる姿はどう見ても熟年夫婦だしな！」

「そうそう！　時々、目だけで会話してるし、ツーカーの仲だ！」

常連たちが再び勢いづく。しかし、同時に隣に座る男の空気がどんどん冷えていくのを郁乃は肌で感じていた。思わず自分の腕を擦《さす》る。

「ふーん。そういう相手がいながら、郁乃は俺を弄《もてあそ》んだんだ」

「はぁ？　弄《もてあそ》んだ⁉」

男の突拍子《とっぴょうし》もない言葉に郁乃は驚愕《きょうがく》する。それは郁乃だけではなかった。周りも唖然とする。

「へ？　郁乃が弄《もてあそ》んだ？」

「この別嬪《べっぴん》な兄ちゃんを？」

「ちょっと待って!!　弄《もてあそ》んだって何よそれ？　私が君を？　一体何の冗談よ？」

焦った郁乃は男に抗議する。

——いくらなんでもそれはない！　逆はありえるかもしれないが!!

「冗談なんかじゃない」

しかし、男は淡々とした様子で、郁乃の言葉を切って捨てた。

「そんなの誤解よ!!」

「何が誤解？　だって、郁乃は俺のことを覚えてないんだろう？　何がどう誤解なのか説明できるの？」

「そ、そうだけど！　でも!!」

改めて確認されてしまえば、記憶がない郁乃には不利だった。反論する勢いがそがれる。口ごもる郁乃に、男の目が眇《すが》められた。

「郁乃は俺の純情を弄《もてあそ》んで、ヤリ捨てたんだろう？」

「ヤ、ヤリ捨てって……っ」

告げられた言葉に、頭の中が真っ白になる。口をパクパクと動かして、郁乃は声を失った。

「郁乃お前……」

「こんな別嬪《べっぴん》な兄さんを弄《もてあそ》んだのか？」

「やるなー」

二人のやり取りを固唾《かたず》を呑んで見守っていた周囲の常連たちの、郁乃を見る目が変わっている。

「だから違うって!!」

「何が？　どう違うわけ？　郁乃は俺の言葉が嘘とは証明できないんだろう？」

「そうだけどっ」

焦って否定する郁乃を眺めて、にやりと笑った男が、カウンターに片肘をつく。その様子に、郁乃は寒気を感じた。

――何かすごく嫌な予感がする!!

「俺は証明できるよ？　郁乃が俺を弄《もてあそ》んだ証拠もあるしね？」

「しょ、証拠って何よ？」

自信満々な男の態度に、郁乃は怯《ひる》む。背中を冷たい汗が滑り落ちた。

「んー？　見せてもいいけど？　郁乃はどうするの？」

「どうするって？」

「俺が郁乃に弄《もてあそ》ばれたって証明できた場合、ちゃんと責任取ってくれるの？」

艶《あで》やかな流し目に、郁乃はごくりと息を呑む。胸が妙に騒いで仕方ない。

「責任って……」

先ほどから男の雰囲気に圧倒されて、郁乃は男の言葉をオウム返しのように繰り返してしまう。

「そう。ちゃんと責任取ってくれよな？　俺はそれだけのことを郁乃にされたんだから」

ゆったりとした動きで、男はジーンズのポケットから財布を取り出した。それを開いて中から折りたたんだ紙を引っ張り出す。

長いこと財布に入っていたのか、その紙は随分くたびれてよれよれになっていた。

男は宝物を扱うような手つきで、そっとその紙を開く。郁乃は、固唾《かたず》を呑んで男の動向を窺《うかが》った。

それは周囲も同様で、気付けば騒がしかった店内がしーんと静まり返っている。いつもは忙しく料理をしている大吉までその手を止め、女将《おかみ》の希子もそれを窘《たしな》めなかった。

開いた紙を見て、男の目元が柔らかく緩《ゆる》んだ。懐《なつ》かしそうに、愛おしいものを見るみたいに表情が和《やわ》らぐ。

――あれ？

そんな男の表情を眺める郁乃の記憶に、何かが掠《かす》めた。

『そんな素敵な夢があるなら追いかければいいじゃない。君なら掴めそうだよ。誰が反対しても私は応援する！　保証が欲しいっていうなら、その紙にサインしてあげる』

多分、どこかの店。淡い色をした間接照明に照らされていた場所。とてもいい気分で酔っ払った自分は、そこで誰かを励《はげ》ました気がした。

この記憶が何なのか。郁乃にはわからなかった。

夢と言われれば夢のような気もする、あやふやで曖昧《あいまい》な記憶。

——何？　何だっけ？　これ？

掴めそうで、掴めない。もどかしさに郁乃の眉間に皺《しわ》が寄った。

もう少しでその記憶を掴めそうだと郁乃が思ったとき、静かに男が立ち上がった。

男は背だけでいえば一八〇センチ以上ある藤岡よりも高いかもしれない。隣に立つ男を見上げながら郁乃はそんな場違いなことを考えていた。

「これが、俺が郁乃に弄《もてあそ》ばれた証拠だよ！」

一言一言歯切れよくそう言うと、男は勢いよく郁乃の眼前に証拠だという紙を突き付ける。

「ふぇ……？」

焦点が合わないほど近くに押し付けられたものに、郁乃の唇から間抜けな声が零《こぼ》れた。

視界が塞《ふさ》がれてはっきりと見えない。首を仰《の》け反《ぞ》らせると、なんとなくピンクの枠線が引かれた書類だというのが見て取れた。

――……ん？

郁乃は眼前の書類に、じっと目を凝《こ》らした。

紙の正体がわかった瞬間、郁乃は驚愕《きょうがく》する。

「……はぁあ？　婚姻届!?　ってこれ何!?」

絶叫した郁乃の言葉に、周囲がどよめいた。

凶器にもなるという噂の、某結婚情報雑誌の人気付録であるピンクの婚姻届。そこには、見慣れた自分の字で署名がされていた。ご丁寧に実印も押されている。

――何これ？　何これ――!!

郁乃の反応に満足したのか、男は勝ち誇ったように胸を張る。

郁乃は訳のわからない不安と恐怖にパニックに陥《おちい》った。

「これが何かわかったか？」

郁乃は頷くことしかできなかった。

何故こんなものが男の手にあるのかさっぱりわからない。

郁乃には全く身に覚えがなかった。

頭の中が真っ白で、思考が空転する。もう何が何だかわからなかった。

――待って。本当に待って!!　これどういうこと？　何で私、婚姻届なんかにサインしてるの!?

混乱する郁乃を見下ろして、男はすっと息を吸い込んだ。

そうして、店中に響き渡る声で宣言した。

「結婚詐欺《さぎ》で訴えられたくなかったら、責任を取ってもらおうか？」

再びずいっと男が郁乃に婚姻届を突き付けて、迫ってくる。

——こんなの責任なんて取れるわけないじゃない!!

全く身に覚えのない婚姻届を目の前に、結婚詐欺《さぎ》で訴えられそうという訳のわからない人生のピンチに、郁乃は頭を抱《かか》えたくなった。

2　どうしてこうなった？

——と、とりあえず落ち着こう。

郁乃は深く息を吸って、吐き出した。相変わらず頭の中は真っ白。この異常事態にどう対応するべきかさっぱりわからない。わからないが、このままではまずいことだけは理解していた。

「あぁー、こりゃ間違いなく郁乃の字だな」

そう言ったのは先ほど、男に睨《にら》まれてびくびくしていた常連のうちの一人だった。郁乃が子どもの頃から大学を卒業するまで通っていた、書道教室の先生だ。

いつの間にかみんな郁乃の真後ろに立って、問題の婚姻届をじっくりと見ている。

「この実印は大吉の大将に頼まれて、俺が郁乃の成人の祝いに彫ってやったやつだな」

角のハンコ屋の店長が老眼鏡をずり下げながら確認する。

——うん。やっぱりそうだよね……

このハンコは、店長が郁乃のために腕によりをかけて手彫りしてくれた一品だ。たとえ苗字が変わっても使えるようにと、名前で彫ってくれたものだった。

店長は一度自分で彫ったハンコを忘れないという特技を持っている。

郁乃とハンコ屋の店長がこの実印を見間違えるはずはなかったし、貰ってから一度もなくしたこともない。

そう考えるとこの婚姻届は、まず間違いなく郁乃が書いたものということになる。

——本当に何なのこれ？　夢ならさっさと覚めて!!

そう思うが、どうやらこれは夢でも何でもないらしい。

もう一度、婚姻届に視線を走らせる。妻となる人の欄には郁乃の名前、生年月日、住所、本籍、両親の名前まで丁寧に書き込まれていた。

——眩暈《めまい》がしてきた。

「郁乃、お前……やるなー。こんな別嬪《べっぴん》な兄ちゃん弄《もてあそ》んだ挙句、ポイ捨てか！」

婚姻届を覗《のぞ》いていたうちの一人が感心したように呟いた。振り返れば、フラワー藤岡の三軒隣の魚屋の店主だった。

この発言をきっかけに、周囲も好き勝手に囀《さえず》り始める。

「郁乃にそんな芸当が出来るなんて意外だなー」

「人は見かけによらないってか」

「郁乃があの兄ちゃんをポイ捨て……」

「だから、ポイ捨てなんてしてない!!」

人聞きの悪い言葉に咄嗟《とっさ》に叫び返す。

「ふーん。そう。ならもちろん責任取ってくれるんだよな?」

郁乃の言葉に、目の前の美貌の男が器用に片眉を上げてみせる。その瞳に面白がるような光が瞬《またた》いた。

「う……それは!」

男の言葉に郁乃はたじろぐ。

——この場合、責任を取るっていうのは、やっぱり結婚するの? 私が、この目の前の自分よりも明らかに美人な男と?

「ありえないわー無理! 本当に無理!! 絶対に無理!!」

思わず本音が零《こぼ》れ落ちた。

「どういう意味だよ？」

郁乃の言葉に男の表情が険しくなる。

「今、自分でも認めただろう？　この婚姻届は、郁乃本人が書いたものだって」

「うっ……」

「なのに、ありえないなんてよく言えるな？　それともやっぱり俺のことは遊びで、弄《もてあそ》んだ挙句ヤリ捨てか？」

大天使もかくやという品のある美貌の唇から、次々と飛び出すどぎつい言葉に、郁乃は顔を顰《しか》める。

「ちょっと！　もう少し言葉を選びなさいよ。人聞きが悪い！」

言い返した郁乃を眺めて、男が面白がるように笑った。そして、ずいっとその美貌を寄せてくる。

「俺は本当のことを言ってるだけだが？」

「そんなこと言ったって!!　私は君のことを覚えてないし、こんな婚姻届も知らないわよ！」

「だから？　責任は取らないとでも言うつもりか？」

「そ、そんなこと言ってないけど！」

「じゃあどうするんだよ？」

「うっ……」

堂々巡《めぐ》りのやり取りに頭が痛くなってくる。男の手に郁乃が署名した婚姻届があるだけに、非常に不利な状況だった。

――あぁ、もう本当にどうすればいいのよこれ？

「郁乃ちゃん？　大丈夫？　泰ちゃん呼ぼうか？」

頭を抱《かか》える郁乃に、希子が心配そうに声をかけてくる。カウンターの方を見やれば、希子が店の電話に手をかけていた。それを見て、郁乃は少しだけ冷静さを取り戻す。

――こんなことに泰兄を巻き込めないわ。

「大丈夫。希子さん。泰兄には電話しないで」

「そう？」

気遣う希子に、郁乃は無理やり笑ってみせた。

「郁乃」

それまで黙ってことの推移を見守っていた大吉が、不意に低い声で郁乃の名前を呼んだ。

「はい！」

大吉にぎろりと睨《にら》まれて、郁乃の背筋が反射的に伸びる。

「いつまでうだうだやってる？　お前のせいで、さっきから誰も俺の料理に手を付けてない。せっかくの料理が冷めちまってる。いい加減腹を決めろや！」

「ちょっと、お父さん！」

「お前がこの兄ちゃんを叩き出せっていうなら手を貸してやる。うちの可愛い常連客を誑《たぶら》かそうとしてる奴なんざ、この包丁で三枚に下ろしてやるから安心しろ！　わかったらどうしたいのか、ちゃんと考えろ！　お前らもいつまでも騒いでないで、俺の料理を食え！」

この店の絶対権力者である大吉の言葉に、それまで騒々しかった客たちが静かになった。

束の間、店内がシーンとなる中、希子が「あらあら、まぁまぁ」と目元を和《やわ》らげる。

「だそうよ。郁乃ちゃん。まずは、ちょっと落ち着いたらいいわ。あなたがどんな答えを出しても、この頑固おやじはあなたの味方みたいよ？」

優しく微笑みかける希子に、郁乃の肩から力が抜けた。それを確認した希子は、男に視線を向ける。

「何があったかは知らないけど、お兄さんもあんまり郁乃ちゃんを虐《いじ》めないであげてくれるかしら？　好きな子に意地悪したくなる気持ちはわかるけど、やりすぎるとうちの旦那に三枚に下ろされちゃうわよ？」

「……みたいですね」

茶目っ気たっぷりにそう言った希子に、男はちらりと大吉の方に視線を向けて肩を竦《すく》めた。

大吉は無言で包丁を研《と》いでいた。

「ふふふ。うちの人、郁乃ちゃんが可愛くて仕方ないのよ。さぁさぁ！　皆もいい加減、自分の席に戻ってちょうだい。じゃないとまたうちの人の雷が落ちますよ？」

希子の呼びかけに常連たちも顔を見合わせて、自分の席に戻っていった。大吉の逆鱗《げきりん》に触れれば、常連だろうが、やくざだろうが、包丁片手に外に叩き出される。その恐ろしさを皆理解していた。

「とりあえず座らない？」

いつまでも立っていたら、また大吉に怒られる。郁乃はおずおずと目の前のイケメンに声をかけてみた。

「ああ」

存外素直に男は同意して、郁乃の隣の席に座った。

——ちょっと意外。

「郁乃は座らないのか？」

「あ、いや、うん。座る」

慌てて郁乃も椅子を引いて、席に着いた。

「えっと、あの、ごめんなさい」

何を話せばいいのかわからず、とりあえず郁乃は彼に謝った。

「それは何の謝罪？」

「君を覚えてないことに対する謝罪？」

「ふーん」

男は郁乃から視線を逸《そ》らし、カウンターに放置したままだったグラスを手にした。

今までの騒動ですっかり泡が消えて、ぬるくなったビールを一気に呷《あお》る。

トンッと軽い音を立ててグラスが置かれ、男の深いため息が聞こえた。

その間、郁乃はただ黙って、男の行動を見ていた。

——う……どうしよう？

気まずさに落ち着かなくなった郁乃は、椅子に座り直す。それを横目に見ていた男が口を開いた。

「本当に何も覚えてないんだ俺のこと？」

ここで誤魔化しても仕方ないと、郁乃は正直に頷く。

「うん。ごめんなさい。君のことは……」

「君じゃない」

「え？」

ぶっきらぼうに言葉を遮《さえぎ》られて、郁乃は戸惑う。

「俺の名前は志貴《しき》だ。千田《せんだ》志貴。ここにそう書いてあるだろ」

男――志貴は、婚姻届の夫になる人の欄を人差し指でとんとんと叩いた。郁乃の視線が、二人の丁度《ちょうど》真ん中に置かれた婚姻届に向けられる。

彼の生年月日を見る限り、志貴は郁乃よりも三歳ほど年下らしい。

外見だけ見たら同年か年上かと思っていただけに、年下だったことが少し意外だった。

改めて婚姻届に書き込まれた『千田志貴』という名を見て、郁乃の記憶が微《かす》かに疼《うず》いた。

――あれ？　私、この名前知ってる。どこかで見たことある……？　どこで見たんだっけ？

『貴《とうと》い志《こころざし》かー、いい名前だね。その名前のまま自分の志《こころざし》を貫けばいいじゃない』

遠い記憶の彼方《かなた》で、郁乃は確かに誰かにそう言った。

――あれ？　やっぱり私、この子と会ったことある？

「んん？」

「どうかしたの？」

思い出せずに顔を顰《しか》めて唸《うな》る郁乃に、志貴が不審そうに声をかけてきた。

もう少しで思い出せそうだった記憶が、また遠ざかっていく。

「いや、私、君の名前を知ってるみたい？」

首を傾《かし》げてそう言えば、志貴が呆れたように鼻を鳴らした。

「そりゃ知ってるだろ。これを書いたのは郁乃だし、俺たちは一応、婚約者だ」

志貴に言い切られて、郁乃の眉が情けない形に寄る。

――そうなんだけど、そうじゃなくて……。

悩む郁乃に、志貴がこれ見よがしにため息を吐き出した。

「何か思い出したのか？」

「う……いや、何か掠《かす》った気がしたの。もしかして、私、貴《とうと》い志《こころざし》っていい名前だねって言った？」

郁乃の言葉に、志貴の瞳がきらりと光った。眼差《まなざ》しに期待が宿って、郁乃は自分の記憶が間違っていないことを知る。

――てことは、間違いなくこれを書いたのは私か？

「嘘でしょー」

カウンターに両肘をついて、頭を抱《かか》えた。

――私は、一体何を考えてこんなものにサインをしたんだ⁉　馬鹿なの⁉　馬鹿だよね？

過去の自分を問い詰めたい気分に陥《おちい》ったが、そんなことできるわけもない。

「こんなことで俺が嘘ついて、何か得になるか？」

呆れながら問われて郁乃は考え込む。

――確かに、志貴君が私をだまして得することなんてなさそうだよね。こんなイケメンなら女子が放っておかないだろうし。一応うちには財産って呼べるものもあるけど、あれ私関係ないし。家は、お父さんの名義だしなー。なのに、私と結婚したいって奇特すぎるよねー。

自慢じゃないが、郁乃は周囲も太鼓判《たいこばん》を押す干物女だ。こんなイケメンに求婚されるようなものは何も持ってない。

考えれば考えるほど、この事態が現実に思えず、郁乃は自分の頬を抓《つね》ってみた。

「痛い」

「これが現実だって理解できたか？」

「これが夢じゃないっていうのはわかった」

「そうかよ。よかったな。それで？」

「それで？」

冷たい声で問われて、郁乃はカウンターから顔を上げた。冷めた顔をした男と目が合う。

「郁乃はこれの責任をどうやって取るつもりなんだ？　俺、さっき言ったよな？　結婚詐欺《さぎ》で訴えられたくなかったら、責任取れって。忘れたとは言わせない。さすがについさっきの出来事まで忘れるほど耄碌《もうろく》してないよな？」

冷たい眼差《まなざ》しとともに淡々と畳みかけられるが、郁乃に答える言葉はない。

「いや、だって……」

「だって、何だよ？」

「志貴君はさ……本当に私と結婚したいわけ？」

思い切って問いかけてみれば、不機嫌そうな顔で凄《すご》まれた。

慌てて郁乃は、両手を体の前で振って、自分の話を聞いてくれと懇願する。

「いや、自分で言うのもなんだけど、私こんなんだよ？　君みたいなイケメンと結婚とかありえなくない？　さすがに現実が受け入れられないんだけど……」

「そんなの俺が知るかよ！　婚約者に綺麗さっぱり自分のことを忘れられてるとか、想定外すぎて俺の方が現実受け止めきれねーよ‼」

「ですよねー」

郁乃の反論にそれ以上の熱意を持って言い返されて、思わず同意してしまった。

自分の身に置き換えてみる。婚約者だと思っていた人間に、存在ごと忘れられていたら、そりゃびっくりだろう。

「責任は絶対に取ってもらう。じゃなきゃ結婚詐欺《さぎ》で訴える」

断固とした決意を滲《にじ》ませて、志貴はそう言い切った。

「うぅーでも、結婚とか、本当に無理！」

「何が無理なんだよ？」

「だって、普通に考えてよ？　私、君のこと何にも知らないんだけど？　君だって私のことたいして知らないでしょ？　それで結婚とかありえなくない？」

志貴との間に何があったのかほとんど思い出せないが、多分、二人が過ごした時間はそれほど長くないはずだ。

それで結婚なんて出来るわけがない。結婚は勢いだとよく聞くが、それとこれとは違うだろうと郁乃は思った。

「わかった」

郁乃の主張に、志貴が頷く。やっと話が通じたとホッとした郁乃だが、安心するのはまだ早かったようだ。

「じゃあ、これから知り合えばいいんだろう。俺は、今日から一週間オフをもらってる。その間、郁乃の家に泊めてくれ。帰国したばかりで、まだホテルも決めてなかったからちょうどいいだろう」

「はぁ？」

突拍子《とっぴょうし》もない志貴の提案に、郁乃は開いた口が塞《ふさ》がらなくなる。

「何を言ってるの!?」

「別に問題はないだろ」

「問題なら大ありでしょ！」

「どこに問題がある？」

「君と私は今日、会ったばっかりなんだよ！　そんな人、一週間もうちに泊められるわけないでしょ!?」

「今さらだろ。一晩一緒に過ごして、俺たちは結婚を決めたんだ。これくらい大した問題じゃない」

「んなわけあるかー!!」

郁乃の絶叫に、志貴は顔を顰《しか》めて、わざとらしく耳を押さえた。

「そんな大声出さなくても聞こえる。郁乃みたいにぼけてない」

「私だってぼけてないわよ!!」

「どうだか？　この婚姻届の存在自体忘れた奴の言葉は信用できない」

「う……」

それを言われると郁乃の反論の勢いが弱くなる。

「そ、それとこれとは別問題よ！」

「同じだろ。それに一緒にいたら、この婚姻届のことも思い出すんじゃないか？　話してる間に俺の名前のことは思い出したみたいだし？」

　にやりと志貴が笑う。そうして婚姻届を手にして、見せつけるように郁乃の目の前でひらひらと振った。

「一石二鳥《いっせきにちょう》だろ？　俺は今日の宿を探す手間が省《はぶ》けて、郁乃は俺のことを思い出すかもしれない。ああ、じゃあ、そうだな。一週間、俺を泊めてくれたら何も思い出さなくても、結婚詐欺《さぎ》で訴えるのはやめてやる。どうする郁乃？」

　無茶苦茶な提案で迫る男に、郁乃は絶句する。

　――一石二鳥《いっせきにちょう》って何がだ！　どうして、婚姻届があるからって一週間もこの子を家に泊めないといけないのよ！　訳わかんない！

　言いたいことはたくさんあった。たくさんありすぎて、何から突っ込めばいいのかわからない。

「反論がないってことは、決まりだな」

「なんでそうなるのよ！」

「何の反論もなく、十秒も黙り込んでいたんだから合意ってことで俺は受け取った。悪いか？」

「そんな十秒ルール聞いてない！」

「俺が今決めた」

「何様よ‼　君は‼」

「志貴様。何なら郁乃もそう呼んでくれていい。志貴君とか気持ち悪い」

しれっとした顔でそう返されて、郁乃はわなわなと体を震わせた。

志貴はそんな郁乃に構うことなく自分の料理を食べ始める。

「それ美味《おい》しそうだな。一個くれ」

郁乃の小鉢に入っていたたこを、素早い動きで攫《さら》っていった。

「あ！　ちょっと私のたこ‼」

「美味《おい》しいな。これ」

たこを口に入れた途端、それまで澄ましていた志貴の顔が一気に綻《ほころ》んだ。

目を輝かせてたこを味わう姿は年相応に見える。

問題は何も解決していないのに、子どもみたいな顔を見せられて何だか毒気を抜かれてしまった。

怒りの矛先《ほこさき》を失い、そんな場合ではないのに、思わず気の抜けた笑いが漏《も》れる。

「あ！　女将《おかみ》さん！　俺にもこれ一つ！　すごい美味《おい》しい‼」

今までのやり取りを忘れたように、志貴が希子を呼び寄せた。

キラキラの笑顔で注文する志貴に、それまで二人のやり取りをはらはらしながら見守っていた希子の顔にも笑みが浮かんだ。

「そうかい？　ありがとうね！　お父さん、たこと大根の煮物一つね！　はい！　郁乃ちゃんにはアスパラの肉巻きと出汁《だし》まきたまご、お待たせ！」

目の前に並べられた料理に、郁乃の目も輝く。長皿の上に、黄金色《こがね》に輝く出汁《だし》まきたまごが六等分に切り分けられている。横には大根おろしが綺麗な三角形になって盛られていた。

たまごを四個も使っている大吉の出汁《だし》まきたまごは、昔から郁乃の大好物だった。子どもの頃は運動会や何かのお祝い事のときに特別に作ってもらっていたほどだ。

「あ、それも美味《おい》しそう……」

出汁《だし》まきたまごを見た志貴の呟きに、郁乃は希子から受け取った皿を彼から遠ざける。

「これは絶対、あげないわよ？」

郁乃は志貴を横目に睨《にら》みつけて、きっぱりと宣言する。

大人げないのはわかっているが、これだけは何があっても譲れない。

「心狭いな、郁乃」

「何と言われても、大吉の出汁《だし》まきたまごは私の大好物なんだから、絶対にだめ！」

「ふーん、そんなにうまいの？」

「めちゃめちゃ美味《おい》しい！」

端的に告げた郁乃に、志貴はますます興味を引かれたような顔をした。

「女将《おかみ》さん！」

「お兄さんも出汁《だし》まき追加する？」

志貴の呼びかけに、希子は察しよく注文を聞く。

「お願いします」

「ちょっと時間かかるよ？　いいかい？」

「大丈夫です」

「アスパラの肉巻きは？　それに、今日はたこのいいのが入ったから、たこの唐揚げ、炊き込みご飯もおすすめよ？」

「あ、じゃあ、それも一緒にお願いします！　ご飯は今はいいです」

「希子さん！　私もたこの唐揚げ欲しい！」

郁乃もつい追加で注文を頼む。

「ふふふ。たこの唐揚げ二人前ね？　郁乃ちゃん、お酒すっかり冷めちゃったけど、どうする？」

「ん。このままでいい」

「じゃあ、ちょっと待っててね。お兄さんも」

「はーい！」

仲良く揃った二人の返事に、希子が驚いたように目を開いてから笑みを深めた。

郁乃は早速、出来たての出汁《だし》まきたまごを一切れ取って、思い切りかぶりつく。

湯気が立つほど熱々なたまご焼きは、ふわふわな食感と一緒に口の中で蕩《とろ》けていった。

たまごの優しい味と、出汁《だし》と調味料が絶妙に合わさって、口の中に広がる。

「ん――」

唇からは自然と感嘆の吐息が零《こぼ》れて、郁乃は体を震わせて幸せを噛みしめた。

――あぁ、もう本当に幸せ！　何でこんなに美味《おい》しいの!!

昔、大吉に頼み込んで、この出汁《だし》まきたまごを習ったことがある。だが、何度作ってもこの味にはならなかった。いまだに練習はしてるけど、どれだけ作っても大吉の味を再現できる気がしない。

「……なぁ」

「何？」

志貴の呼びかけに、郁乃はたまご焼きを飲み込んで横を向く。とても羨《うらや》ましそうな顔をした志貴の目線が、郁乃の皿に注《そそ》がれていた。

嫌な予感に郁乃の目が据《す》わる。次の瞬間、志貴がぱんっと目の前で手を合わせた。

「頼む！」

突然の志貴の行動に、郁乃はびっくりする。

「な、何？」

「そのたまご焼き、やっぱり一切れくれないか？」

「はぁ？　絶対やだ！」

「俺が注文した分から、絶対に一切れ返すから！」

その条件に、郁乃は束の間迷って眉間に皺《しわ》を寄せた。

「……絶対に、あとで返してよ？」

「約束する！」

「約束忘れないでよ」

郁乃はしぶしぶと皿を志貴の方へと動かす。

「やった！　ありがとう！」

パッと顔を上げた志貴は、郁乃の気が変わらないうちにとばかりに、出汁《だし》まきたまごにかぶりついた。

途端に、志貴の表情が劇的に変わった。驚きに目を瞠《みは》って固まった彼は、すぐに味わうようにたまご焼きを咀嚼《そしゃく》する。

その幸せそうな顔から、志貴が今何を思っているのか、郁乃には手に取るようにわかった。

口の中のたまご焼きを飲み込んだ志貴が、郁乃を見た。

「これ！　これすごい美味《おい》しいな‼　なんだこれ‼」

感動をうまく言葉に出来ないのか、志貴はもどかしそうに何度も「美味《おい》しい」と繰り返してくる。

その子どものような表情に、郁乃は自分の手柄でもないのに、「そうでしょう！　この出汁《だし》まきたまごは絶品なのよ！　もう世界一美味《おい》しいんだから！」と自慢してしまう。

志貴は無言で何度も頷いて、郁乃の言葉に同意した。

「さっきから思ってたけど、ここの料理ってどれも美味《おい》しいな。郁乃が自慢していたのがよくわかる。どれ食べても本当にうまい！」

興奮した様子でそう語る志貴に、郁乃も嬉しくなってくる。

「ここは料理だけじゃないのよ？　お酒も大将が自分の料理に合うようにって、えりすぐったものばっかりだから、どれも最高に美味《おい》しいのよ！　どんな嫌なことがあっても、ここに来たら明日も頑張ろうって、元気になれるんだから！」

つい調子に乗ってそう言えば、何故か志貴にくすりと笑われた。

その懐《なつ》かしそうな眼差《まなざ》しに、郁乃は落ち着かなくなる。

そんな郁乃を見て、志貴は小さく息を吐き出し苦笑した。

「初めて会ったとき、そうやってここの自慢してたんだよ。今と全く同じ言葉で……。だから、俺は真っ先にここに来た。郁乃が自慢するくらい美味《おい》しい居酒屋に興味があったから。なのに、肝心の本人は俺に会ったことを綺麗さっぱり忘れてたんだけど……」

最後にちくりと放たれた嫌味に、郁乃は「うっ……」と喉を詰まらせる。

——私、本当にこの子とどんな出会いをしたんだろう？　少なくとも大吉のことを自慢するくらいには、色々と話をしたんだよね……

ここにきて、ようやく郁乃は志貴との初めての出会いが気になり出した。

大切な宝物を眺めるような志貴の表情に、心が疼《うず》く。

どんな経緯で自分たちは出会ったのか。そして、どんな会話をして、婚姻届を書くことになったのか。

不意に知りたくなった。

自分たちはどこかで出会っている。そのことを、もう疑うつもりはなかった。

「ねぇ、私たちが初めて会ったとき、一体どんな話をしたの？」

自然と零《こぼ》れ落ちた質問に、志貴の表情が抜け落ちる。

束の間の沈黙に、郁乃は落ち着かなくなった。

「……教えない。郁乃が覚えてないなら話しても意味がない」

再び硬くなった志貴の態度に、郁乃はどうしたらいいのかわからなくなる。

「仲良く出汁《だし》まき食べてたから、仲直りしたのかと思ってたのに、また喧嘩を始めたの？」

希子が盆に注文の品を持って現れた。

「はい。たこの唐揚げ二人前と、お兄さんにはアスパラの肉巻きと、たこと大根の煮物ね」

呆れたように二人を交互に見やった希子が、カウンターに注文した品を並べ始める。

「ここで喧嘩するのはやめてね？　せっかくうちのお父さんが腕を振るって作ってるご飯は、美味《おい》しく食べて頂戴《ちょうだい》！」

「めっ！」と茶目っ気たっぷりに腕を組んだ希子に、郁乃の肩から力が抜ける。

それは志貴も同じだったのか、「すみません」と素直に謝っていた。

「ごめんなさい」

つられて郁乃も謝ると、希子がくすりと柔らかに微笑んだ。

「二人とも仲良くこれでも食べて？　サービスしておくから。お兄さんの出汁《だし》まきはもうちょっと待っててね」

そう言って、希子が二人の真ん中にもう一皿料理を置いた。

ほこほこと湯気をたてているそれは、大吉の中でも人気の牛すじの煮込みだ。

味噌で煮込んだ牛すじとこんにゃくの上に、たっぷりのネギと七味が振りかけられている。味噌のいい匂いが食欲を刺激した。

「おお、これもうまそう！」

志貴が嬉々《きき》とした様子で箸《はし》を伸ばす。

「ありがとう！　希子さん！　嬉しい！」

郁乃も志貴に負けずに自分の皿に牛すじとこんにゃくを取る。

「美味《おい》しい！　ここの料理、本当にどれもうまいです！」

さっそく味見した志貴が希子に向かってそう言えば、希子がくすぐったそうに微笑んだ。

「牛すじはうちの自慢の料理の一つだからね！　楽しんでくれて嬉《うれ》しいわ。ご飯を食べてる間くらい、仲良くね？　その方が美味《おい》しいわよ」

希子に念を押されて郁乃と志貴は顔を見合わせる。

「なぁ」

「何？」

「とりあえず飯の間は、休戦しないか？」

「うん」

志貴の提案に郁乃も同意する。せっかくの料理を前に、争っているのは馬鹿らしい。

それに考えてみれば、こんな風にわいわいと誰かと言い合って食事をするのは、久しぶりだった。大吉でご飯を食べていれば、常連客や希子たちと話くらいする。だが基本的に郁乃は、カウンターで一人の食事と酒を楽しんでいることが多い。

弟たちも最近忙しいのか、家に顔を出すことはあっても、ご飯を一緒に食べることは減っていた。

だから、志貴とこうしてあれが美味《おい》しい、これがうまいって言い合いながらご飯を食べるのは、何だか楽しかった。

「志貴君は日本酒はいける口？」

「それなりにいける方だと思う」

唐突な郁乃の問いに、束の間考える素振りを見せた志貴が答えた。

「そっか。よかった」

志貴の返事に郁乃は笑って、希子に声をかける。

「希子さん、お猪口《ちょこ》もう一個ちょうだい！」

「はいはい。どうぞ。おかわりもあるわよ」

郁乃の注文をわかっていたように、希子がすぐに新しいお猪口《ちょこ》と銚子《ちょうし》を差し出してきた。

「さすが希子さん！　ありがとう」

希子から酒を受け取った郁乃は、新しくもらった酒杯に志貴の分の酒を注《つ》ぎ、彼に渡す。

ついでにまだ中身の残っていた自分の酒を飲み干して、手酌《てじゃく》で新たに酒を注《つ》いだ。

「とりあえず、一時休戦ってことで……」

そう言って、お猪口《ちょこ》を掲《かか》げると、志貴がにやりと笑って自分のお猪口《ちょこ》を掲《かか》げてくる。

「一時休戦に！」

志貴の言葉に郁乃もにやりとする。二人は互いの酒杯を軽くぶつけて乾杯すると、一気に酒を飲み干した。

喉越しのよい酒が、食道を滑り落ちていく。馴染《なじ》んだ酒の味にホッと吐息が零《こぼ》れ落ちた。すぐ横で同じような吐息が聞こえて郁乃は隣を見る。

「……この酒、いい味だな」

郁乃が勧めた酒を口にした志貴は飲み干した酒杯を眺めて、ぽつりと呟いた。

自分の好きな酒を褒《ほ》められて、郁乃は嬉しくなる。

「でしょー？　私のお気に入りなの。これ北海道のお酒でね。大将がわざわざ取り寄せてるのよ？」

宝物を自慢するような郁乃に、志貴の目が柔らかに細められた。

「郁乃はこの酒が好きなんだ？」

「うん」

「そっか。もう一杯くれる？」

志貴の頼みを、郁乃は「もちろん！」と笑顔で快諾する。

互いのお猪口《ちょこ》に酒を注《つ》ぎ合う。

そうして二人は、大吉の料理に舌鼓《したつづみ》を打ちながら、好きな酒の話や料理の話で盛り上がった。

☆

楽しい時間はあっという間に過ぎていった。郁乃と志貴は酒と料理の好みが近いのか話が弾んだ。

「郁乃ちゃん。もうすぐ二十三時なんだけど、最後に何か頼むものある？」

「え？　もうそんな時間？」

希子に声をかけられて、郁乃は慌てて時刻を確認する。

希子の言う通り、時刻は大吉のラストオーダーの二十三時を迎えようとしていた。

「大丈夫、今日はもうお腹いっぱい！　お会計お願い！」

花屋の朝は早い。明日は仕入れのない木曜日ではあるが、あまり夜更かしも出来ない。

急いで帰り支度を始めた郁乃を横目に、希子が志貴にも声をかける。

「お兄さんはどうするの？」

「郁乃が帰るなら俺も帰ります。お会計をお願いします」

「はいよ。たくさん食べてくれてありがとうね。うちの味を気に入ってくれたなら嬉《うれ》しいわ」

財布を取り出した志貴をニコニコと眺めて、希子はそう言った。

「とっても美味《おい》しかったです！　またぜひ来たいです！」

志貴も笑顔で返事をした。二人ともそれぞれに会計を済ませて席を立つ。

「郁乃ちゃん！　気を付けて帰るのよ！　お兄さんもまた来てね！」

希子の声に見送られて、二人は店の外に出た。

アルコールで火照《ほて》った頬に、春先の少し冷たい風が吹き付けてきた。

気持ちよさに、郁乃の唇から自然と吐息が零《こぼ》れて落ちた。

「う――ん！　美味《おい》しかった！」

両手を上げて、郁乃は思い切り伸びをする。そうして、隣に立つ男を見上げた。

「今日は楽しかったよ！　ありがとう！　君はこれからどうするの？」

「郁乃を送ってくよ。もう遅いから」

志貴の言葉に郁乃は驚愕《きょうがく》する。

「は？　いいよ別に！　うち、ここから歩いて十分もかかんないもん！」

「女が一人、こんな時間に歩くとか危ないだろ」

志貴に何を言っているんだこの女は、という顔で見下ろされて、郁乃は戸惑う。

こんな風に普通の女子のように扱われることは滅多にないせいで、ときめきよりも先に困惑してしまう。

「郁乃の家はどこ？」

志貴が不機嫌そうに眉を寄せて質問してきた。

引く気配を全く見せない志貴に、郁乃はおずおずと駅とは反対に向かう道を指さす。

「とりあえず、この道、真っ直ぐ」

「わかった。じゃあ、行くぞ」

そう言うなり、志貴が大股で歩き出した。

「え！　ちょっと！　待って！　志貴君！」

郁乃は慌てて志貴のあとを追いかける。

「本当に大丈夫だよ？　すぐ近くだし！」

「その油断が危ないんだよ！　俺が送るって言ってるんだから、郁乃は大人しく送られてればいいんだよ！」

ここまできっぱりと言われてしまうと、断るのも悪い気がしてしまう。

郁乃は大人しく志貴の横に並んだ。郁乃を横目に見下ろした志貴が満足したように、小さく「うん」と頷いた。

とても綺麗な顔をしているのに、その唇から出てくる言葉は乱暴で、突拍子《とっぴょうし》もないことばかり。でも、はにかんだ笑顔やこうした何気ない行動は優しくてちょっと可愛い。

　知り合って間もないのに、一緒に過ごす時間は不思議と居心地がよくて、まるでずっと昔から知っていた人のようにも思える。

　弟たちや藤岡といるときの安心感ともまた違う。ほのかに混じるくすぐったさが、郁乃の心に小さな波紋を作る。

「まだ真っ直ぐでいいのか？」

　商店街の出口に近付いて、志貴が再び道を確認してきた。

「うん。ここから五分くらいは真っ直ぐ」

「わかった」

　頷いた志貴がふと足を止めた。郁乃が志貴を見上げると、ちょっと考えるような仕草で、首を傾《かし》げた。

「どうしたの？」

「俺、歩くの速い？」

　唐突な問いに郁乃は、きょとんと目を瞠《みは》る。

「いや、肩で息してるから。歩くの速いのかと思って」

　言われて、郁乃は質問の意味を理解する。

　確かに、志貴は背が高く脚も長いせいか、歩く速度が速い。志貴が普通に歩くと、ちびな郁乃では小走りじゃないと横に並んで歩けなかった。

「ちょっと、速いかも？」

「言えよ！　そういうことはもっと早く！」

顔を顰《しか》めた志貴は、郁乃に先へ行くように促《うなが》す。そうして郁乃の歩幅に合わせてゆっくりと歩き出した。

「これくらいなら大丈夫か？　速くないか？」

「うん。ありがとう」

不器用ながら郁乃を気遣ってくる志貴の優しさに、心の奥が温かいもので満たされる。

郁乃はそっと下を向いて、零《こぼ》れそうになる笑みを堪《こら》えた。

「あ、ここを右に曲がって！」

「おう」

時々、道順を指示して、ぽつりぽつりと会話を交わすうちに、二人は郁乃の家に辿《たど》り着いた。

「ここが我が家！」

「へー何か日本家屋《かおく》って感じだな。縁側とかありそう」

街灯に照らされた郁乃の家を眺めた志貴の感想に、郁乃は笑いを漏《も》らす。

「あるよ。縁側。おじいちゃんが建てた家だから、ちょっと古いんだけどね」

郁乃の自宅は今時、珍しい二階建ての純和風の家だった。祖父が建てて父が引き継いだ。

かつては親子六人で暮らしたこの広い家に、今は郁乃一人きり。時々、寂しさも感じるが、郁乃はこの家を大切にしている。

「縁側か～いいな。俺、テレビとかでしか見たことないわ」

「そうなの？」

「親の仕事の関係で海外にいることが多かったし、今も仕事でほとんど日本にいない。だから、こういう純和風の縁側とかある家には憧れる」

「ふーん。そっか」

目を細めて郁乃の家を眺める志貴の瞳には、憧憬《どうけい》が宿って見えた。

だからといって、「中でお茶でも飲んで行く？」と言うほど、郁乃も不用心ではなかった。

「じゃあ、送ってくれてありがとう。今日は、楽しかった」

「じゃあ、今日からよろしく。郁乃の家に憧れの縁側があるとか、超ラッキーだわ」

二人が言葉を発したのはほとんど同時だった。

「へ？　今日からよろしくって、どういう意味？」

志貴の言葉の意味がわからずに、郁乃は間抜けな声を出す。

そんな郁乃を見下ろして、志貴がにやりと笑みを浮かべた。

「飯の間は一時休戦してたけど、俺、言ったよな？　今日から一週間、郁乃の家に泊めてくれって。あのとき、郁乃は断らなかった」

ゆっくりと噛んで含めるように言われた郁乃は、大吉でのやり取りを思い出す。

——確かにそんなやり取りしたけど!!

「ちょっと！　そんなの卑怯《ひきょう》よ!!」

「何が卑怯《ひきょう》なんだよ？　今だって、俺たちの問題は何一つ解決してない。俺は別に郁乃を結婚詐欺《さぎ》で訴えてもいいんだぜ？　証拠もあるし」

焦る郁乃を前に、志貴は腕を組んでふんぞり返る。

「それとこれとは別問題でしょ？」

「何がどう別問題だよ？　結婚詐欺《さぎ》で訴えられるか、それが嫌なら、俺を一週間郁乃の家に泊めるか。その二択だ」

口の達者な志貴の勢いに、郁乃は圧倒的不利な立場に立たされる。

「それに郁乃は、こんな時間に、今日の宿も決まってない人間を放り出すのかよ？　今から駅に引き返しても電車は終わってるだろうし、ここの駅前にはホテルもない。俺に野宿でもしろって言うわけか？　郁乃はそういう薄情な奴なの？　仮にも婚約者を相手に？」

ずいっと目の前に、志貴の端整な顔が迫る。

「……ぐっ」

郁乃は言葉に詰まって、志貴の顔を睨《にら》みつけた。

志貴の顔に浮かぶ悪辣《あくらつ》な笑みに、すべてが彼の企《たくら》みによるものだったのだと郁乃は悟る。

確かに、この辺は都心からかなり離れていることもあって、終電が早い。そのうえ、ろくな宿泊施設もなければネットカフェもない。

ここで郁乃が志貴を放り出したら、彼は本当に野宿するしかないだろう。

春先とはいえ、夜ともなれば気温はまだまだ低い。そんな中に志貴を放り出すことは、お人よしな郁乃には難しかった。

面白がっているのが丸わかりの表情で、志貴は悩む郁乃を黙って見つめていた。

彼に送ってもらった時点で、この勝負はついていたのだ。

「……今日だけだからね？」

根負けした郁乃のしぶしぶな言葉に、志貴は「よっしゃ！」と小さくガッツポーズを取った。

「今日だけだからね！」

念を押すようにもう一度言った郁乃に、志貴は「今日からお世話になります」と丁寧に頭を下げてきた。

とても嬉しげに笑う男に、郁乃はこれ見よがしに盛大なため息をつくと玄関の鍵を鞄《かばん》から出した。

こんなときばかりはお人よし過ぎる自分の性格が恨めしくてたまらない。

――弟もしくは弟の友人が泊まりに来たと思えばいいか。

弟が三人もいたせいか、昔から彼らの友人が入れ代わり立ち代わり、よく泊まりで遊びに来ていたものだ。

――志貴君を一晩泊めるくらいどうってことない。

郁乃はそう自分に言い聞かせて、無理やり納得する。

けれど、郁乃は忘れていた。弟の友人を泊めるときは、いつだって弟たちの誰かしらが家の中にいたということを。

「鍵を開けるからちょっと待ってて」

郁乃は表玄関の鍵を開けて、志貴を自宅の敷地内に招き入れた。玄関までの短い石畳を先に立って歩く。

「暗いから足元気を付けて」

「わかった」

家の中に入ると当然のことながら、中は真っ暗だった。

　郁乃は先に靴を脱いで家に上がると、玄関の明かりのスイッチに手を伸ばす。すぐにパッと照明が点《つ》いて、家の中が明るくなる。志貴が眩《まぶ》しそうに目を瞬《また》かせた。

「君に一つ言っておく。今日は泊めてあげるけど、変なことしたらただじゃおかないからね！　すぐに追い出すから」

「変なことって何だよ？」

「変なことは変なことよ」

「具体的に言ってくれないとわからないな」

　揶揄《からか》うような志貴の言葉にカチンとくる。

「志貴君!?」

　思わず手を上げて睨《にら》みつけると、その手を掴まれた。

「……え？」

　そのまま引き寄せられ、鼻先に志貴が身に纏《まと》う爽《さわ》やかな香りを感じる。

　志貴の腕の中に抱き寄せられたのだと気付いて、郁乃は焦った。

「郁乃って、本当にお人よしだよな？　よく知りもしない男を自分からホイホイ家に上げるとか、不用心にもほどがあるだろう」

「君が言うな――!!」

「なぁ、郁乃？　送り狼って言葉知ってる？」

耳朶《じだ》に落とされた囁《ささや》きに鼓動が跳ね上がる。

「ちょっと、志貴君!? 冗談はやめて！ 離してよ!!」

罠にかかった草食動物のように、郁乃はじたばたともがいて抵抗する。

だが、志貴がぎゅーぎゅーと力いっぱい抱きしめてくるものだから逃げられない。

「この状況じゃあ、男に何をされても文句は言えないんだぞ？」

首筋に湿った男の吐息を感じて、肌が粟立《あわだ》つ。

油断した自分の馬鹿さ加減に、郁乃は奥歯を噛みしめる。悔しさに涙が滲《にじ》んだ。

——何で私はこんなに簡単に志貴君のことを信じちゃったんだろう？ これじゃあ、彼の言う通りどんなことされても自業自得じゃない！ でも泣き寝入りなんて絶対しないんだから!!

志貴の端整な顔が近付いてきた。

綺麗な榛《はしばみ》色の瞳が迫る——吐息の触れる距離で見つめた志貴の瞳は、とても綺麗な色をしていた。まるでモネの水彩画みたいに、琥珀《こはく》や深い緑、こげ茶に金が入り混じっている。

その瞳の美しさに魅入られたように、郁乃は瞬《まばた》きもせず彼を見つめた。

「目くらい閉じろよ」

志貴が不敵な表情を浮かべてそう言った。二人の唇はもういつ触れてもおかしくない距離に近付いている。

なのに、抵抗できない。このままじゃだめだと思うのに、体が言うことを聞いてくれない。

どうすることも出来ずに体を震わせる郁乃を眺めて、志貴が仕方なさそうにふっと笑った。

次の瞬間――

ゴンッと派手な音がして、郁乃は額《ひたい》に衝撃を受けた。

「……いったあ‼」

咄嗟《とっさ》に、郁乃は志貴の胸を思い切り突き飛ばす。

あんなに解けなかった腕の拘束《こうそく》は、思うよりも簡単に解けた。

郁乃は痛みに呻《うめ》きながら、両手で額《ひたい》を押さえる。あまりの痛みに涙が流れた。

頭突きをされたのだと気付いたのは、同じように額《ひたい》を片手で押さえている志貴が見えたからだった。

「し、志貴君？」

郁乃の呼びかけに志貴がこちらをじろりと睨《にら》みつけてきた。

「これでちょっとは学習しただろう？　あんまり簡単に男を信用しちゃいけないってこと」

「だからって、何でいきなり頭突きなのよ？」

「何だよ？　キスの方がよかったのかよ？」

「そんなわけないでしょ！」

「俺は身をもって男を簡単に信じたら痛い目を見るって教えてやっただけだ」

「そんなの知らないわよ‼　そもそも君が言うな‼」

互いに額《ひたい》を押さえた少し間抜けな状態で、二人はしばし睨《にら》み合う。

そして、どちらからともなく噴き出した。

一気に緊張が解けたせいか、どうしようもないおかしさがこみ上げてくる。

酔いもまだ残っていたこともあり、深夜の玄関先で二人でひとしきり笑い合った。

「……しかし、郁乃って石頭だよな？　絶対これ、こぶになってると思うんだけど」

「それ志貴君にだけは言われたくない！　もう、とりあえず上がって！　おでこ冷やそう」

「頼む」

額《ひたい》を押さえる志貴に、さっきまでの妖《あや》しい雰囲気は欠片《かけら》もなかった。

――悪い子ではないんだよね。

やり方はともかく、身をもって郁乃に忠告をしてくれたのだろう。あの状況で、志貴に本気になられたら郁乃には、抵抗なんてきっと出来なかった。

「お邪魔します」

志貴が靴を脱いで玄関に上がった。きちんと靴を揃える姿に郁乃は感心する。

――うちの弟たちならこうはいかない。

次男の紡ならともかく、肇や結人だったら平気で脱ぎっぱなしでいる。傍若無人《ぼうじゃくぶじん》に振る舞っているようで、志貴の行儀のよさを感じた。

郁乃は廊下の奥にある洗面所に志貴を案内して、先にうがいと手洗いをした。続いて志貴が手を洗っている間に、洗面台の横の棚からタオルを二枚手に取る。

「終わったら居間の方に来て」

「わかった」

志貴に声をかけると、郁乃は居間と一続きになっている台所に向かった。

冷凍庫を開けて保冷剤を取り出し、タオルに包む。そのタイミングで志貴が顔を出した。

「郁乃？」

廊下から顔を覗《のぞ》かせている志貴に、郁乃は冷蔵庫を開けながら返事をする。

「あ、適当にソファにでも座ってて」

「わかった」

郁乃は冷蔵庫からお茶のポットを取り出して、ガラスのコップに二人分注《つ》ぐ。お盆に保冷剤とお茶を載せて台所から出ると、志貴は大人しくソファに座っていた。

「はい。これ保冷剤。額《ひたい》、赤くなってるから冷やして」

「サンキュ」

志貴は素直に額《ひたい》に保冷剤を当てた。郁乃はソファの前のテーブルにお茶を置く。

「君の布団の準備をしてくるね。その間、お茶でも飲んで待ってて」

「何から何まで助かる」

「どういたしまして」

きちんと頭を下げる志貴に、郁乃は笑って返事をする。そして居間の隣、客室兼用にしている和室に入った。客用布団を仕舞っている押し入れを開ける。

テキパキと布団を敷きながら、郁乃は志貴の着替えをどうしようかと考える。志貴は荷物らしい荷物を持っていない。おそらく着替えもないだろう。

「志貴君！」

「何だよ？」

「着替えどうするー？　持ってないよね？」

「あぁ？　着替え？　普段から裸で寝てるから、気にしなくていいよ」

「それはやめて!!」

志貴の返事に郁乃は悲鳴を上げる。

いくら男所帯で男子の裸に慣れているとはいえ、全くの赤の他人が裸で家の中をうろつくとか勘弁してほしい。

弟たちや父の部屋着はたくさんあるが、どう見ても志貴の方が背も高く、体格もいい。きっと弟たちの服では志貴には小さいだろう。

──どうしようかな？　あ、そういえば！

束の間考えて、郁乃は祖父が寝間着にしていた浴衣《ゆかた》があったことを思い出す。郁乃の祖父はその年代の人にしてはかなり大柄で、背の高い人だった。祖父の体格であれば、志貴とそう変わらないだろう。

押し入れから、祖父の浴衣《ゆかた》を仕舞っていた衣装ケースを引っ張り出す。探し物は一番上にあった。畳まれた紺色の浴衣《ゆかた》を手にして広げてみる。

微《かす》かに樟脳《しょうのう》の匂いはするが、年に一回、必ず虫干しして、風を通しているから浴衣《ゆかた》は綺麗だった。

──うん。大丈夫そうね。大きさも問題なさそう。こうして見るとおじいちゃんってやっぱり体の大きい人だったんだなー。

すでに亡くなった祖父のことを思い出す。寡黙《かもく》で優しい人だった。外出するときは、小柄な祖母といつも手を繋いで歩くような、そんな人だった。

郁乃は浴衣《ゆかた》と帯を手に、居間に戻る。

「隣の和室に布団敷いたよ。あと、とりあえず寝るときはこれ着て！　普段はどうか知らないけど、うちで裸はやめて！」

ずいっと浴衣《ゆかた》を志貴の手に押し付ける。

「ん？　浴衣《ゆかた》？」

「そう。うちのおじいちゃんの。寝巻にしてたやつだからちょうどいいでしょ。ちょっと樟脳《しょうのう》の匂いがするけど、ちゃんと洗濯してるから綺麗だし、問題ないと思う」

「俺、浴衣《ゆかた》なんて子どもの頃以来だ」

浴衣《ゆかた》を受け取った志貴は、物珍しそうに浴衣《ゆかた》を広げて眺める。郁乃はソファの下に直《じか》に座って、お茶を手に取った。

「どうやって着んのこれ？」

「簡単よ。袖《そで》通して、衿《えり》元を右前で合わせて、帯結べばいいだけ。これ兵児《へこ》帯で柔らかいやつだし、寝るだけだから、はだけなければどんな結び方しても問題ないよ」

「ふーん」

「ちょっと志貴君！　何してんの!?」

郁乃の説明を聞いた志貴はソファから立ち上がると、いきなり着ていた服を脱ぎだした。上半身裸になった志貴に、郁乃は驚いて制止する。

咄嗟《とっさ》に両手で目を覆《おお》い、志貴から顔を背《そむ》ける。

一瞬、垣間見えた志貴の上半身は、綺麗な筋肉がついていて、とても引き締まっていた。すぐに視線を逸《そ》らしたのに、一瞬の姿が郁乃の瞼《まぶた》に焼き付いている。

男兄弟の中で育って、男の裸なんて見慣れていると思っていたのに、不意のことに郁乃は羞恥《しゅうち》で顔を染めた。

悲鳴まじりの郁乃の声に、ズボンのベルトに手をかけていた志貴が、手を止めて不思議そうに郁乃を振り返る。

「何だよ？　これに着替えればいいって言ったの郁乃だろ？」

「だからってここで着替えなくてもいいでしょ！　あっちの和室に布団も敷いてるんだし、あっちで着替えて！」

郁乃は半裸の志貴から顔を背《そむ》けたまま、和室を指さす。

「何だよ？　照れてんのか？」

「当たり前でしょ!!　馬鹿!!」

「へーそう。恥ずかしいんだ。ふーん」

何故かひどく嬉しげな声音《こわね》でそう呟いて、「仕方ないな」と言いながら、志貴は自分が脱いだ服と浴衣《ゆかた》を手にして、和室へ入っていった。

郁乃はホッとして、テーブルに置きっぱなしにしていたお茶を手に取る。

一気にグラスの中身を飲み干して一息ついた。

――びっくりした……。でも、すっごい筋肉だったな。

服を着ているときは気付かなかったが、鍛《きた》えられた体は綺麗に筋肉がついていて、まるで彫像のようだった。つい思い出してしまい、心臓の鼓動が早鐘を打つ。

――って！　待て待て！　私は何を思い出してるの！　忘れる！　今すぐ‼

郁乃はぶるぶると首を横に振って、頭の中から半裸の志貴を追い払う。

「何やってんだよ？」

当の本人に声をかけられて、郁乃の鼓動がさらに跳ね上がる。

「な、何でもない！　できたの？」

志貴の方を振り向けず、どぎまぎしたまま郁乃は志貴に質問する。

「まぁ、なんとか着れたと思う？」

疑問形の答えが返って来て、郁乃は後ろを振り返った。

志貴は思っていたよりもまともに浴衣《ゆかた》を着ている。だが、大きな問題があって、郁乃は立ち上がった。

「あぁ、その衿《えり》合わせじゃ死に装束《しょうぞく》だよ。合わせが反対」

「え？　だって、郁乃が右が前って言ってたから」

「右前って言うのは、右を先に合わせるってことなの」

郁乃は志貴のもとに大股で歩み寄ると、無造作に彼の浴衣《ゆかた》の帯を解いた。

「おい！　郁乃!?」

「ちょっとじっとしてて！」

慌てる志貴に構うことなく、浴衣《ゆかた》を開いて衿《えり》合わせを直す。

「ここ押さえてて！」

「おう」

腰骨の辺りで浴衣《ゆかた》を押さえてもらって、さっさと帯を締める。

「きつくない？」

「いや、大丈夫」

一歩後ろに下がって、郁乃は着付けの出来栄えを確認する。

背が高くて姿勢がいいせいか、祖父の紺色の浴衣《ゆかた》は志貴によく似合っていた。

――うん。悪くない。でも、やっぱり志貴君にはちょっと小さかったか。

ちょうどいいかと思った祖父の浴衣《ゆかた》は、志貴には少し丈が短かったらしい。脚が長いのか、足首が完全に出てしまっている。

――まぁ、寝るだけだからいいか。

「郁乃……」

一人納得する郁乃を前に、志貴ががりがりと頭をかいて唸《うな》る。

「ん？」

「自覚があるのかないのかわかんないけど、行動が突拍子《とっぴょうし》もなさすぎんだよ！　さっきの恥じらいは何だったんだよ？　いきなり男の服剥《は》ぐとか行動が支離滅裂《しりめつれつ》だろう」

志貴に注意されて、郁乃は我に返る。

「あ、いや、あの……ごめん。なんかつい……気になって……」

自分の暴挙に気付いて、郁乃はしどろもどろで志貴に謝る。

一つのことが気になると、周りのことが見えなくなるのは郁乃の悪い癖だった。

「別にいいけどよ。浴衣《ゆかた》、綺麗に着せてもらったし」

呆れを隠しもしない志貴の言葉に、郁乃は体を縮こめる。

「俺だからよかったようなものの、これが他の男だったら、さっきの続きをされてもおかしくないって自覚しろよ？」

「うう……気を付けます」

年下からのもっともすぎる注意に、郁乃はいたたまれなさを覚えた。

俯《うつむ》く頭にぽんと手のひらが置かれて、郁乃は顔を上げる。

「なぁ、どっかに全身映る鏡とかない？」

「え？」

「せっかく綺麗に着せてもらったから、全身を見てみたいんだけど」

両袖《りょうそで》を掴んで腕を広げた志貴は、自分の格好を物珍しそうに見下ろしている。

その表情はまるで新しいおもちゃをもらった子どものようで、微笑ましかった。

「玄関の横に姿見があるよ」

「あぁ、そういえばあった」

志貴は足取りも軽く玄関の方に歩いて行った。郁乃もなんとなくその後ろをついて行く。

「お？　悪くないじゃん」

鏡の前に立った志貴は満面の笑みを浮かべた。そうして、いくつものポーズを決めながら、自分の全身を確認している。その姿が妙に様《さま》になっているように思えて、郁乃は首を傾《かし》げた。

藤岡の仕事の手伝いでテレビ局にも出入りしたことがある郁乃は、いわゆる芸能人と言われる人たちとも間近で接したことがある。志貴には彼らと同じ、一般人とは違う独特のオーラのようなものを感じた。

——志貴君って何者なんだろう？　日本にあまりいないって言ってたし、イケメンだから何してても似合うのかもしれないけど、それにしても？

「何だよ？」

しげしげと眺めていると、気付いた志貴が郁乃を振り返る。

「いや、随分ポージングが決まってるなって思って……」

「人をナルシストみたいに言うなよ。俺はこれでも一応プロのモデルだ。と言っても、最近ようやく仕事が増えてきたばかりの駆け出しだけどな」

「そうなの？」

志貴の職業に郁乃は驚愕《きょうがく》する。でも、納得する部分もあった。

まるでギリシャ彫刻のように整った顔。手足が長く八頭身の長身。先ほど垣間見た体は節制と努力のたまものなのか緩《ゆる》みもなく美しかった。

それに、言動に乱暴なところはあっても、志貴の所作は一つ一つ美しかった。

あれは人に見られることに慣れている人間の動きだ。

頭の先から爪先まで志貴の体に視線を走らせて、郁乃は一つ大きく頷いた。

「何だよ？」

「いや、うん、なんか納得した。志貴君、顔もカッコいいけど、体のラインもすごい綺麗だもんね」

「そりゃどうも」

何の躊躇《ためら》いもなく告げた郁乃の褒《ほ》め言葉に、ぶっきらぼうに礼を言った志貴が、ふいっと顔を逸《そ》らした。その耳朶《じだ》が微《かす》かに赤くなっている。

――あれ？　照れてる？　他人から褒《ほ》められることなんて、たくさんあるだろうに。

「あんまりじろじろ見るな」

まじまじと志貴の様子を観察していれば、じろりと横目で睨《にら》まれた。

「いきなり褒《ほ》められたら、調子狂う」

「そんなもん？」

「俺はな！」

「そっか」

ぶっきらぼうに吐き出された言葉に、郁乃は込み上げる笑みを噛み殺す。

照れる志貴が年相応に可愛く見えた。

でもそんなことを言ったりしたら、この青年はきっと盛大に照れて怒るだろう。反応が一番上の弟と似ている気がした。

郁乃はさりげなく志貴から視線を逸《そ》らして、廊下の壁時計に目をやった。

いつだったか、末弟の結人がお土産《みやげ》だと言って勝手に取り付けていった派手な時計が指し示している時間を見て、郁乃は悲鳴を上げる。

「げっ！　もうこんな時間!!」

時刻はとっくの昔に日付が変わっていて、一時を過ぎようとしていた。

「志貴君！　洗面所に買い置きの歯ブラシとタオルを出しておくから適当に使って！」

「郁乃？」

「私、明日も七時出勤だからもう寝るね！　志貴君も早く寝たほうがいいよ！」

そう叫んで郁乃は慌てて寝支度を整えると、二階の自室のベッドに潜《もぐ》り込んだ。

ベッドに横になった途端に、疲労が押し寄せてくる。

――なんか今日は、色々とあったな。

目まぐるしく様々な出来事があった一日を振り返る。

今までの人生で出会ったこともないようなイケメンに結婚詐欺《さぎ》で訴えられそうになった挙句、その子を今、自宅に泊めている。

明日、起きたら家中の貴重品がなくなっていてもおかしくない状況だ。

だけど、不思議と郁乃は志貴を信用していた。

夜に郁乃以外の気配が家の中にあるのは久しぶりで、落ち着かなさとも高揚ともつかないものを覚える。でも、この感覚は嫌いじゃない。

――私は、どこで志貴君と出会ったのかな？

記憶を掠《かす》める映像はある。どこかで一緒に飲んでいたことも、志貴の名前の由来も思い出した。

けれど、肝心なことは何一つ思い出せない。

――何で私、婚姻届なんて書いたんだろう？

いくら考えてもわからない。

ただ、眠りの海の底に引き込まれながら、郁乃は考える。

――あの婚姻届を何とかしないと……

けれど、解決策を思いつくより先に、郁乃の唇から健《すこ》やかな寝息が零《こぼ》れていた。

3　一難去ってまた一難？

朝五時半。郁乃の部屋に二十二世紀からやってきた猫型ロボットアニメのテーマソングが流れ出す。

小学生の頃から使っている目覚まし時計のアラームの音だった。

「うー」

まだ半分以上、眠りの海の底に意識を預けつつ、郁乃は無意識に目覚ましを探す。伸ばした手がベッドヘッドの棚の上の目覚まし時計を鷲掴《わしづか》む。

寝惚けたままスイッチを押してアラームを止めた。

「……ううう――」

唸《うな》りながら郁乃はもぞもぞと起き上がると、目覚まし時計を棚の上に戻した。

どんなに遅く寝ても、この目覚ましが鳴ると体が勝手に動く。

寝不足の重い体を引きずって、郁乃は部屋から着替えを持って一階に下りた。

台所に入って、昨夜炊飯器にセットしたご飯が炊けていることを確認する。寝る前に危惧《きぐ》したように、居間の家電製品や貴重品がなくなっている様子はない。和室のふすまを細く開けて、志貴の様子を確認する。よく寝ているのが見えて、そろそろとふすまを閉めた。

──あれなら、そうそうには起きないかな？

郁乃は風呂場に向かった。シャワーコックを捻《ひね》って少しぬるめのシャワーを浴びると、本格的に目が覚めてくる。

珍しく夜更かししたせいで、体が重怠《だる》く感じた。

郁乃は基本的に早寝早起きだ。仕事柄、朝が早いこともあって夜は早々に寝てしまう。だけど昨日は思いのほか、志貴と過ごす時間が楽しくて、寝るのが深夜になってしまった。

そのせいで、すっかり寝不足だった。

──さすがに眠い。寝たの二時過ぎてたもんなー。仕入れのある日じゃなくてよかった……

花屋の仕事はもともと体力勝負だが、仕入れの日は一段と忙しいのだ。こんな寝不足の状態で出勤したら、藤岡に迷惑をかけていたと反省する。

シャワーを浴び終えて、脱衣所でジーンズとシャツに着替える。濡れた髪をタオルで適当に拭《ふ》いて乾かし、台所に向かった。

瞬間湯沸かし器に水を入れてスイッチを入れる。食品をストックしている棚から、フリーズドライの味噌汁を二つ取り出して、お椀にセットした。

次に、フライパンに油を引いて火にかけ、目玉焼きを作り始める。

「よっと！」

黄身が半熟になったところで、目玉焼きを皿に移す。丁度《ちょうど》そのタイミングで、湯沸かし器がピーピーと湯が沸いたことを知らせてきた。

郁乃は用意していたお椀の一つにお湯を入れて、みそ汁を作った。

冷蔵庫を開けて、作り置きのひじきの煮物と煮豆を出して、二人分を小鉢に盛った。煮物の残りを冷蔵庫に戻したあと、野菜室からレタスとミニトマトを出して、目玉焼きの横に適当に添える。

弟たちが泊まったときのノリで、二人分の朝食を作ってしまったが、出来上がった朝食を前にして郁乃は、束の間、考え込む。

——う～ん？　私はこれでいいけど、志貴君足りるかな？

弟たちの普段の食事量を思い出し、この量では志貴には物足りないかもしれないと考える。

郁乃は再び冷蔵庫を開けて、食材を確認する。

ウィンナーとベーコンがあったので、目玉焼きを焼いたフライパンで軽くソテーして、志貴の分の皿に追加した。志貴の分にラップをかける。

――あとはヨーグルトでも出しておこう。

出来た朝食に満足して、郁乃はご飯を茶碗に盛った。

「いただきます」

台所にある食卓に座って、郁乃は一人手を合わせて朝ごはんを食べ始める。

――そろそろ庭の畑を起こして、今年も何か野菜でも作るかなー。

目玉焼きの付け合わせのレタスを食べながら、そんなことをぼんやりと考える。

毎年、庭の一角を使って郁乃は家庭菜園をしていた。

サニーレタスや大葉、ナスやトマトやキュウリ、苺は家族にも人気がある。その他にもサツマイモや大根など数種類を植えていた。収穫時期に季節の野菜をてんぷらにするのが、毎年の密かな楽しみだったりする。

――あとで肇か結人にメールでもして、暇な日があるか聞いてみよ。

畑の手伝いを弟たちに頼もうと考えていたとき、志貴が寝ている和室のふすまが開いた。

「……おはよ」

掠《かす》れた声で挨拶《あいさつ》した志貴が、ふらふらとした状態で顔を出した。

朝は弱いのか、目は半分以上瞑《つぶ》ったままの状態で、ひどく眠そうだった。

郁乃と同じで志貴も寝たのは遅かったから、仕方ない。

「ごめん。起こしちゃった？　まだ早いから、寝ててもいいよ？」

郁乃の言葉に、志貴は迷うような仕草で首を振る。その姿は寝起きの悪かった末弟の子どもの頃を思い出させた。

「……今何時？」

「六時過ぎたところだよ。朝ごはん作ったから起きるなら一緒に食べる？」

「う——」

郁乃の質問に、低い声で志貴が唸《うな》る。どうするのかと眺めていれば、眠気が勝ったのだろう。「……もう一回寝る」と呟いて、志貴は部屋に戻って行った。

その後ろ姿を見送って、郁乃はくすりと小さく笑った。

——子どもか。

心の中で突っ込んで、郁乃は朝食を終えた。

皿を洗ってお弁当用におにぎりを握ると、郁乃は歯磨きと化粧を済ませた。

和室をそっと覗《のぞ》けば、志貴はぐっすりと眠り込んでいるのか、目覚める気配もない。

束の間、志貴の様子を眺めるが、起こすのもかわいそうなくらいに気持ちよさそうに寝ていた。

郁乃は台所に引き返して、志貴にあててメモを書く。

『志貴君へ
朝食は用意しておくからよかったら食べて。冷蔵庫にヨーグルトもあるよ。
帰るなら家の鍵は玄関横のポストに入れておいてください。
仕事に行ってきます。
郁乃』

そのメモを自宅の合い鍵と一緒に、用意した朝食の傍に置いておく。

腕時計を見れば、丁度《ちょうど》出勤時刻だった。郁乃は鞄《かばん》と弁当を手に家を出た。

帰ってきたら、今度こそ家の中がすっからかんになっていたらどうしようかと考えてみるが、そもそも盗まれて困るものは家の中には置いてない。

家の権利書などは父が銀行の貸金庫に預けているし、家電製品はそろそろ買い替えを検討しているようなものばかり。売ろうとしても、逆にリサイクル料を取られかねない年代物だ。

現金はもともと小銭くらいしか置いてないし、通帳とハンコは持って歩いているから問題ない。

もし、価値のあるものがあるとすれば、画家である末弟の結人がたまにくれる絵くらいだろう。自分にはさっぱり理解できないが、海外では評価が高くコアなファンを持つ結人の絵は、時に数百万円単位で売れることもあるらしい。

そんな絵を無造作にくれる末弟の行動に頭を抱《かか》えることもあるが、それが結人なりの愛情表現なのは理解している。

万が一、志貴が結人のコアなファンで、郁乃の自宅に保管している絵を狙ってきたのだとしたら、もう諦めるしかないだろう。

末弟が聞いたら激怒しそうなことを考えながら、郁乃は通い慣れた道を歩く。

――ま、もう、なるようにしかならない。考えても仕方ないか。

もし何かあれば、それは郁乃の人を見る目がなかったということだ。

そう腹を括《くく》ったところで、丁度《ちょうど》職場に辿《たど》り着いた。店の裏口に回って、藤岡から預かっている鍵でドアを開ける。

事務所兼用になっているバックスペースに入ると、険しい顔をした藤岡が郁乃を待ち構えていた。

「おはよー。どうしたの、泰兄？　朝からそんな怖い顔して」

「おはよう。悪かったな朝から顔が怖くて。そんなことより郁乃、お前ちょっとそこ座れ」

藤岡が説教モードに入っていることに気付いて、郁乃は何をやらかしただろうかと必死に考え、ハッとする。

「昨日の夜、ハンコ屋の宮島《みやじま》さんと、築島《つきしま》先生、魚辰《うおたつ》の辰己《たつみ》さんが、郁乃がえらい別嬪《べっぴん》の兄さんに結婚詐欺《さぎ》で訴えられそうだ！　って押しかけて来たんだよ」

郁乃は思わず頭を抱《かか》えたくなる。唇から低い唸《うな》り声が零《こぼ》れた。

――あの三人に口止めするの忘れてた！

志貴と料理に夢中になっていて、すっかり存在を忘れていた。あの三人が大人しく黙っているわけがなかったのだ。

「うぅ。泰兄。どこまで聞いたの？」

恐る恐る藤岡に昨日の様子を確認すれば、幼馴染《おさななじみ》は感情の読めない表情を浮かべた。

「お前がえらく綺麗な顔をした男に結婚詐欺《さぎ》で訴えられそうになった挙句、その相手と意気投合して、自宅にお持ち帰りしたところまでだ」

簡潔にまとめられた藤岡の言葉に、郁乃は撃沈する。

いい意味でも、悪い意味でも、この町は人と人との繋がりが密だ。

ましてや、藤岡が名前を挙げた三人は、町内でも指折りの話好きだ。昨日のやり取りが、商店街中に広まっていても驚かない。いや、確実に広まっているだろう。

噂にとんでもない尾びれや胸びれがついてないことを祈るしかなかった。

――うぅぅ。どうしよう……。

「それで郁乃？　昨日の夜、何があったのか説明してくれるか？」

淡々とした様子の藤岡に問われて、郁乃の動揺はひどくなる。

一部語弊はあるものの、おっさんたちが藤岡に伝えたことがほぼ事実だと言ったら、この幼馴染《おさななじみ》はどんな反応をするだろう？

怒られることだけは確実だ。

「郁乃？」

低い声で名前を呼ばれて、郁乃は反射的に背筋を伸ばす。その瞬間、藤岡と目が合った。

嘘や誤魔化しを許さない眼差《まなざ》しの強さに、郁乃は首を竦《すく》めて観念する。

「えーと……大体は事実です」

「事実の部分はどこからどこまでだ？」

「最後のお持ち帰りしたってところ以外？」

疑問形な郁乃の返事に、藤岡の表情がますます険しくなる。

「で、その相手は、今どうしているんだ？」

彼の質問に、郁乃は口ごもる。思わず藤岡から視線を逸《そ》らした。

――やばい。うちに泊まらせてるなんて言ったら……

その郁乃の態度に何かを察したのか、藤岡の眉間の皺《しわ》が深くなった。

「郁乃？　相手は、今どうしてるんだ？」

淡々と繰り返される質問。郁乃はちらりと藤岡を見上げて、その渋面《じゅうめん》に観念した。

ここは正直に白状してしまった方が、お説教の時間も短くて済むだろう。

「……えーと、多分、まだうちで寝てます」

「どういうことだ？」

「昨日、うちに泊めました」

郁乃は昨日、藤岡と別れてからの行動を順を追って説明する。郁乃の説明を聞けば、聞くほどに藤岡の眉間の皺《しわ》がどんどん深くなっていく。

藤岡が深く息を吸い込んだのに気付いて、咄嗟《とっさ》に郁乃は身構えた。

「お前は何を考えているんだ！　馬鹿か!!」

途端に、藤岡の怒声が店内に響いた。昭和の雷親父もかくやという大声に、郁乃は耳を押さえる。

――泰兄の本気の怒鳴り声。久しぶりに聞いたな……

「いや、だって、話をしたら案外普通だったし、悪いことしそうな感じもなかったんだもん。実際何もなかったし……」

「何かあってからじゃ遅いだろうが！　お前はもう少し女としての自覚を持て!!　たまたま今回は何もなかったが、いつもそうとは限らないだろうが！　だいたい、家にそのまま置いてくるなんて正気か。帰ったら家中のものがなくなっている可能性もあるんだぞ！」

「それも考えたけど、貴重品は手元にあるし、盗まれて困るものはないかなって……」

「結人の絵はどうなんだ！」

末弟の絵の芸術性を理解している幼馴染《おさななじみ》は目を血走らせた。

「んーそれも考えたんだけど、あの子の絵の価値が全く理解できない姉のもとにあるより、欲しいって言ってくれる人のところに行った方が幸せかなと……」

郁乃の返答に唸《うな》り、藤岡は眉間を指で揉《も》んだ。

「……お前、それ結人に言うなよ？　姉ちゃん大好きなあいつがそれ聞いたら、泣いて暴れるぞ？」

「泰兄、大げさ」

人の弟をまるでシスコンみたいに言う幼馴染《おさななじみ》を、郁乃は思わず笑い飛ばす。

だが、返ってきたのは呆れ返った深いため息だった。その上、何故か憐《あわ》れむような眼《まな》差《ざ》しを向けられて、郁乃は理不尽さを覚える。

「まあいい。とりあえず行くぞ」

「行くってどこに？」

立ち上がった藤岡を見上げ、郁乃は質問する。

「お前の家に決まってるだろうが！」

「え、何で？」

「この状況で、その得体の知れない男を放置できるわけないだろう！」

「店どうするの？　準備何にもしてないよ？」

「そんなものはあとでどうにでもなる。いいから行くぞ」

「いいよ！　別に‼」

藤岡の言葉に驚いて、郁乃も立ち上がる。

「いいわけあるか‼　うだうだ言ってないでさっさと行くぞ！」

そのまま藤岡に手首を掴まれて、郁乃は店の外に連れ出された。

半ば引きずられるように、郁乃は先ほど歩いてきた道を引き返す。

――これは何言ってもダメか……

この幼馴染《おさななじみ》は、一度こうと決めたら梃《てこ》でも意思を曲げないのだ。

無言でずんずん歩く藤岡の背中を眺めて、郁乃は肩を竦《すく》める。

幼い頃から郁乃は、この幼馴染《おさななじみ》には心配をかけっぱなしだった。そのせいもあるのか、藤岡は郁乃に対して、ひどく過保護なところがある。

「婚姻届は本当にお前が書いたものなのか？」

不意に思い出したように藤岡が尋ねてくる。

「うーん。正直わかんない。でも、実印も字も間違いなく私のものだった。それはハンコ屋と、築島先生が確認してるから間違いないと思う」

「お前は本当に……」

藤岡が疲れたように黙り込んだ。

そうこうしているうちに、二人は郁乃の家に到着する。

「郁乃」

玄関前に立った藤岡に促《うなが》されて、郁乃は家の鍵を開けた。

「邪魔するぞ」

「どうぞ」

律儀に挨拶《あいさつ》してから藤岡は家に上がった。郁乃もそれに続く。

「それで、その男はどこにいるんだ？」

「和室。でも多分、まだ寝てるんじゃないかな？」

振り返った藤岡からの質問に、郁乃は気乗りしないまま答える。家の中は静かで、特に荒らされた様子もない。

「わかった」

頷いた藤岡は、勝手知ったる様子ですたすたと居間の方に歩いていく。

「郁乃？　仕事に行ったんじゃないのか？　何か忘れ物？」

藤岡が居間に入る寸前、廊下の奥にある洗面所から志貴が顔を出した。

「あ、志貴君……」

志貴の顔を見た郁乃は、途端にホッとする。

藤岡に言えば怒られそうだが、志貴の平和そうな顔を見て、彼が結人の絵を盗み出す目的で郁乃に近付いてきたとは、やはり思えなかった。

しかし同時に、この状況をどう説明したものかと困ってしまう。

——う……どうしようこれ？　まさか君を泥棒と思って、様子を見に来たとか言えない。

志貴は志貴で、廊下に立つ郁乃と藤岡の姿に不穏なものを感じたのか、眉間にぐっと皺《しわ》を寄せた。

三人の間に何ともいえない緊張感が漂《ただよ》う。

誰がこの均衡《きんこう》を破るのか。そう思っていると、廊下に出てきた志貴が、藤岡を真っ直ぐに見て口を開いた。

「郁乃の弟さんにしては、随分老け顔だな。どちら様？」

さりげなく藤岡に向かって失礼なことを言う志貴に、郁乃は焦る。

「あの、えっと、志貴君。この人は……」

「郁乃には聞いてない。俺はこの人と話がしたいから、ちょっと黙ってて」

とりあえずこの状況を説明しようとした郁乃の言葉を、志貴が遮《さえぎ》った。視線を藤岡に向けたまま、こちらを見ようともしない。

そんな志貴を上から下まで見下ろして、藤岡も口を開いた。

「俺は郁乃の幼馴染《おさななじみ》で、藤岡泰介だ。郁乃の雇い主でもある。そういう君こそ誰かな？」

藤岡の自己紹介に志貴の目が眇《すが》められた。

「あんたが噂の郁乃の幼馴染《おさななじみ》か……」

呟くようにそう言った志貴が、次の瞬間ににやりと不敵に笑って、姿勢を正した。

「初めまして。郁乃の婚約者の千田志貴です」

志貴の自己紹介に、今度は藤岡の表情が消えた。ついでに郁乃の眉間に皺《しわ》が寄る。

「ちょーっと！　志貴君？」

——なんてことを言うんだ！

「だから、郁乃は黙ってて。俺はこの人と話をしてる」

郁乃はこれ以上話がややこしくなる前に志貴を止めようとしたが、またも志貴に遮《さえぎ》られる。

「そのことで君に話があって来たんだ。君が郁乃の婚約者ということも含めて色々と話がしたいんだが、ここじゃなんだから中に入らないか？」

藤岡が、家主を無視してそう志貴に提案した。

「構いませんよ。俺もあなたと話がしたい」

「居間でいいか？」

「ええ」

郁乃を置いてけぼりにして男二人は勝手に、居間に入っていった。

――ここ私の家なんだけど……

呆気に取られて二人を眺めていた郁乃も、慌てて二人のあとを追う。

郁乃が居間に入ると、男二人は無言でソファに向かい合って座っていた。

――な、何この空気。

重苦しい沈黙に、郁乃は居心地の悪さを覚えた。

自業自得とはいえ、その緊張感に耐え切れず、郁乃は台所に逃げ出した。

とりあえずお茶でも淹《い》れようと、水の入ったケトルを火にかける。

「君が郁乃との婚姻届を持っていると聞いたんだが、それについて説明してくれないだろうか？」

郁乃がお茶の用意をしていると、藤岡の声が聞こえてきて郁乃は顔を上げた。台所から居間の様子をそっと窺《うかが》う。

藤岡の言葉に、志貴は器用に右の眉だけを上げてみせた。面白そうに藤岡を眺めたあと、志貴はハッと笑って「嫌だね！」と言った。

まさか断られると思っていなかったのか、藤岡がわずかに戸惑いの表情を浮かべる。

「千田君？」

志貴は腕を組むと、それまで一応は丁寧に接していた態度をがらりと崩した。

「何であんたにそれを説明しなきゃいけない？　あんた別に郁乃の幼馴染兼雇《おさななじみ》い主ってだけで、家族でも何でもないよな？」

確認するような志貴の言葉に、藤岡の眉間に皺《しわ》が寄る。

「確かに、君の言う通りだが」

「だったら、説明する気はない」

志貴が藤岡の言葉を拒絶する。

「俺はこいつの保護者みたいなもんで、親父さんから頼まれている責任がある」

「だから？」

藤岡の反論に、志貴は冷たく笑った。顔が綺麗なだけにその迫力は凄《すさ》まじく、郁乃は思わず息を呑む。

「郁乃は二十八の立派な成人女性だ。あんたが郁乃の親父さんに何を頼まれているのか知らないが、郁乃の交友関係にまで口出す権利はないはずだ。藤岡さんだっけ？　あんたが郁乃の恋人や婚約者だっていうなら話し合う余地はあるかもしれないけど、ただの幼馴染《おさななじみ》兼雇い主が口出すことじゃない」

志貴の反論に藤岡が意表を衝《つ》かれたように目を瞠《みは》った。そして、ちらりと郁乃の方に視線を向けてくる。

その困惑と動揺がない交ぜになった表情に、郁乃は戸惑いを覚える。

——泰兄？

いつもの頼れる兄貴分とは違うものを感じて、郁乃が藤岡を見つめ返す。すると、彼は大きく息を吐いて、一度瞼《まぶた》を閉じた。

次に目を開けたときには、いつもの冷静な藤岡に戻っていた。

「……確かに君の意見には一理あるな。どうやら俺はこいつの兄貴分でいた頃の癖が抜けないらしい。過保護になりすぎているようだから、これから少しは気を付けよう」

志貴の言葉を素直に受け取った藤岡が意外で、郁乃は驚く。

それは志貴も同じだったのだろう。器用に片眉を上げて、面白いものでも見るみたいに藤岡を眺めた。

「ふーん。随分、ものわかりがいいな。じゃあ、これで話は終わったってことでいいのか？」

「いや。妹のように可愛がっている幼馴染《おさななじみ》の傍に得体の知れない男がうろちょろするのを黙って見ているほど、俺は薄情じゃないんでね」

志貴が不愉快そうに目を眇《すが》め、二人は無言で睨《にら》み合った。

「だったら、あんたは俺にどうして欲しいわけ？　郁乃のところから出て行けと言うのは聞かない。さっきも言ったがこれは郁乃と俺の問題だ。あんたが口を出す権利はない」

淡々とした志貴の反論に、藤岡は渋面《じゅうめん》を作った。

二人の間に激しい火花が散る。

完全に平行線になった二人の話し合いを眺めて、郁乃は疲労感に襲われる。

――泰兄も志貴君も、私の意見を聞く気はないわけ？

そのとき、ケトルが湯の沸いたことを知らせる甲高い音を立てた。郁乃はコンロの火を消して、お茶を淹《い》れる。それを持って居間に行くと、二人は変わらず睨《にら》み合っていた。

郁乃が二人の前にお茶を差し出すが、彼らはこちらに視線を向けることもない。

仕方なく、郁乃はこほんとわざとらしい咳払いをしてみた。

「郁乃？」

二人が、ようやく郁乃に視線を向けてくる。その視線の圧力に、思わず怯《ひる》みそうになった。

郁乃は大きく深呼吸してから、意を決して二人を見る。

「ここでいつまでも睨《にら》み合っていても不毛だと思うんだけど……泰兄もいい加減店に戻らないと、TV局との打ち合わせ間に合わなくなるよ？」

「……そうだな」

「だから、今は泰兄が引いて」

郁乃の言葉に藤岡が不審そうな表情を浮かべて、郁乃をじろりと睨《にら》んだ。

「お前、何を言っているんだ？」

「何って言葉そのままの意味よ。泰兄の心配もわかるしありがたいんだけど、確かにこれは、私と志貴君の間で解決しないといけない問題だから」

志貴が面白がるように郁乃と藤岡のやり取りを眺めている。

「郁乃！」

藤岡に大声で名前を呼ばれて、郁乃は首を竦《すく》める。けれど、決意は変わらなかった。郁乃だって志貴が何故、記入済みの婚姻届を持っているのか知りたいし、結婚詐欺《さぎ》で訴えられるのも御免《ごめん》だ。

「それに……多分だけど、志貴君はそんなに悪い子じゃないよ」

「何だよ多分って、断言しないのかよ？」

「それは無理。私、君のことよく知らないもの」

茶々を入れてくる志貴を軽く睨《にら》めば、無言で肩を竦《すく》められた。

「あと、泰兄。心配だって言うなら、しばらく結人の絵を預かってよ？」

郁乃の提案に、藤岡が意表を衝《つ》かれた様子で目を瞠《みは》った。

そして頭痛がするというようにこめかみを親指でほぐす。

「だったらもっと簡単な解決方法があるだろう。俺が彼を預かるか、俺もこの家に泊まる。そうすれば問題のほとんどが片付く」

しかし、郁乃は「無理でしょ」と藤岡の解決方法をバッサリと切り捨てる。

「どうしてだ？」

「だって泰兄、明日から北海道で美術館の作庭の仕事が入っているじゃない」

自分の仕事のスケジュールを思い出した藤岡が、ぐっと詰まる。

「お前こそ、ちゃんとわかっているのか？　昨日今日、会ったばかりの男を家に泊めてるんだぞ？」

「それこそ今さらじゃない？　昨日の夜、泊めちゃったし。これまでだって、肇や結人の友達がよく家に出入りしてたじゃない。それに泰兄、よく考えてよ？　志貴君がこの家に居候《いそうろう》するってなったら、どうせ近所の皆が親切心半分、好奇心半分で、うちのことをよーく見守ってくれるでしょ？　何かあってもなくても、すぐに駆けつけてくれるわよ」

あっけらかんとした郁乃の言葉に、藤岡が何ともいえない様子で黙り込んだ。

束の間、黙考したあと、藤岡が大きく息を吐き出した。

「お隣の吉岡《よしおか》さんと、お向かいの竹下《たけした》の爺様にちゃんと事情を説明しておけ」

昔から中西家と懇意にしていて、何くれとなく世話を焼いてくれている二家の名前を上げた。

藤岡からの妥協案が出て来て、郁乃はホッとする。

「わかった」

「あと、家にいる間もいつもの防犯ブザーは肌身離さず持って歩け。この男が少しでも変な行動に出たら、すぐに鳴らすんだ」

「俺を何だと思ってるんだよ？　ケダモノでも痴漢でもないぞ」

「悪いが俺は君のことを知らない。信用しろっていうのは無理な話だ。これくらいは当然の対応策だし、むしろこの程度で済んでるのをありがたいと思ってほしいな。問答無用で叩き突き出してもこちらは構わないんだ」

一旦、言葉を切った藤岡がちらりと郁乃に視線を向けて、苦虫を噛み潰したような表情で志貴に向き合った。

「だが、郁乃はそれじゃあ納得しないみたいだからな。厄介なことに、郁乃は一度腹を括《くく》ると、絶対にあとに引かない。もう君をこの家に居候《いそうろう》させると決めたみたいだ。だったら、こちらは打てる手を打つしかない」

「まぁ。藤岡さんがそれで安心するって言うならいいんじゃないか？　郁乃の合意さえあれば防犯ブザーを鳴らされることもないだろうし？」

「志貴君!?　これ以上話をややこしくしないで！」

確信犯の顔をする男に、郁乃は頭痛を覚える。

――せっかく話がまとまりかけたのに、泰兄を煽《あお》ってどうするのよ⁉

「吉岡さんのおばさんに何かあったとき用の合い鍵は預けてあるし、竹下のおじいちゃんにも話は通しておく！　で、防犯ブザーはちゃんと持って歩く！　それでいいよね？　泰兄‼　もういい加減、店開けないと時間がやばいよ？　こんなところでぐずぐずしてる暇ないよ！」

まだ何かを言いかける藤岡にまくしたてるようにそう言って、郁乃は強引に話をまとめにかかる。

他人が聞いても無茶苦茶なことを言ってる自覚はあったが、そもそも志貴との出会いがでたらめだったのだ。

この問題を解決するために、志貴と過ごしてみるのもいいかと、郁乃は思い始めていた。

先ほど藤岡にも言ったが、その判断の根底にあるのは、志貴がそうそう悪いことが出来る人間じゃないという勘みたいなものだった。

郁乃のこの手の勘はあまり外れたことはない。だから、まぁ大丈夫だろうと思う。

何か事が起こるのなら、昨日の時点で起こっているだろう。

――お母さんと佳代さんによる英才教育で、イケメンに弱いせいとは思いたくない……

過《よぎ》った懸念《けねん》に内心で苦笑して、郁乃は立ち上がる。

「店に帰ろ」

そう言って、郁乃は藤岡の腕を掴んで立ち上がらせた。

郁乃の性格をよく理解している藤岡は大きなため息をつくと、素直に立ち上がってくれた。

「ごめんね。泰兄」

謝る郁乃に、藤岡が郁乃の前髪をくしゃりと乱した。

「もういい。ただ、さっき言ったことだけはちゃんと守れ」

「ん。わかった」

素直に頷いた郁乃の前髪をぐしゃぐしゃとさらに乱した。そうして、立ったまま志貴に鋭い眼差《まなざ》しを向けた。

「もし郁乃やこの家に何かあった場合、俺を含め近所中の人間が黙ってない。それだけは覚えておくといい」

じろりと志貴を睨《にら》みつける藤岡に、志貴はがりがりと自分の頭をかいて嘆息する。

「藤岡さんが俺のことを疑うのはわかるよ。この状況だしな。あんたが大切に守ってきた郁乃を傷付けるような真似は絶対にしない。それは俺の本位じゃない」

真摯《しんし》な態度を見せた志貴に、郁乃の胸がかすかなときめきを覚えた。

「その言葉が嘘じゃないことを願う」

「まぁ、あんたが北海道に行っている間に、郁乃本人の合意が取れたら遠慮なく手を出すけどな！」

最後に余計なことを付け加えた志貴。藤岡の額《ひたい》に血管が浮かび上がる。

――お願いだからこれ以上、話をややこしくしないで！

郁乃が志貴に文句を言おうとしたとき、志貴が不意に苦笑した。

「昨日も思ったが、郁乃はみんなに愛されてるんだな。藤岡さんもだけど、大吉の親父さんに女将《おかみ》さん、他の客も何だかんだと郁乃のことを構い倒してた。郁乃が危なっかしいっていうのもあるんだろうけど、いいところで育ったんだな」

しみじみとそんなことを言いながら、憧憬《どうけい》をもって語る志貴の表情に、郁乃は文句を言うのを忘れてしまう。

藤岡も意表を衝《つ》かれたように眉間の皺《しわ》を解いた。

――ああ、うん。こういうところだよね。なんか毒気を抜かれるんだよね。志貴君って……

本人に自覚があるのかは知らないが、こんな顔で地元を褒《ほ》められたら、疑っているこちらが悪いような気がしてくる。

――顔が綺麗ってこういうところが得だよなー。

呆れ半分、納得半分で郁乃は志貴の顔を眺めた。

藤岡も同じなのだろう。拍子《ひょうし》抜けというか毒気を抜かれた様子で、深々と息を吐く。

「昔からこういう隙だらけで無茶をする奴だから、皆が放っておけなくなるんだよ」

「うん。何かわかる気がする。あんたも郁乃のお守りで苦労してきたんだろうな。俺が言えたことじゃないけど、色々とやらかしてそうだなもんな」

「わかるか？」

「見えるものはあるよ」

「そうか。だったら、あまり無茶なことをしないでもらえると、こちらも助かる」

「善処はするよ」

「頼む」

何故か唐突に、男二人は理解し合ったように頷き合うものだから、郁乃は戸惑いを覚えずにはいられない。

——男子ってたまに本当にわかんないわ。

「店に戻るぞ」

「あ、待ってよ！　泰兄！」

慌てて郁乃は藤岡を追いかける。居間を出る間際、郁乃は志貴を振り返った。

「志貴君」

「何だ？」

「うちにいるつもりなら留守番《るすばん》よろしく。もし帰るなら、合い鍵を店まで届けて。店の場所がわからなかったら、商店街の誰かに聞いて。フラワー藤岡って言ったらすぐにわかると思うから」

「わかった」

「じゃあ、行ってくる！　帰りは八時くらいだから！」

「はいはい。行ってらっしゃい」

志貴の声に送られて郁乃は、玄関に向かった。

「ごめん！　泰兄、お待たせ」

玄関で待っていてくれた藤岡に謝って、二人揃って家の外に出る。そこには、近所の人たちが集まっていた。

「郁乃！　問題は片付いたのか？　泰介！　俺の手はいるか？　不埒《ふらち》な奴を追い出すなら手を貸すぞ？」

元警察官のお向かいさん竹下の爺様は、竹刀《しない》片手に仁王立《におうだ》ちしていた。

「郁乃ちゃん！　大丈夫なの？　結婚詐欺《さぎ》で訴えられそうって聞いたけど？　おばちゃんの家に来る？」

その横からお隣の吉岡さんの奥さんまで出て来て、心配そうに郁乃の家の様子を窺《うかが》っている。

——これだもん。心配しなくても、何かあればすぐに駆けつけてくれそうだよ？

　郁乃が藤岡を見上げると、藤岡も苦笑していた。

　この地域は今時本当に珍しいくらいに、いい意味でも悪い意味でもご近所付き合いが濃密だ。

「大丈夫。ちょっとの間、うちで人を預かることになったの」

「郁乃は言い出したら聞かないので、何かあったらお願いします。俺は明日から北海道でしばらく留守《るす》にしますので」

「わかったわ。郁乃ちゃん」

「郁乃のことは任せろ。何かあればすぐに駆けつけてやる」

藤岡が二人に丁寧に頭を下げた。

「じゃあ、儂は家に戻る。郁乃、あとで仏壇の花を届けてくれ」

「わかった」

言いたいことだけ言うと、竹下は竹刀《しない》片手に、向かいの自宅に入っていった。

「じゃあ、二人とも仕事を頑張ってね」

吉岡も自宅に戻っていく。玄関先に郁乃と藤岡の二人だけが残された。

「……あいつの言う通り、お前は本当にみんなに愛されてるな」

こちらを見下ろした藤岡は、郁乃の顔をしみじみと眺めてそう言った。

「おかげさまで」

どう返事をしたものかと迷って、郁乃は肩を竦《すく》めてみせた。

「戻るか」

一息ついて、藤岡が歩き出す。郁乃もそれに続いた。

店に戻った二人は、急いで開店準備を始める。用意が整ったのは、いつもよりも一時間以上遅い、十時頃だった。明日以降、藤岡が留守《るす》の間の仕入れや売り上げについて打ち合わせる。

「打ち合わせのあと、そのまま北海道に行く。週明けには帰ってくるからあとのことは頼む！」

「はいはい。気を付けて」

慌ただしい様子で車に乗り込む藤岡を見送って、郁乃は店内に戻った。

独りになった途端にため息が零《こぼ》れる。

――何か疲れた……仕事もしてないのに……まぁ、一応は収束？

そんなことを考えながら、凝《こ》り固まった体をほぐすように、肩を大きく回す。

「とりあえず店開けないとね」

郁乃はまだ閉めたままだったシャッターを開けた。

春の暖かい日差しが店の中に差し込んでくる。それと同時に、「郁ちゃん！」という声が聞こえて、向かいの店から佳代が飛び出してきた。

「佳代さん？　どうしたの？」

「聞いたわよ！　昨日、すごいイケメンにプロポーズされたんでしょ⁉　どんな子？　どんな子なの⁉　私に紹介してよ‼」

勢いよく走り込んできた佳代の叫びに、郁乃はがっくりとうなだれる。

――もう、本当に‼　ここの商店街は‼

「で？　噂のイケメン君は？」

郁乃の手をがしっと掴んで迫ってくる佳代の瞳は、らんらんと輝いていた。

「もちろん紹介してくれるんでしょ？」

「佳代さん！　ちょっと落ち着いて‼」

ぐいぐいと迫ってくる佳代に、郁乃の上半身が反《そ》り返る。後ろに倒れ込みそうになって焦った。

「郁ちゃんの母親代わりとして、ご挨拶《あいさつ》しないと！」

拳《こぶし》を握って、きらきらと輝く瞳で決意表明する佳代に、郁乃の疲労感が増す。

「いやいや、佳代さん！　ちょっと落ち着いて……」

「もう！　そういう相手がちゃんといたんじゃない！　郁ちゃんも水臭いんだから！

それで、そのイケメンとどこで出会ったの？　いつ？　付き合って何か月になるの？　そんな気配全くなかったから私、全然気付かなかったわ！　プロポーズされたってことは結婚もちゃんと考えているってことよね？」

郁乃の話も聞かず、マシンガンのように質問をし続ける佳代に、口を挟む余地もない。

佳代にぐいぐいと迫られて郁乃は壁際に追い込まれる。

――誰か……誰か佳代さんを止めて……

「郁乃？」

興奮する佳代をどうやって宥《なだ》めようかと考えていると、店の外から声をかけられた。

――助かった！

「佳代さん！　悪いけどお客さん！」

そう思って店先に視線を向けた郁乃は、そこに立つ人物と目が合って絶句する。

――よりによって、どうして今このタイミングで来るの！

店の入り口に立つ志貴は、和服美人に壁際に追い詰められている郁乃を見つけて、目を丸くしていた。

振り返って、志貴の姿を目にした佳代が固まった。

無言で両目をかっと見開いて、志貴の頭の先から爪先まで何往復も視線を走らせている。

——あ、うん。気持ちはわかる。志貴君、カッコいいもんね。佳代さんの好みド真ん中っぽいし。

仁王立《におうだ》ちで自分の全身を凝視する佳代に、志貴は戸惑いの表情を浮かべた。

「郁乃？　この人、大丈夫か？」

問われて郁乃は肩を竦《すく》める。佳代のこの状態を説明するのは難しい。

「多分、大丈夫だと思う？」

「そうか？　だけど……この人……」

自分を睨《にら》みつけてくるような佳代の視線の強さに、志貴は困惑した様子で眉を寄せた。

そこで、ハッと我に返った佳代が呆然と呟く。

「……ＳＨＩＫＩ《シキ》が、ど、どうして……ここに‼」

「え？　佳代さん？　志貴君と知り合い？」

佳代がバッと勢いよく振り返って、郁乃のシャツの衿《えり》を掴んできた。再び迫ってきた佳代の鬼気《きき》迫る表情に、郁乃は息を呑む。

「郁乃ちゃん！　どういうことなの‼」

「な、何が？　佳代さん……く、苦しい！　ちょっと！」

「何で、ＳＨＩＫＩがここにいるの‼」

低くドスのきいた声で問われても、郁乃には何が何だかわからない。

――何で志貴君がここにいるかって、むしろ、それは私が聞きたいんだけど……

「お、落ち……着いて……佳代……さん……く、首しまってる……」

「その辺でちょっと落ち着いていただけますか？　佳代さん？」

酸欠で目の前が霞《かす》み始めた郁乃を助けてくれたのは志貴だった。興奮する佳代の肩を押さえて、郁乃から引き剥《は》がす。

「ゴホッ」

圧迫されていた気道が開いて一気に流れ込んできた酸素に、郁乃は咽《む》せ込んだ。

「あ、ごめん。郁ちゃん！　大丈夫？」

ようやく正気に返った佳代が、背中をさすってくれる。

「大丈夫……それより佳代さん、志貴君と知り合いなの？」

紹介もしてないのに、志貴の名前を叫んでいた佳代に、郁乃は疑問をぶつける。

たちまち佳代が目を丸くした。

「え？　郁ちゃん！　まさかわかってないの？　ＳＨＩＫＩよ？　ＳＨＩＫＩ！」

逆に聞き返されて困惑する。

「いや、うん。彼が志貴って名前なのは知ってるけど……」

眼差《まなざ》しだけで、横に立つ志貴にどういうことか問う。彼は困ったように微笑んだ。

「あーん！　もう！　ちょっと待ってて!!」

佳代が焦《じ》れったそうに叫んだ。

「か、佳代さん？」

すると佳代は一目散に向かいにある自分の店へ走って行く。

郁乃は呆気に取られて佳代を見送ることしかできなかった。

「大丈夫か？」

心配そうに志貴が郁乃の顔を覗《のぞ》き込んでくる。

「大丈夫。さっきは助けてくれてありがとう」

「どういたしまして」

「ねえ、志貴君は佳代さんと知り合いなの？」

気持ちを落ち着けて、郁乃は志貴に質問する。志貴は躊躇《ためら》うそぶりで頬をかいた。

「いや、知り合いじゃない。あんなインパクトのある和服美人は忘れないと思うし」

志貴の言葉に郁乃は苦笑するしかなかった。

「一応、私の母親代わりみたいな人なんだけど、普段はあんなじゃないのよ？　ちょっとお節介なところがあるだけで……」

――ただし……自分好みのイケメンを前にしたときは、その限りじゃないんだけどね。

佳代のフォローをしつつ、心の中でそう呟く。だが、目の前でさんざん佳代の奇行を見せられた志貴は、どこか懐疑的な眼差《まなざ》しを郁乃に向けてきた。

「まぁ、いいけど。多分、あの人は俺の仕事を知ってるんじゃないか？」

「あ、そっか」

言われて郁乃は思い出す。志貴がプロのモデルだということを。

――佳代さん、イケメン大好きだもんね。職業、ジャンル問わずにチェックしてる佳代さんだし、きっとどこかで彼の仕事を見たことがあったのだろう。

そう考えれば、納得できる。ポンと手でも打ちそうな郁乃の様子に、志貴が困ったように微笑んだ。とりあえずの疑問が解消して、すっきりする。

「ところでどうしたの？　やっぱり帰ることにしたの？」

「いや、家に一人でいるのもつまらないし、買い物ついでに郁乃の仕事の様子を見に来た。藤岡さんはどうした？」

「泰兄は仕事の打ち合わせで出てるよ」

「ふーん。じゃあ、今、郁乃一人なのか？」

「そう。泰兄は外での仕事がメインで、私は店番のことが多いの」

「ふーん」

志貴は物珍しそうに店の中を眺めている。

――志貴君って華があるっていうか、雰囲気があるよね。やっぱりモデルって言うだけのことはあるかも……

花の中に佇《たたず》む志貴の周りだけ空気が違って見えた。オーラとでも言えばいいのか、何気なく花を手にする姿が様《さま》になっている。まるで映画か何かのワンシーンみたいだ。

「何？」

あまりにじっと見すぎたせいか、志貴が郁乃に視線を向ける。

「いや、志貴君って花が似合うなって思って……」

「そりゃどーも。なんなら今ここでポーズでも決めようか？」

薔薇《ばら》の花を一輪だけ手にして微笑む志貴に、郁乃は肩を竦《すく》める。

「結構です。それよりそれ売り物だから、ちゃんともとに戻してよ？」

「あ、悪い」

郁乃の指摘に志貴が薔薇《ばら》の花をそっともとの場所に戻す。

そんなやり取りをしていると、派手な音を立ててドアが開いた。

見ると、雑誌を手にした佳代が、こちらに向かって走ってくる。

「これよ！　郁ちゃん！　これを見て!!」

佳代の勢いに押されて郁乃の上半身が仰《の》け反《ぞ》る。バランスを崩しそうになったところを、横にいた志貴が咄嗟《とっさ》に腰を抱き寄せて支えてくれた。

「大丈夫か？」

「うん。平気」

頷いて、郁乃は佳代が手にする雑誌に視線を向けた。

どこかのランウェイを颯爽《さっそう》と歩く男性モデルが、見開き二ページにわたり掲載されていた。

――え？　これって……

まじまじとその雑誌を眺めて、郁乃は隣に立つ志貴を見上げる。

志貴は気まずそうに、郁乃から顔を逸《そ》らした。郁乃はもう一度、雑誌に視線を戻す。

濃いアイメイクを施《ほどこ》された男性モデルは、郁乃の知る人物に見えた。

「これって……志貴君？」

確かめるように質問すると、佳代は何度も頷く。

『日本人初!!　ノワールの専属モデルに抜擢《ばってき》されたＳＨＩＫＩの素顔に迫る』

雑誌の見出しを読んで驚く。ノワールは郁乃ですら知っている男性向けの高級ブランドだ。郁乃はもう一度、志貴に視線を向けると、志貴は無言で自分の顔を手のひらで覆《おお》って、天を仰いでいる。

「去年、日本人男子で唯一、パリコレのランウェイを歩いたスーパーモデルよ！　そのＳＨＩＫＩが、どうしてここにいるの？　郁ちゃんとどういう関係なの？」

「どういう関係って聞かれても……結婚詐《さ》欺《ぎ》で訴えられそうな関係？」

思わずぽろりと呟《つぶや》けば、佳代が目を丸くする。

「え？　てことは、昨日、父さんの店で郁ちゃんに求婚していたのは、ＳＨＩＫＩなの⁉」

テンションを上げる佳代に、志貴が呆れた眼差《まなざ》しを向けている。

「あら？　でも、ＳＨＩＫＩって今忙しいんじゃないの？　ノワールの専属モデルだけじゃなくて、日本のバラエティ番組にも出てて、最近だと吉枝《よしえだ》監督の映画に出るって話題になったばかりよ！　こんなところにいて大丈夫なの？　ここにＳＨＩＫＩがいるってわかったら、商店街にファンが押し寄せて大騒ぎになるんじゃない？」

佳代の疑問に志貴は嘆息すると、にっこりと微笑んだ。

「えーと、佳代さん？」

「はい！　何？」

志貴に美しい笑みを向けられて、佳代の瞳が潤《うる》んだ。

「映画は確かにクランクインしてますが、俺は端役《はやく》なんで出番は少ないんですよ。今、数年ぶりの休暇を楽しんでいるところなんで、そっとしておいていただけると嬉しいです」

「そう……久しぶりのお休みなのね。でも、ＳＨＩＫＩがいるってバレたら騒動になりそうよね。ここはただでさえ噂好きな連中が多いし」

その筆頭である佳代が、困ったわと腕を組む。志貴はそんな佳代を見下ろして、何か企《たくら》むようにうっすらと微笑んだ。

——怖っ！

たまたまそれを見てしまった郁乃は、何故かわからないが恐怖を覚えた。

「ええ。だから、俺がここにいることは秘密にしてもらえると嬉しいです。郁乃の仕事の邪魔をしたくないので」

志貴が佳代の手を取った。

「協力していただけませんか？」

ダメ押しとばかりに、志貴はにっこりと微笑む。佳代の顔が、みるみるうちに赤く染まっていった。

——あ、落ちた。

郁乃は佳代が志貴に落とされる様《さま》を、唖然として眺めているしかなかった。

間近で志貴のあの榛色《はしばみ》の瞳に見つめられると、逆らうことが難しい。昨日、身をもって経験した郁乃は、それがよくわかった。

「……も、もちろんよ！　私に任せて！　ＳＨＩＫＩのプライベートは私が守る！　それが可愛い郁ちゃんのためなら、いくらでも協力するわ‼　この朝日商店街の女帝！　佳代さまに任せてちょうだい！」

がしっと志貴の手を掴み直して、力強く宣言する佳代に、郁乃は開いた口が塞《ふさ》がらなくなる。

——ちょろいな佳代さん。知ってたけど。イケメンに弱いってことは……

自《みずか》らをこの商店街の女帝と宣言した佳代は、「そうとなればこうしてはいられないわ！　商店街に緘口令《かんこうれい》を敷いてこないと！」と拳《こぶし》を握った。

「郁ちゃんとＳＨＩＫＩの愛の休暇は私が守るわ！　あとでちゃんと話は聞かせてもらうからね！」

ウィンクを決めて、佳代は再び店の外に走り出て行った。

——愛の休暇って何だ。愛の休暇って……

「これでしばらくは平和かな」

志貴がにやりと笑ってそう言った。

「確信犯？」

「まぁね。何となくだけど、あの人に言えば、ここら辺の情報統制してくれそうな気がしたんだよね。郁乃の母親代わりで、美人だし、行動力もありそうだし。味方につけたら色々と守ってくれそうじゃん？」

一発でこの商店街の実力者を見抜いた志貴の観察眼に、郁乃は呆れとも感心ともつかない感情を覚えて、肩で一つ息をつく。

「うーん。確かに間違ってないわ。この辺の商店街の店主さんたちは、みんな佳代さんに弱いから。佳代さんに任せておけば大概のことは大丈夫な気がする」

「俺の観察眼もなかなかのもんだろう？」

にやりと自分の手柄を自慢する志貴に、郁乃は完敗と両手を上げる。

「それにしても志貴君って、有名なモデルさんだったんだねー」

佳代が置き忘れていった雑誌を手に、ぱらぱらとページをめくってみる。巻頭見開きで数ページにわたり志貴の特集が組まれていた。

ランウェイを颯爽《さっそう》と歩く写真と一緒に志貴のインタビューも載っている。

雑誌の中にいる志貴はメイクをしているためか、郁乃が知っている志貴とは別人のように見えた。

『今、注目の若手モデルＳＨＩＫＩ！　今秋、吉枝監督の映画に出演が決定！　今後の彼の活躍に注目必至！』

柔らかな志貴の笑顔と一緒に、特集の最後はそう締めくくられていた。

――世界が違うなー。

吉枝監督と言えば、海外でいくつもの有名な賞を取った映画監督だ。彼が撮る映画はすべてヒット作になると言っても過言ではない。その映画に出演が決まっているなんて、郁乃にしてみればどこか別の世界の話に思えた。

「そんなにたいしたことじゃないよ。俺なんてまだまだ駆け出しもいいところだし」

郁乃の手から雑誌を取り上げた志貴は、自分の特集ページを冷めた目で見つめ雑誌を閉じた。

「そう？　ノワールの専属モデルで、パリコレに出たとか、吉枝監督の映画に出るってすごいことだと思うんだけど……」

郁乃の言葉に志貴の顔が顰《しか》められた。どこか痛みを堪《こら》えるみたいなその表情に、郁乃は言葉を途切れさせる。

――仕事の話題には触れちゃいけなかった？

束の間、二人の間に気まずい沈黙が落ちた。

志貴はちょっと困ったように微笑んで、郁乃の頭にぽんぽんと手をのせた。

「ごめん。休暇中に、仕事のことはあんまり思い出したくないんだ」

「わかった。私の方こそ、何かごめん」

「郁乃が謝ることじゃないよ。態度悪くて悪かった」

この話はこれで終わりにしてくれという感じで、志貴が苦く笑う。

郁乃はそれ以上、志貴の仕事について触れることをやめた。

誰にだって触れられたくないものはあるだろう。

「あとで佳代さんが雑誌回収に来ると思う。こっちで預かっておくから、ちょうだい」

志貴がホッとしたように目元を緩《ゆる》めた。

「ああ」

志貴に手渡された雑誌を、郁乃はレジカウンターの邪魔にならない場所に置いた。ついでにレジカウンターの周りを整理する。

「まだ店にいるつもりなら、ちょっと邪魔だからそこの椅子にでも座ってて」

「わかった」

背の高い志貴がいるだけで店内がいつもより狭く感じて、郁乃はレジ横の丸椅子をすすめた。

素直に丸椅子に座った志貴を横目に、郁乃は竹下に頼まれていた仏花を用意する。

何本か菊を選び出してから、郁乃はふと思いついて志貴を振り返る。

「そういえば、今日の夕飯何がいい？　大吉で食べてもいいんだけど、あんまり外を出歩くのはまずいんじゃないの？」

「そうだな。何？　郁乃が作ってくれるの？　郁乃って料理できるの？」

「朝ごはん作ったでしょ！　これでもお母さんの代わりに、弟三人を育て上げたんだからね！」

「あ、そういえばうまかった。ありがとう」

「どういたしまして。それで？　夕飯どうする？　フランス料理のフルコースはさすがに無理だけど、一通りは作れるよ」

「んー」

腕を組んでカウンターに顎《あご》を乗せた志貴が考え込む。

まるで子どものようなその仕草も様《さま》になって見えるのだから、顔が綺麗な人間は得だなと郁乃は思った。

「ハンバーグがいいな」

「ハンバーグ？」

「そう。昨日は和食だったから、普通のハンバーグが食べたい」

「いいよ。帰りに材料を買ってく」

「やった！」

志貴が子どものように瞳を輝かせる。郁乃は思わずくすりと笑ってしまった。

「あ、そうだ。メモくれたら俺が買い物してこようか？　どうせこれから買い物に行こうと思ってたし、その方が郁乃も楽だろ？」

「それもそうね。頼める？」

「いいよ」

郁乃は仏花を手にレジカウンターへ戻る。

「花を包むから、ちょっとどいて」

「ん」

レジカウンターに花を置いて、長持ちするように水切りする。慣れた手つきで、花を新聞紙で包む様子を、志貴が物珍しそうに見ていた。

「郁乃はここで働いて長いの？」

「んー？　そうね。高校の頃のバイトを含めたら、かれこれ十年にはなるかなー？」

「花屋の仕事好きか？」

問われて、郁乃の手が止まる。首を傾《かし》げて考える。

「そうやって改めて聞かれると、どうだろう？」

郁乃は何気なく志貴を見る。世間話みたいな質問の割に、彼の表情は真剣だった。先ほど、仕事について触れられるのを嫌がっていたことからも、志貴が自分の仕事に何かしら悩みを抱《かか》えているような気がした。

本気で質問している――直感的にそう思って、郁乃は真面目に花屋の仕事について考えてみる。

「うーん。好きか嫌いかで聞かれたら、多分好きかな？」

「ここでアルバイトしたきっかけは何？　やっぱり藤岡さんのため？」

「きっかけは確かに泰兄かな？　でも、泰兄のためっていうより、多分、高校生の頃の私のために、泰兄が逃げ場所を作ってくれたんだと思う」

「どういうこと？」

興味を引かれた様子で志貴が身を乗り出してくる。郁乃は作業を再開しながら、昔を振り返る。

「うち、私が中学生の頃に母親が亡くなったのね」

「……うん」

「で、お父さんがショックを受けて海外に逃げちゃって、家に子どもたちだけが残されたの。佳代さんとかお隣さんとか、周りの大人が色々と助けてくれたから、生活は何とかなったんだけど、弟たちがそれぞれ色々な問題を起こしてくれてね……。あの頃は、毎日その対応に追われてたな」

母を溺愛していた父が、母を失ってこの家から逃げてしまった気持ちは理解できた。娘から見ても本当に鴛夫婦《おしどり》で、父が母を追って自殺するんじゃないかと毎日不安だった。たとえ仕事に逃げたのだとしても、生きていてくれるならそれだけでいいと、当時の郁乃は思っていた。

だが母を亡くしたショックで、弟たちが次々に問題を引き起こすようになった。長男の肇は喧嘩三昧《ざんまい》、次男の紡は引きこもり、結人は絵を描くためにたびたび行方《ゆくえ》不明になる。

不在の父に代わって、郁乃がそれらの問題に対応しなければならなかった。

あの当時、郁乃は知らず知らずのうちに、相当ストレスを溜め込んでいたらしい。

ある日、いつも通りに商店街で夕飯の買い物をしている途中、郁乃は動けなくなってしまった。

――帰りたくない。

強く、強くそう思った。何でそんなことを思ったのか自分でもわからない。

今思えば、母を亡くしたショックが、時間差でようやく郁乃にも訪《おとず》れたのかもしれない。

郁乃は買い物袋をぶら下げたまま、商店街の真ん中で立ち竦《すく》んでしまった。そんな郁乃を見つけてくれたのが、藤岡だった。

『郁乃？　どうした？』

『泰兄……』

藤岡の声を聞いた途端、郁乃は泣きたくなった。振り返った途端に泣き出した郁乃に、藤岡が焦ったように駆け寄ってきたことを今でもはっきりと覚えている。

藤岡は何も言わなかった。余計なことは一切言わず、郁乃を自分の店に連れて行ってくれた。

そうして、不器用な手つきでお茶を出してくれた。

藤岡は、無言で郁乃の頭をぽんぽんと叩き、「うちでバイトしないか？」と誘ってくれたのだ。

多分、藤岡は気付いていたのだろう。家と学校の往復で、郁乃がどうしようもない閉塞感とストレスを抱《かか》えていたことを。

郁乃は藤岡に誘われるまま、フラワー藤岡でバイトを始めた。当時はまだ藤岡の両親が店主だったが、二人も郁乃のことを可愛がってくれた。

慣れない仕事に、最初は毎日へとへとだった。家のこともあるし、郁乃の毎日は余計なことを考える暇もないほど忙しくなった。

けれど、家と学校以外に自分の居場所がある――

それは郁乃のストレスを予想以上に和《やわ》らげてくれた。

花と触れ合うこともよかったのかもしれない。

綺麗なものに触れているだけで、郁乃の心は癒《いや》された。

「弟たちのことは大事だったけど、本当は姉としての責任に押し潰されそうだったんだよね。でも私が潰れたら、うちが崩壊するって思ってた。そこに風穴を開けてくれたのが、泰兄とこの店だったの」

そうして気付けば十年以上、この店で働いている。

「……なんかムカつく」

「え？」

志貴が、ぼそりと呟いた。

「郁乃が一番苦しかった時期を無言で支えたとか、信頼が厚くてムカつく。その話だけ聞くと藤岡さんって王子様じゃん」

「王子様」

予想外の単語に、思わず藤岡の顔を思い浮かべて、郁乃は噴き出す。

——あの厳《いか》つい顔で王子様！

「何だよ？　何がおかしいんだよ？」

「だって、泰兄だよ？　どう見ても王子様って柄じゃないじゃない！」

幼馴染《おさななじみ》の気安さで、郁乃はさらりと失礼なことを言ってしまう。

「むしろ、王子様っていうのは志貴君みたいな人にぴったりだと思うよ？」

くすくすと笑いながら郁乃はまとめた花を、配達用の籠《かご》に入れる。

「王子様だろ。何も言わないのに、郁乃の苦しさを理解するって。俺にはきっとわからない」

「それは付き合いの長さによるんじゃない？　泰兄は昔から頼りになる兄貴分だったよ。それは私だけじゃなくて、この辺の子ども全員に言えることだけどね」

志貴の柔らかい髪をぽんぽんと叩いて、郁乃はレジカウンター横にあるメモ帳に志貴に頼む夕飯の材料を書き出していく。

「……子ども扱いするなよ」

「別にそんなつもりはないよ？　でも、志貴君は子どもっていうよりも弟かな？　うちの弟たちと年が近いし。はい、これ。夕飯の材料ね。大体は商店街の中で揃うはずだからって……ちょっと！　志貴君!?」

メモを手渡そうと志貴に近付いた瞬間、手首を掴まれ引き寄せられる。

気付いたときには、丸椅子に座った志貴に腰を抱かれていた。郁乃の視線の少し下に、志貴のつむじが見える。

顔を上げた志貴が、郁乃を見上げてきた。顔の角度を変えれば唇が触れそうな距離に、郁乃の鼓動が速くなる。

吐息の触れる距離。下から射るように向けられる、榛色《はしばみ》の瞳に呪縛される。

――綺麗な色。

この瞳に見つめられると、落ち着かなくなる。

「俺は弟じゃない」

一言一言区切るようにはっきりとそう言われて、郁乃はびくりと体を震わせた。

自分を見上げてくる志貴の榛色《はしばみ》の瞳が濡れた緑に変わる。

「わかってないだろう。郁乃」

郁乃の背中から首筋に、すっと志貴の大きな手のひらが這《は》い上がっていく。

首筋が男の手のひらに覆《おお》われた。直《じか》に肌に触れた男の手が、ひどく熱く感じる。

引き寄せられ、近付いてくる端整な美貌に、郁乃は抵抗を忘れた。

キスをされるのだとわかっても、榛色《はしばみ》の瞳に呪縛されて逃げることが出来ない。

不意に郁乃は、目の前にいるのが幼馴染《おさななじみ》でも弟でもない、一人の男だと実感する。気付いたときには、志貴の唇が自分のそれに重ねられていた。

整いすぎて硬質な印象のあった志貴の唇は、驚くほどに柔らかかった。その濡れた感触に、郁乃はぎゅっと瞼《まぶた》を閉じる。

視界が閉ざされたことで、口づけの感触がより一層リアルになった。唇をついばまれて、呆然として緩《ゆる》んだ唇に、すかさず舌が差し入れられる。

口蓋《こうがい》の上を舌先でなぞられて、膝から力が抜けそうになった。そこでやっと、郁乃は抵抗することを思い出し、志貴の肩に手をついて口づけを解く。

唇が離れた途端に息が上がった。キスの間、自分が息を止めていたことを知る。

腰にしっかりと手を回されているせいで、二人は吐息の触れる距離で見つめ合う。

志貴の唇が濡れていることに気付いて、郁乃は視線を彷徨《さまよ》わせた。

「何で……」

「藤岡さんと郁乃の絆《きずな》にムカついたから……でも一番は、郁乃に俺が弟でも幼馴染《おさななじみ》でもないってこと、ちゃんと自覚してほしかったから」

「そんな理由？」

「俺にとっては大事なことだ。これでわかっただろう？　俺は一人の男だよ」

囁《ささや》くように告げられた言葉に、郁乃は震える息を吐き出して何とか頷いてみせる。

本当はどこかでわかっていて、あえて目を逸《そ》らしていた事実を突きつけられた気がした。

弟だとでも思わないと、この綺麗な年下の男を、自分の中でどう処理すればいいのかわからなかったのだ。

家族とも違う。幼馴染《おさななじみ》とも違う。郁乃にとっては未知の存在。

不意に現れて郁乃の生活をかき乱す相手が、ただの男であることなんて本当は知っていた。

だけど……。

絡《から》んだ視線が、離せない。

「郁乃」

名前を呼ばれた。低く艶《つや》のある声に、背筋を淡い疼《うず》きが滑り落ちていく。

――怖い。

目の前の志貴を、一人の異性として強烈に意識する。

濡れた唇に志貴の吐息が触れた。さっきのキスを思い出して、体が震える。

――逃げなきゃ……。

そう思うのに、志貴の瞳の呪縛に囚《とら》われて身じろぎ一つ出来ない。

「姉ちゃん!!　何やってるんだよ!!」

もうだめだと思った瞬間、二人の雰囲気を派手にぶち壊す絶叫が響き渡った。

その声に呪縛を解かれた郁乃は、志貴の肩を両手で押して自分から引き離す。

だが、相変わらず腰は抱かれたままだった。

「……ちっ」

志貴の舌打ちが聞こえた気がしたが、構っていられない。

「結人!?」

振り返った店先。涙目で仁王立《におうだ》ちしている末弟の姿に、郁乃は驚愕《きょうがく》する。

「姉ちゃん！　そいつ誰!?」

ずかずかと歩み寄って来た結人が、郁乃の腰に回された志貴の腕を勢いよく振り払った。

そのまま志貴の手の届かない距離まで、郁乃を引きずっていく。

「お前、誰だよ!!　うちの姉ちゃんに何してんだ!?」

がしりと郁乃の腰に手を回して抱きついた結人が、志貴を睨《にら》みつけて吠える。

「結人、落ち着いて」

「落ち着いていられるわけないだろ!!　姉ちゃんも何考えてんだよ！　こんな店先

で!!」

結人の正論すぎる言葉に、郁乃は反論できずに黙り込む。

――確かに、結人の言う通りだわ……

いつ誰が入ってくるかもわからない店内で、流されたとはいえ志貴とキスをするなんて。自己嫌悪でどこかに埋まってしまいたくなる。

結人に見られなかったことが、唯一の救いと言えば救いに思えた。

「姉ちゃんってことは、郁乃の弟か？」

「うん。一番下の弟」

「あぁ、画家っていう」

「そう」

結人の様子を上から下まで眺めて、志貴は納得したように頷いた。

「何普通に会話してんだよ！　俺の質問を無視するな！」

「結人、うるさい。耳元で叫ばないで」

身長がほとんど変わらないため、結人が怒鳴るたびに耳がキーンとする。

「可愛いな郁乃の弟。なんか弟というより妹みたいだな。二人並んでると姉妹って感じだ」

――あ――……

志貴の言葉に、郁乃は顔を顰《しか》めて天を仰ぐ。

「可愛いって言うな‼」

志貴の言葉に過剰に反応した結人が、地団太《じだんだ》を踏む。その様子に、郁乃は頭痛を覚えた。

「可愛い」は結人には禁句だ。

二十歳を超えても郁乃と大して身長の変わらない結人は、男性にしては少し背が低い。サラサラの黒髪。室内にこもって絵を描いていることが多いせいか、真っ白な肌。猫のようなつり気味のアーモンドアイに、郁乃ですら羨《うらや》ましく思うほどに長い睫毛《まつげ》。その繊細《せんさい》な容姿から、パッと見ただけでは結人の性別は判別しがたい。

本人はそれが昔からコンプレックスだったようだ。少しでも自分を男らしく見せようと、全身真っ黒なＶ系の服を着ているが、正直、ちょっと尖《とが》った女の子にしか見えなかった。

「結人。とりあえず落ち着こうか」

一応、声をかけてみるが反応が薄い。郁乃は念のため肩で息をする弟の服の裾《すそ》を掴む。

「姉ちゃん！　離せ！」

「ダメ！　離したら何する気よ？」

「あいつに天誅《てんちゅう》を食らわせてやる！」

志貴を指さして怒鳴る結人に郁乃は顔を顰《しか》める。

「だから、落ち着きなさいって！　ここは泰兄のお店なんだから、飛び蹴りとかしないでよ!?」

「何で姉ちゃんはこの痴漢ヤローを庇《かば》うんだよ!?」

「別に庇《かば》ってるわけじゃない。店を預かる者として騒ぎを起こされたら困るのよ！　いいから少し落ち着きなさい!!」

怒った郁乃に、結人が唇を尖《とが》らせて黙り込んだ。

ようやく大人しくなった結人に、郁乃はやれやれとため息を吐く。藤岡の留守《るす》中に店を荒らすような事態にならなくてホッとした。

「で？　どうしたのよ一体？　いきなり帰って来るなんて」

「築島先生から、姉ちゃんが大変なことになってるってメールが来たから、様子を見に来たの！　で？　一体この男は何なわけ!?」

結人が再び志貴を指さして怒鳴る。郁乃は顔を手のひらで覆《おお》った。

――ああもう、どこまで噂を広げているのよ。あのおっさんたちは!!

郁乃のことを心配してくれているのか、この騒ぎを面白がっているのか。

余計なことばかりしてくれるおっさんたちに、文句の一つも言いたくなる。

――昨日、きちんと口止めをしなかった私が悪いんだけど……悪いんだけど!!　でも、泰兄だけじゃなくて結人にまで連絡することないじゃない!!　話がややこしくなる一方じゃないの！

とりあえず志貴を指差す結人の指を掴んで引き下げる。

「人を指差さないの！　彼は千田志貴君。昨日からうちにいるお客さんよ」

当たり障りのない事実だけを告げてみるが、そんなことで誤魔化されてくれるわけもなく、結人の目がかっと見開かれた。

「うちの客ってどういうことだよ！　今姉ちゃん、家に一人だろ!!　ちゃんと説明してよ——!!」

結人の絶叫に郁乃は耳を塞《ふさ》いで顔を背《そむ》ける。

——ああもう!!　ようやく泰兄を説得したばっかりなのに!!

二人のやり取りを見ていた志貴がくすくすと笑い出した。

「何だよ？　何がおかしいんだよ？」

気付いた結人が志貴を睨《にら》みつけた。

「いや、悪い。何か仲が良くて微笑ましいなって思って」

片手を上げて謝る志貴に、「お前！　絶対俺のこと馬鹿にしてるだろ！」と結人が噛みついた。

「本当に微笑ましいって思っただけだよ。ついさっき、郁乃が家族のことで悩んでいた時期があったって聞いたばっかりだから余計に」

「え？　姉ちゃん……？」

驚いたように結人が郁乃を振り返る。その顔が徐々に崩れて、今にも泣きそうな表情を浮かべた。もうとっくに成人したはずの末弟のその表情に、郁乃は苦笑する。

そして、余計なことを言ってくれた志貴を睨《にら》みつける。だが、志貴は飄々《ひょうひょう》とした様子で結人と郁乃の反応を見ていた。

郁乃はため息を一つ吐くと、結人の頭に手を伸ばした。子どもの頃と同じように、弟の頭をポンポンと叩く。

「昔の話よ。姉ちゃんにだって、思春期の反抗期があったっていうだけのこと。そんな顔しなくても大丈夫」

――そう昔の話だ。とっくの昔に解決した過去の思い出。

微笑む郁乃に結人の表情がほっと緩《ゆる》んでいく。郁乃は結人の頭から手を引いて、その頬に触れる。

滑《なめ》らかな弟の肌の感触に、郁乃の笑みが深くなった。

「でも……」

「でも？」

わざと言葉を途切れさせた郁乃に、結人の瞳が不安に揺れる。

「ここで人の話も聞かずにギャーギャー騒いで、姉ちゃんの仕事の邪魔をする子は嫌いになるかもね」

結人の頬を軽く抓《つね》ってそう言えば、末弟の表情がへにゃりと情けなくなった。たいして痛くもなかっただろうに、「姉ちゃん、痛い」と抓《つね》られた頬を撫でている。

「わかったら、姉ちゃんの仕事の邪魔をしないでちょうだい」

郁乃は腰に手を当てて、わざとらしくメッと弟を睨《にら》みつける。冷静さを取り戻した結人が、ふっと笑う。

「今日はうちに泊まるの？」

「姉ちゃんとこいつを、二人きりになんてさせておけないから泊まる！」

意気込む弟に郁乃が微笑む。

「わかった。じゃあ、今日の夕飯はハンバーグだから、志貴君と二人で材料の買い出ししてきて。これ買い物メモね。ついでに、志貴君に商店街の中を案内してあげて。よろしく」

「何で俺がこいつと!!」

再び志貴を指差して怒鳴る結人に、郁乃は買い物メモを押し付ける。

「だから、人を指差さない！　これは姉ちゃん命令！　言うこと聞けないなら、結人の夕飯はなしよ！」

ここは姉の理不尽さでもって、無理やり押し通すことにする。じっと結人の目を見つめていれば、弟はしぶしぶといった様子でメモを見下ろした。

「……俺、ロコモコ丼がいい」

呟くような結人の言葉に、郁乃は笑う。

「はいはい。了解。じゃあ、志貴君のことよろしくね。てことだから、志貴君。結人と一緒に買い出しよろしく」

黙って姉弟《きょうだい》のやり取りを見ていた志貴を振り返れば、志貴は仕方なさそうに笑って肩を竦《すく》めた。

「それは、俺にも拒否権ないんだろう？」

「もちろん。帰りは八時頃になるから、それまで二人とも仲良くね」

「子どもか」

やれやれといった様子で、志貴が丸椅子から立ち上がった。

「子どもみたいなものでしょ？」

歩み寄ってきた志貴を見上げて郁乃は、わざとらしくため息をついてみせる。

さっきのキスは気にしていない振りをした。そうでもしないと、とてもじゃないが平静を装《よそお》えない。

そんな郁乃を見て、志貴が器用に片眉を上げた。けれど、何も言わずにくすりと笑う。

そのまま郁乃の頭に手を置くと、結人の顔を覗《のぞ》き込んだ。

「じゃあ、結人君？　案内お願い」

「……姉ちゃんに言われたから、仕方なく案内してやるんだからな！　それを忘れるなよ！」

立ち上がった志貴の背の高さに気圧《けお》されたように、結人が郁乃の後ろに隠れて志貴を睨《にら》みつける。

何気に人見知りなところがある末弟に、郁乃は内心でこっそりと苦笑した。

「はいはい。お手柔らかに。で？　まずどこに行けばいいんだ？」

面白がるみたいな表情を浮かべた志貴が、先に店の外に向かって歩き出す。

「あ！　待てよ！　お前、どこに行くかわかんないんだろ!?　先に歩くのは俺だ！」

「君がお姉ちゃんの後ろから出てこないから先に歩いてるだけで、案内してくれるならお先にどうぞ？　お嬢さん？」

まるで淑女をエスコートする紳士のように、志貴が優雅な仕草で結人に手を差し出す。

「誰がお嬢さんだ！　ちょっと背が高いからっていい気になるな！」

簡単に志貴の挑発に乗った結人が、郁乃の後ろから出て志貴の手を叩き落とした。

「こっちだ。方向音痴」

結人が店の外に出て肉屋のある方向を示して歩き出す。

「別に方向音痴じゃないよ……俺の名前は千田志貴」

「うるさい！　お前なんて方向音痴で十分だ！」

苦笑いした志貴が結人のあとをついて歩き出す。

「気を付けてね。二人とも」

ぎゃーぎゃー言いつつ歩き出した二人を、笑みを浮かべて見送る。

郁乃が平静を装《よそお》っていられたのは、そこまでが限界だった。

二人の姿が見えなくなって、郁乃はその場にズルズルとしゃがみ込む。

——結人が帰って来てくれてよかった……

目の前の丸椅子に縋《すが》りつきながら、そう思う。あのまま志貴と二人きりで過ごすのはさすがにまずかった。

先ほどまで志貴が座っていた丸椅子の座面に、頬を押し付ける。

——あれが私のファーストキスかー。

「嘘でしょー」

別に大切に守ってきたものではないけれど、思わぬ形で奪われた。その事実に動揺して、郁乃は椅子を揺らす。

藤岡に知られたら、それ見たことかと怒られそうだ。けれど、自分で解決すると啖呵《たんか》を切った手前、今さら志貴を追い出すわけにもいかない。

――今晩は結人がいてくれるから、まぁ大丈夫か……

深く考えるとドツボに嵌《はま》りそうで、郁乃は問題をいったん棚に上げた。

仕事に戻ろうとした郁乃の目に、佳代が持ち込んだ雑誌が入る。おもむろに雑誌を手にして、郁乃は志貴の特集ページを開いた。

記事を読むうちに、気になることが出来た郁乃は、店のパソコンを立ち上げる。

佳代の統制が効いたのか、商店街の中は何事もなく平和に過ぎていった。

4　君の中にあるもの

「ただいまー」

仕事を終えた郁乃は、真っ直ぐに自宅に帰ってきた。玄関のドアを開けると、家の中は妙に静かだった。

――ん？　あれ？

一瞬、誰もいないのかと思ったが、「おかえり」と居間から志貴が顔を出した。

出迎えた志貴に、昼間のキスを思い出して一瞬動揺しそうになる。けれど、それよりも何よりも疲れた志貴の表情が郁乃は気になった。

「どうしたの？　何かすごい疲れた顔をしてるけど……結人が迷惑でもかけた？」

「迷惑ってわけでもないけど……」

歯切れ悪く言葉を途切れさせた志貴を怪訝《けげん》に思いながら靴を脱いで、家に上がる。

やはり二人きりにしていたのはまずかったかと思っていれば、志貴が困ったように笑った。

「結人は？　帰ったの？」

「いや、いるよ」

目線だけで居間の方を示す。郁乃が中を覗《のぞ》けば、居間中にスケッチブックやチラシの裏など、あらゆる紙を広げて絵を描く結人の姿が飛び込んできた。

「あー」

その光景を見ただけで郁乃は何があったか大体を察する。床に落ちていた紙を一枚拾い上げてみれば、様々な角度の志貴の顔が紙面いっぱいに描かれていた。

「……買い物し終わったあと、家に帰って来て借りてた浴衣《ゆかた》に着替えた途端に、そこに座れ！　ポーズ取れで何時間もあの状態で……」

困惑も露《あら》わな志貴の説明に、郁乃は申し訳なくなる。

「結人の悪癖に付き合わせて悪かったわね」

最初は志貴を警戒していたのだろうが、一緒に過ごすうちに、この美しくも生命力に溢《あふ》れた顔が、結人の芸術家としての琴線《きんせん》に触れたのだろう。

今も郁乃が帰って来たことにも気付かず、夢中で志貴を描き続けている。

「いや、いいんだけど、大丈夫なのかあれ？　昼も食べずに没頭してるけど……」

心配そうに結人へ視線を向ける志貴に、郁乃は肩を竦《すく》める。

「うーん。ああなっちゃうと誰の声も聞こえないのよ。お腹が空《す》いたら正気に戻るから放っておいて大丈夫。それより志貴君はお昼食べられた？　結人に付き合って食べてないってことはない？」

「いや、それは大丈夫。適当なところで肉屋で買ったカツサンド食べた。冷めても肉柔らかいし衣《ころも》さくさくだし、結人が絶対に昼はこれだ！　って騒いでたやつにしたんだ。ここの商店街、食べ物うまいな」

思った以上に結人と打ち解けていた様子が窺《うかが》えて、郁乃はホッとする。

「そう。それならよかったわ。あそこのカツサンドはうちの商店街の自慢よ。とりあえず、夕飯の支度するから」

郁乃が荷物を居間の隅に置いて台所に向かうと、志貴もついてきた。

「俺も手伝う」

「志貴君、料理できるの？」

ちょっと意外で、思わず振り返れば志貴が不本意そうな顔をしていた。

「一人暮らしが長いし、これでも職業柄、体を保つのに出来るだけ自炊している」

「そう？　じゃあ、手伝ってもらおうかな。そこの棚にボウルがあるから一つ出しておいてもらえる？　あと、玉ねぎ二つ皮を剥《む》いてくれると助かる」

「わかった」

素直に頷いた志貴が作業を始めたのを横目に、郁乃は一度台所を出た。

居間中に散乱している結人の絵を拾い集め、居間のローテーブルの上に揃えて置いた。

結人は郁乃に気付く様子もない。我が弟ながらこの集中力には感心する。

郁乃はそっと隣の和室に入り、押し入れから腰ひもを一本出した。

台所に戻ると丁度《ちょうど》志貴が玉ねぎの皮を剥《む》き終わったところだった。

「志貴君、これ使って。袖《そで》が邪魔でしょ」

郁乃は腰ひもを輪に縛ってから志貴に手渡す。

「サンキュー。助かった」

志貴は受け取った腰ひもを、たすき掛けにして浴衣《ゆかた》の袖《そで》を上げた。それだけで一端《いっぱし》の料理人に見えるのだから、イケメンはすごいなと郁乃は変な感慨を覚える。

「ついでにこれも使って。弟のエプロン」

次男の紡が置いていったエプロンを志貴に貸して、郁乃は自分もエプロンを身につけた。

「ハンバーグの繋ぎに使うから、ボウルに食パンちぎって牛乳に浸《ひた》してくれる？」

「わかった」

神妙な顔をしてパンをちぎる志貴の様子を微笑ましく見守って、郁乃は手早く玉ねぎをみじん切りにする。

「郁乃、こんなもんでいいのか？」

ボウルを手に近付いてきた志貴に、郁乃は振り返った。思うより近い距離に志貴が立っていて、郁乃の体が反応しそうになる。

知らず志貴の唇に視線が吸い寄せられて、郁乃は動揺した。

――いやいや、落ち着け、私……。すぐそこに結人もいるんだし……

不自然にならないように、そっと彼から距離を取りつつ、ボウルの中を見て、「それで大丈夫」と返事をする。

いきなり挙動不審になった郁乃に、志貴はふっと苦笑すると、さりげなく距離を取ってくれた。

「郁乃の家はハンバーグの繋ぎは食パンなんだな」

そして話題を変えるためか、志貴が物珍しそうにボウルの中を見下ろして聞いてくる。

「うん。パン粉を使うところが多いみたいだけど、うちは昔から食パンだよ」

「そうなんだ。次は何をすればいい？」

「ジャガイモの皮を剥《む》ける？　五個欲しいんだけど」

「できる」

　包丁を手にした志貴が危なげなくジャガイモの皮を剥《む》きだす。慣れた手つきに、彼がそこそこ料理ができることを見て取って、郁乃は安心して次の作業に取りかかった。フライパンを熱して玉ねぎを炒める。

「郁乃、芋の皮剥《む》けた。次は？」

「かぼちゃを適当な大きさに切ってくれる？　終わったら、ジャガイモと一緒にラップして、レンジで串が通るまで五、六分、軟らかくなるまでチンして」

　声をかけ合いながら二人は料理の下ごしらえを進めていった。炒めた玉ねぎを冷ましている間に、手早く付け合わせやスープを作っていく。

「結人がハンバーグにするならロコモコ丼がいいって言ってたけど、志貴君はどうする？」

　炊飯器に無洗米と混ぜるだけの五穀米をセットしながら郁乃は確認する。手間的には、どちらもたいして差はない。志貴は束の間考えるそぶりを見せた。

「俺もロコモコ丼がいいな」

「わかった。次、ニンジンの皮剥《む》いて賽《さい》の目切りにして」

　志貴に野菜を切るのを任せて、郁乃は小鍋に牛乳を注《そそ》いで沸騰させる。そこに先ほど志貴にレンジしてもらったかぼちゃを皮ごと入れて、フォークで潰してスープにした。軽く塩コショウを振って、味を調《ととの》える。

「志貴君も味見する？」

小皿に味見用のスープを掬《すく》って、隣で作業する志貴に差し出す。

「ん。美味《おい》しい。かぼちゃの味がする」

「これ簡単だけど、割と美味《おい》しいのよね」

料理に集中しているうちに、いつの間にか志貴に対する緊張感を忘れていた。

志貴とは相性がいいのか、料理をしていても邪魔にならない。呼吸が合わない人間と一緒に料理をするとストレスを感じたりするが、志貴とはそういうことがなかった。

多分、志貴は人の動きを察するのが得意なのだろう。初めて立つ台所でもうまく立ち回って、郁乃の作業を上手にサポートしてくれていた。

ポンポンと会話を交わしながら、二人は順調に料理を仕上げていく。

「ロコモコ丼に乗せる目玉焼きは固焼き？　それとも半熟？」

「半熟！」

「了ー解」

木皿に五穀米とレタスときゅうり、ポテトサラダの上にミニトマト。ハンバーグと目玉焼き、男子二人には厚焼きのベーコンを焼いたものを加えて盛り付ける。

最後にハンバーグソースを作っていると、郁乃の背後から興味津々《きょうみしんしん》といった顔で、志貴がフライパンを覗《のぞ》き込んできた。

「すごいいい匂い」

「うちの秘伝のハンバーグソースよ」

――そんなたいそうなものでもないが……

スンスンと匂いを嗅《か》ぐ志貴に冗談交じりにそう言って、郁乃はスプーンでソースを掬《すく》って味を見る。

「ん。上出来！　味見してみる？」

「いいのか？」

「いいよ」

もう一度、志貴のためにソースを掬《すく》うと、志貴が口を開けた。郁乃は志貴の口にスプーンを運んで、味見をさせる。

「美味《おい》しい！　これ何入ってるの？」

「赤ワインと中濃ソース、トマトケチャップ、砂糖ひとつまみと塩・こしょうはお好みでってとこかな。ポイントはハンバーグから出た肉汁の残ったフライパンで作ること」

「ふーん。それだけでこんなに美味《おい》しくなるんだ。今度自分でも作ってみるかな」

「簡単だから作ってみるといいよ」

ソースをハンバーグにかけてロコモコ丼は完成した。

「早く食べよう！」

そう言って、料理の皿を手にした志貴が食卓を振り返って「うわ！」と驚きの声を上げた。

洗い物を片付けていた郁乃が何事かと振り返れば、いつの間にか結人が食卓に座っている。だが、いまだトリップは続いているようで、食卓の上でもスケッチブックを広げていた。

「結人！　ご飯出来たからスケッチブック片付けて！」

郁乃の声に、結人は低く唸《うな》ってスケッチブックを居間に置きに行った。

「気配もなく座ってたからビビッた」

両手に皿を持ったまま固まっていた志貴に、郁乃は笑ってしまう。

「声が聞こえてるだけ今日はまだましかなー。本気で没頭しちゃうと、ご飯食べながら絵を描いたりするからね」

それで子どもの頃は、どれだけ苦労したことか。

「あそこまで熱中できるって、ある意味すごいことだよな」

「本当にね」

感心したように結人を見つめる志貴に、郁乃も同意する。

家族としては心配もあるが、食事をするようになっただけ成長したのだろう。

そうこうする間に、スケッチブックを置いた結人が食卓に戻って来た。

「いただきます」

三人揃ったところで、手を合わせて食事をする。結人は相変わらずどこか夢の世界にいるみたいな表情で食事をしていた。対して志貴は、ハンバーグを一口食べてその表情を綻《ほころ》ばせる。

「美味《おい》しい！　郁乃！　これすげー美味《おい》しい！」

目を輝かせる志貴の表情は、言葉以上の雄弁さで料理が美味《おい》しいと伝えてきた。

こんな顔をされたら、久しぶりに包丁を握った甲斐もあったと言うものだ。誰かのために料理をするのは、やはり楽しいと思う。

「ありがとう」

心がくすぐったいもので満たされる。こんな感じは久しぶりで、郁乃の顔も自然と笑顔になった。

「結人はちゃんと商店街を案内してくれた？」

「ああ。ああなる前は、ちゃんと案内してくれた」

聞けば、存外結人は真面目に志貴を案内していたらしい。

角のパン屋のパンが美味《おい》しかったとか、魚屋の店長が根掘り葉掘り色々と探りを入れてきて大変だったとか、そんな話が志貴の口から語られる。

昨日も感じたが、こうして他愛ないやり取りをしながらの食事は、いつもより美味《おい》しく感じる。

「さっきも言ったけど、ここの商店街は美味《おい》しいもの多いよな。大吉の飯は言うまでもないし、肉屋のサンドイッチもすごい美味《おい》しかった。食パン買ったパン屋のパンもうまそうだったけど、結人が肉屋のサンドイッチを絶対に食べるってきかなかったから、今日は買わなかった」

志貴から出てくるのは、夕飯のお使いを頼んだからか、彼が食いしん坊だからなのか、食べ物の話ばかりで郁乃はおかしくなる。

「あそこのパン屋さんのパンも美味《おい》しいよ。おすすめは塩あんぱん」

「あー結人も同じことを言ってた。ただ今日は絶対に肉屋のカツサンド!!　って」

「子どもの頃からの大好物なのよ。絵を描きながらがっつり食べられるから」

「あぁ。なるほど」

郁乃の言葉に志貴が納得したように頷いて、結人に視線を向けた。自分が話題になっているというのに、末弟は反応することなく黙々と食事を続けていた。皿はもうほとんど空《から》だった。

最後にかぼちゃスープを一気飲みすると、結人は無言で立ち上がる。そのまま居間に戻って、再びスケッチブックに鉛筆を走らせ始めた。

「羨《うらや》ましいな……あそこまで熱中できるものがあるって……」

結人の動きを見守っていた志貴がぽつりと呟いた。

「作った方としては、ご飯くらいちゃんと味わって食べて欲しいけどね」

「ああ。だろうな。こんなに美味《おい》しいのに味わって食べないのはもったいないな」

肩を竦《すく》めた郁乃に、志貴も苦笑する。そのあとも二人は他愛ない話をしながら食事を終えた。

「ごちそうさまでした」

「おそまつさまでした。お茶でも淹《い》れようか？」

「大丈夫。作ってもらったから後片付けは俺がするよ」

「そう？　じゃあ、私はお風呂の用意してこようかな。お茶碗洗うスポンジは黄色のを使って、布巾はピンクのが皿拭《ふ》き用」

「わかった」

夕食の後片付けを志貴に任せて、風呂の準備をしようと立ち上がる。そのとき、聞き慣れない着信音が聞こえてきた。

――ん？　電話？

着信音がどこから聞こえてくるのかわからず、郁乃は周囲を見渡した。結人の携帯かと思ったが、着信音は居間からではなく割とすぐ傍から聞こえてきている。

「悪い。俺だ」

志貴が浴衣《ゆかた》の袂《たもと》からスマートフォンを取り出した。着信画面を見下ろした志貴の表情が途端に硬くなる。

鳴り続ける電話に出る様子もなく、じっとスマートフォンを睨《にら》みつけていた志貴は、そのまま携帯の着信を拒否した。

「志貴君？」

志貴の様子が気になって、郁乃は思わず声をかける。ハッとした様子で志貴が郁乃を見た。

二人の目が合って、らしくもなく志貴が郁乃から目を逸《そ》らす。

触れられたくないと態度で表していることに、あえて気付かない振りで郁乃は志貴に声をかけた。

「電話、大丈夫？」

「大丈夫」

どこか頑《かたく》なな表情の志貴が、冷たく言い捨てる。直後にしまったという顔で、顔を引きつらせた志貴に、郁乃は踏み込み過ぎたかと内心でひやりとする。

「ごめん。郁乃。今のは感じ悪かったな。ちょっと……」

言葉を探して口ごもった志貴が、困ったように眉を下げる。

「気にしないで……じゃあ、後片付けよろしくね。私はお風呂の用意してくるわ」

「わかった」

気まずくなった空気を払拭《ふっしょく》したくて、何でもない振りで後片付けを頼むと、強張《こわば》っていた志貴の顔がホッと緩《ゆる》んでいく。

郁乃はそのまま入浴の準備をしに風呂場へ向かった。

☆

翌朝は花の仕入れ日のため、郁乃は朝四時に目を覚ました。一階に下りていくと、床の上で結人が毛布を被って丸くなっていた。

いつの間にか居間の中央にキャンバスが張られている。

――これは一晩中、描いてたな。

キャンバスと結人の寝姿を交互に見つめて、しゃがみ込んだ郁乃は呆れたように苦笑する。弟の寝顔を覗《のぞ》き込めば、子どもの頃と変わらずにあどけなく見えた。

郁乃は肩を出して寝ている結人に毛布を掛け直して立ち上がる。

そうして、二十号ほどのキャンバスに視線を向けた。まだ下書き段階なのか、人が空を見上げている様子が木炭で荒く描かれている。その人物はまだ顔もはっきりとしていないのに、郁乃には志貴に見えた。

――珍しい。結人が人物を描くなんて……

普段はもっぱらデザインや抽象画を得意としている結人が、人物画を描くことはめったにない。

――よっぽど志貴君の顔が気に入ったのね。

なんだかんだと母や佳代の影響を受けているせいか、結人も相当な面食いだ。

――うちの弟たちって実は相当な面食いだよね。お母さんの血を引いているってことか。

肇の妻や紡の恋人の顔を思い出して、郁乃は思わず笑ってしまった。

郁乃の視線が自然と客間に向かう。そこで眠っているはずの志貴の姿を思い浮かべて、やはり自分も母の血を引いているのだろうと実感した。

「さーて、仕事行く準備でもしようかな」

しょうもないことを考えている時間はない。

郁乃は伸びをすると、シャワーを浴びて朝食の準備に取りかかった。

昨日、余分に焼いておいたハンバーグを使って、朝食のサンドイッチを作り始める。

朝食と自分の分の弁当を作り終わったところで、いつ起きたのか結人が食卓に座っているのに気付いた。

まだ眠いのか、目を擦る姿は本当に子どもの頃と変わらない。

サンドイッチを差し出せば、手を合わせた結人が無言でもそもそと食べ始めた。

――本当にトリップしちゃってるなー。

弟の食事風景を眺めながら自分も朝ごはんを食べる。朝食を食べ終わった途端、結人は再び毛布を被って横になった。

後片付けを終えた郁乃は、志貴の分のサンドイッチにラップをして冷蔵庫にしまう。

「結人！　今日もいるなら、昼は冷蔵庫のもの使って自分たちで用意してって志貴君に伝えて」

聞いているのかどうかわからないが、一応結人に声をかけて郁乃は仕事に出た。

仕入れのある日の花屋の仕事は、とても忙しい。普段、仕入れは藤岡の担当だが、彼がいないときは、引退した彼の両親が代わりに仕入れをしてきてくれる。それを待っている間に、郁乃は仕入れた花の水揚げの準備をした。

「郁乃ちゃん！　帰ったわよ！」

「はーい！」

店の裏口から藤岡の母親の威勢のいい声が聞こえてきた。郁乃は急いで二人を出迎える。小型のバンの後部座席いっぱいに仕入れた花が積み込まれていた。

郁乃は藤岡の両親と協力して、次々と花を下ろして荷ほどきし、水揚げの作業に取りかかる。

慣れた手つきで藤岡の母親が薔薇《ばら》の花の棘《とげ》を取る傍《かたわ》らで、藤岡の父がそれを花器に活けていく。郁乃は水揚げの際に出た茎や葉、傷《いた》んだ花を集めてゴミ袋にまとめ、仕入れてきた花の名前を書いて値段を決める。三人がかりでフル回転で動いて、何とか開店に間に合わせた。

「じゃあ、郁乃ちゃん！　店番よろしく！　私たちは畑が心配だからもう帰るわ」

「はい。今日もありがとうございました！　お疲れ様でした！」

花の片付けが終わった途端に、藤岡の両親は一息つく間もなく店を出て行った。郁乃は裏口から出ていく二人を見送るために外に出る。

「あ、そうだ。これうちの畑で取れた野菜。よかったら食べて」

藤岡の母が車から段ボールを一箱下ろして、郁乃に手渡してくる。

「ありがとうございます。助かります」

藤岡の両親は、今は花屋を息子に任せて引退し、郊外で自分たちの好きな薔薇《ばら》の栽培をしている。その傍《かたわ》ら家庭菜園で野菜を育てていた。それをこうして時々分けてくれる。藤岡の両親が作る野菜は、形は不揃いながら味は抜群に美味《おい》しい。段ボールの中に新じゃがと玉ねぎが入っているのを見つけて、今日は肉じゃがにしようと思った。

「じゃあ、泰介によろしく言っておいて」

「はい」

慌ただしく二人が帰っていくのを郁乃は見送った。賑《にぎ》わっていた店内が一気に静かになる。

店を開けると週末に向けての花の注文が、ネットを通してぱらぱらと届いていた。他にも仏花を買いに商店街の客がやって来る。

今日はやけに女性客が多い気がした。皆、花ではなく誰かを探すように店内を見回して、がっかりした表情を浮かべて去っていく。

今のところおおっぴらに騒ぐ人はいない。おそらく皆、半信半疑なのだろう。

こんな田舎《いなか》に本物のモデルがいるとは誰も本気にはしてない。

だけど、いくらこの商店街の中に佳代の統制が効いているとはいえ、この情報社会で志貴のことがバレないわけがないのだ。

——騒ぎになるのも時間の問題かもしれない。

そんなことを考えながら郁乃が注文の薔薇《ばら》の花束を作っていると、背の高い男が店に入って来た。

「いらっしゃいませ」

そう言って店の入り口を振り返れば、帽子を目深に被った志貴が立っていた。

「あ、志貴君。どうしたの？　何かあった？」

「いや、暇だから郁乃の顔を見に来た」

さらりとそんなことを言われて、郁乃の心がざわつく。

「ふーん。そう。座る？」

丸椅子を示すと志貴は大人しく座った。

「結人はどうしてる？」

「すごい集中力で絵を描いてる。昼をどうするか声かけたんだけど、全く聞こえてない感じ。あの調子だと体が心配になるな」

苦笑まじりの志貴の返答に、郁乃は花束を作り上げながら肩を竦《すく》めた。

――この分じゃあ、頼んだ伝言は志貴君に伝わってないだろうな。

「そっか。まぁ結人はお腹空《す》いたら、自分で何とかするから大丈夫じゃないかな？　志貴君、お昼ご飯どうするの？」

「うーん。決めてない。郁乃は？」

「お弁当持ってきてる」

「そっか」

志貴がちょっとがっかりした表情を浮かべた。そんな顔をされると放っておけなくなる。

「ベーカリー恩田《おんだ》でパン買ってきて、ここで一緒に食べる？」

「いいのか？」

一気に志貴の表情が明るくなった。だが次の瞬間、志貴の眉毛が心配そうに下がる。どうしたのかと郁乃が首を傾《かし》げると、「結人の昼飯どうしよう？」と言った。

弟の食事を心配してくれる志貴の優しさに郁乃は微笑む。

「志貴君の昼ごはん買うついでに、結人にもサンドイッチか何か買ってきてもらえる？多分、食べ物の匂いに気付いたら食べると思うから」

「わかった。じゃあ、ちょっと買い物に行ってくる。郁乃のおすすめは？」

「塩あんぱん。サンドイッチならBLT」

「了解。郁乃は何かいる？」

「珈琲《コーヒー》買って来てくれる？」

「わかった」

志貴は身軽に立ち上がると店を出ていく。その姿を見送っていると、向かいの店から佳代が顔を出した。

「いらっしゃい。佳代さん」

「ねえ大丈夫なの？彼あんなに堂々と外を出歩いたりして！帽子被ったところであの美貌は隠せるもんじゃないわよ！今日は何か女性客も多いし！」

心配そうに眉間に皺《しわ》を寄せた佳代に、郁乃は苦笑した。

「本人があの調子で隠してないから、何とも。本当は家の中にいてもらった方がいいんだろうけどね」

「そんな呑気で大丈夫なの？」

「うーん」

――って言われてもね……。

本人に隠すつもりが全くないのだ。郁乃にはどうしようもない。

「彼のことが心配？」

浮かない表情の郁乃に、佳代が問いかけてくる。郁乃はちょっと迷って、ため息を吐いた。

――佳代さんに隠し事は出来ないか。

「佳代さんは志貴君の噂とか知ってた？」

郁乃の言葉に、佳代がちょっと眉尻を下げる。

「吉枝監督の映画の撮影がうまくいってないせいで、降板もありえるってこと？　それとも、彼が撮影現場から締め出されて、現在行方《ゆくえ》不明ってこと？」

昨日二人が店を出て行ったあと、少し気になることがあって、志貴について調べてみたのだ。

佳代が大騒ぎするだけあって、志貴は海外では有名なモデルだった。また、有名監督の映画に初出演することで、日本でも注目が集まっている。

それと一緒に、気になる噂も出てきたのだ。

「やっぱり有名な話なんだ」

「ネットの掲示板とかで話題になるくらいにはね……」

志貴のファンだという佳代は、心配そうにため息をつく。

「けど、行方《ゆくえ》不明って割に、彼堂々と顔を出して町の中を歩いてるわよね。まぁ、こんなところにスーパーモデルのＳＨＩＫＩがいるなんて誰も本気にしないでしょうけどね」

「そうだね」

有名人だけあって彼の噂は虚実取り混ぜて色々とあった。中には志貴が出演した日本のバラエティ番組の動画を上げている人もいた。

その動画の中の志貴は、ひどく硬い表情をしていた。

毒舌で人気の司会者に、そのイケメンぶりをいじられても、淡々とした様子で躱《かわ》していた。その顔は、モデルをしているときとは全く違った。

映画の出演が決まった記者会見の様子もネットに上がっていたが、やはり志貴は淡々とした様子でインタビューに答えていた。

郁乃には、彼が全身で何故自分はここにいるのだろう、と訴えているように見えて仕方なかった。

反面、モデルの仕事をしているときの志貴は、生き生きと輝いて見えた。

画面を通してでも、彼が仕事を大切にしていることが伝わってきた。

その映像を見た瞬間、なんとなくではあるのだが、志貴が郁乃の前に現れた理由がわかった気がした。

「……何かに行き詰《づま》って逃げてきたのかな？」

「うーん？　それはどうだろう？　あれは逃げてきた人間の顔じゃないと思うけど……」

ぽつりと呟いた郁乃に佳代が微笑む。

「佳代さん？」

「何かに迷ってはいるんだろうけど、逃げてきたとは思えないわ。逃げてきた人間は、あんなに堂々と振る舞ったりしないわよ」

「そうかな？」

佳代の言葉に郁乃は首を傾《かし》げる。

「彼のこと気になる？」

「まぁね。婚姻届を書いた仲だし？」

茶化すようにそう言いながらも、郁乃の唇からはため息が零《こぼ》れた。母親代わりの佳代の前だからこそ、迷う心が顔を出す。

志貴が本気で郁乃と結婚したいと言っているとは思わない。彼の中には大きな迷いがあって、郁乃のもとで過ごしているのも何か別の理由があるのだろう。

志貴が何か訳ありなのは見ていればわかる。

疲れた彼が羽を休める場所として郁乃のもとを選んだのなら、ゆっくりしていけばいいと思う。

たった三日──過ごした時間は短いのに、彼はもう郁乃の傍にいることが当たり前になってきていた。

──不思議な存在。

郁乃の生活をかき乱そうとしているのかと思えば、志貴はあまりに自然に郁乃の生活の中に溶け込んでくる。

でも、郁乃はそれが嫌ではなかった。嫌ではないことが、郁乃の心を戸惑わせる。

ぼろぼろになった婚姻届を、大切に持ち歩いている志貴の真意を知りたい。

いまだに、自分が婚姻届を書いたときのことは、欠片《かけら》も思い出せない。だけど、志貴との間にあった過去は知りたくて仕方がない。

揺れる郁乃を見て、佳代がにこりと笑った。

「ふふふ。郁乃ちゃんのこんな表情を見られるなんてね……。ＳＨＩＫＩはさすがね。

郁乃ちゃんからこんな顔を引き出すんだもの」

——こんな顔ってどんな顔？

首を傾《かし》げる郁乃の頬を、微笑んだままの佳代がつつく。だけど、答えを教えてくれるつもりはないらしい。

「いいわねー、私も登さんに出会った頃のことを思い出すわー」

頬を染めた佳代が歌うようにそんなことを言うから、郁乃は苦笑するしかない。

「郁乃ちゃん、人生なんて何が起こるかわからないのよ？　だから、自分の思うままに、素直に行動したらいいの。特に色恋なんて直感がものを言うんだから！　長年一緒にいてもダメなときはダメだし、出会ってすぐに運命を感じることもある。余計なことなんて考えずに、郁乃ちゃんの好きにしたらいいわ」

言いたいことだけ言って、佳代は自分の店に戻って行った。

それから少しして、志貴が店にベーカリー恩田の紙袋を持って帰って来る。

「あ、おかえり。パン買えた？」

「ただいま。色々美味《おい》しそうで買いすぎた。郁乃の珈琲《コーヒー》も買ってきた」

照れた様子で志貴がパン屋の袋を掲《かか》げて見せる。言葉通りに志貴が持っている袋は、パンでいっぱいで、郁乃はつい笑ってしまった。

「じゃあ、奥の事務所でご飯にしよう」

は昼食にする。お客さんが来たらすぐにわかるように、事務所と店の出入り口を開け放したまま二人

志貴は郁乃がすすめた塩アンパンとBLTサンド、その他にいくつかの総菜パンを買ってきたようだった。袋を開けた志貴は郁乃に珈琲《コーヒー》のカップを手渡すと、さっそく塩アンパンにかぶりつく。

「郁乃たちのおすすめなだけはあるな。美味《おい》しい！」

綺麗な顔が途端に幸せそうに崩れていく。口の中いっぱいにアンパンを頬張る姿は、世界レベルのトップモデルとは思えない。今の志貴の顔はカッコいいというよりも可愛かった。

「志貴君って、美味《おい》しそうに食べるよね」

「あー、それはよく言われる」

志貴の眉がへにゃりと情けない形に下がる。

「別に悪いことじゃないんじゃない？　そこまで美味《おい》しそうに食べてくれるなら、作り甲斐もあるし」

「そうか？　仕事柄、食べ過ぎは体型維持できなくなるから、やばいんだけどな」

「そういうもの？」

「体質もあるから、気を付けるに越したことはない」

そう言いながら、志貴はパンを三個ぺろりと平らげた。

「なぁ、郁乃」

「何？」

「結人にパンを届けたら、俺もここにいていいか？」

「ここってお店？　どうして？」

志貴のお願いに郁乃は目を丸くする。

「結人が絵を描いているのを見てるのも面白いんだけど、することなくて……」

「退屈になった？」

「うーん。そういうわけじゃないんだけど……迷惑か？」

「別にここにいてもいいけど、することないのは同じじゃない？」

「そうだけど……何か郁乃の傍にいると落ち着く。仕事の手伝いがいるなら手伝うし、ダメか？」

真っ直ぐに自分を見つめてくる志貴の眼差《まなざ》しに、郁乃はうっと返事に詰まる。

——そんな顔で言われて、だめだって言うのは勇気がいるぞ。ずるいなー。

郁乃は食べていたサンドイッチを飲み込んで、苦笑する。

「いいよ。いても」

「やった！」

志貴の顔がぱっと明るくなった。

「だけど大丈夫？　今日、いつもより若い女性客が多いよ？」

「堂々としてれば、案外声をかけられることは少ないから大丈夫だと思う。でも念のため、人目につかないように事務所にいるようにするから」

――まぁ、事務所にいるなら大丈夫かな？

若干の不安はあるものの、楽観的な志貴の様子に郁乃も心配するのをやめる。

「あ、結人にパンを届けるならついでに、そこの段ボールの野菜を持って行ってもらえる？　さっき貰ったんだけど」

「段ボール？」

志貴が事務所の隅に置いておいた段ボールを覗《のぞ》き込む。

「あ、新じゃがだ」

「玉ねぎももらったし、今日は肉じゃがにでもしようかと思ってるんだけど、どう？」

「いいな！　肉じゃが！」

振り返った志貴の瞳が輝いていた。これだけ期待された顔をされると献立を考えるのも楽しくなってくる。

「あとは昨日が肉料理だったし、今日は魚にしようか」

「楽しみだな」

「じゃあ、今日も腕によりをかけて夕飯を作りますか！　手伝いもよろしく」

「もちろん」

当たり前のように夕飯の献立を考えて笑い合う。

郁乃は志貴とのこんな何気ない時間を、楽しく愛おしく感じ始めていた。


その日の午後——

志貴は結人に昼食を届けたあと、宣言通り店に戻って来た。郁乃は客の途切れた合間を狙って在庫が少なくなってきたワンコインのミニブーケを作っている。

「器用だな」

作業する郁乃の傍《かたわ》らで、丸椅子に座った志貴が感心したように呟いた。

「そう？　まぁこれでも一応、十年以上やってるからね。でも泰兄に比べると全然ダメダメだけど」

「藤岡さん。ネットで調べたらすごい人なんだな。海外の賞とか色々と受賞してるんだろう？」

「わざわざ調べたの？」

驚いて郁乃は花から顔を上げる。志貴は面白くなさそうな表情を浮かべていた。

「恋敵《こいがたき》のことを調べたら悪いかよ？」

「恋敵《こいがたき》……？」

「違うのかよ？　郁乃の最大の理解者で家族や近所の人間にも認められている保護者。仕事も出来る幼馴染《おさななじみ》って、俺からしたら立派な恋敵《こいがたき》だろ。周りも二人の結婚を期待してるし」

傍《はた》から見たら、確かに藤岡と郁乃の関係は志貴の言う通りなのかもしれない。

藤岡との結婚――それは今までも散々、周囲に言われてきたことではある。

だけど、郁乃と藤岡の関係は、そういうものじゃない。

――私と泰兄じゃ恋愛にならない。恋になるにはお互いに抱《かか》えているものが重すぎる。

そもそも藤岡が、郁乃や中西家に抱いている想いは贖罪《しょくざい》だ。

母が彼を庇《かば》って事故に遭《あ》ったあの日から、藤岡は変わってしまった。

彼は母の死に責任を感じて、ずっと中西家に償《つぐな》い続けようとしている。

そんな相手と恋になんてなりようがない。

そして郁乃は、藤岡に一生、償《つぐな》いをさせる気もなかった。

ブーケの形を整える振りで、無意味に花びらを弄《もてあそ》ぶ。ミニ薔薇《ばら》の花弁がはらりと一枚落ちた。

「郁乃？」

わずかに視線を下げた郁乃に気付き、志貴が郁乃の名前を呼んだ。

顔を上げると、志貴が心配そうな顔をして郁乃を見ていた。

――どうして気付くかな。

こんな些細《ささい》な感情の変化に。

一緒に過ごした時間は三日。なのに、志貴は揺らぐ郁乃の感情にひどく敏感だ。

だけど、だからこそ――彼は真っ直ぐに郁乃の心の中に踏み込んでくる。

志貴の前だと何も隠せなくて、郁乃は苦く笑った。

何も言えずにいる郁乃に、志貴が焦《じ》れたように手を伸ばしてくる。

「そんな顔するなよ。郁乃の心から締め出されたみたいで、何か嫌だ」

そんな顔ってどんな顔だ、と思う。

子どものようにわがままを言う志貴が、郁乃の手を掴んで自分の腕の中に引き寄せた。

丸椅子に座る志貴の腕の中に、立ったまま囲われた。

――昨日もこんなことがあったな。

そう思った。間近で志貴の榛《はしばみ》色の瞳を見下ろす。その瞳に映る女の顔は、迷子の子どものように見えた。

――笑え。大丈夫。私は笑える。

そっと志貴の綺麗な顔に触れる。滑《なめ》らかな肌の感触に、頬が自然と緩《ゆる》む。

「郁乃？」

不思議そうに自分を見上げてくる志貴の高い鼻筋に触れて、郁乃はにやりと笑う。

次の瞬間、その高い鼻を思いっきりつまみ上げた。

「痛い！」

予想外の行動に志貴が驚きの声を上げて、郁乃を囲んでいた腕を離した。

「何するんだよ！」

「志貴君がお店で変なことするからでしょ！　また誰かに見られたらどうするのよ。少しは自粛《じしゅく》してください、有名人でしょ！　仕事の邪魔をするなら、家に帰ってもらうからね！」

郁乃は腰に両手を当てて志貴を叱り飛ばす。

「ああもう！　せっかく作ったブーケがダメになっちゃったじゃない……これ買い取ってよね！」

半分くらいは八つ当たりだが気にしない。郁乃は志貴にミニブーケを突きつける。

「理不尽だ！」

そう言いながらも、志貴は郁乃の手からミニブーケを受け取った。ジーンズのポケットから財布を出すと、五百円玉を取り出す。

「毎度ありがとうございます」

差し出された硬貨を受け取って、郁乃はおどけた仕草で頭を下げる。

「カツアゲにあった気分だ」

「人聞きの悪い。そこまでひどいことしてないわよ！　ちょっと売り上げに貢献してもらっただけじゃない」

郁乃と志貴はしばし睨《にら》み合う。そうしてどちらからともなく噴き出した。

「やる。俺が持ってても仕方ないし」

志貴がミニブーケを郁乃の手に押しつけてきた。

「え？　いいの？　せっかく買ったのに」

「いい。花は郁乃の方が似合う」

自分の方が数百倍は花が似合いそうな顔をしているのに、志貴はそう言うと、ぷいっと郁乃から視線を逸《そ》らした。髪に隠れた耳朶《じだ》が赤く染まっていて、郁乃の心が甘いくすぐったさに満たされる。

「ありがとう」

無理やり自分で買わせておいて、言うことでもないが。郁乃は志貴に礼を言った。

「滅多に花を貰うことなんてないから、嬉しい」

「そうなのか？」

意外そうに志貴が郁乃を振り返る。

「うん。商売柄、いつも花は扱ってるけど、貰ったことはほとんどないかな？」

「藤岡さんにも？」

「泰兄と私の間だと、花は商売道具だからねー」

「そういうことはもっと早く言えよ！　そんな小っちゃいのじゃなくて、もっとちゃんとしたの贈ったのに！　薔薇《ばら》の花百本とか！」

「え？　いいよ！　そんなに貰っても世話するの大変だもん」

あくまでも現実的な郁乃の言葉に、志貴が不満そうに唇を尖《とが》らせる。

――志貴君が薔薇《ばら》の花束とか持ってたら、それこそ似合いすぎて怖いな。

思わず想像した郁乃は、くすりと笑って手元のミニブーケを見下ろす。淡いピンクでまとめた花束は自分で言うのもなんだが可愛くできていた。

「これがいい。これくらいがちょうどいい」

手の中の花束をくるりと回して、郁乃は微笑む。

「そのうち絶対に、郁乃がびっくりするような花束を贈る」

郁乃の微笑みを見た志貴が、そう宣言する。

「ふふふ。じゃあ、そのときを楽しみにしてる」

何気なく口にされた未来への約束が、郁乃の心を甘く揺らす。

きっと、いつまでもこんな時間は続かない。

――いつまで彼とこうしていられるのかな？

叶っても、叶わなくてもいい。

そんな未来が来るかもしれない。そう思うだけで心は浮き立つ。

「その顔は信じてないだろ。俺に出来ないって思ってるな？」

「本当に楽しみにしてるよ……百本の薔薇《ばら》の花束！」

胸に過《よぎ》る寂しさを誤魔化すように、郁乃はことさらに明るく振る舞った。

志貴には戻る場所がある。それを忘れてはいけない。

自分で自分にそう言い聞かせて、志貴の笑顔からそっと視線を外した。

薄皮一枚の下に隠した緊張。

胸に抱《かか》える不安を軽口でやり過ごして、郁乃は迫る別離の時間に気付かないふりをした――

☆

数日は何事もなく過ぎた。志貴は昼間は花屋の手伝いを楽しそうに続けている。

結人は相変わらず絵に夢中のままだった。

仕事終わりに商店街で夕飯の材料を買い出した二人は、夜の道をのんびりと歩いて帰った。

数日前より風の中に含まれる春の気配が強くなっていた。

遠くに見える街の影に陽が沈み、夜の帳《とばり》が降りてくる。半分欠けた白い月が朧《おぼろ》に霞《かす》んで、空の端に顔を出していた。

穏やかに流れる時間に、二人ともに無口になる。だが、落ちる沈黙は優しくて、無理に話題を探す必要を感じなかった。夕闇に染まる町の中に、二人の靴音だけが響く。

志貴の足取りは今、ちゃんと郁乃に合わせたものになっている。

すっかり一緒にいることが当たり前になっている志貴との時間――でも、それもあと数日のことだと思うと、郁乃の胸に寂しさが過《よぎ》る。

「何だあれ？」

家の前に見慣れぬ黒い車が停まっていることに気付いた志貴が、立ち止まって声を上げる。

つられた郁乃も一緒に歩みを止めた。車を見る志貴がひどく緊張していることに気付いて、郁乃は安心させるようにその腕に触れた。

「あれ、結人がお世話になっている人の車だよ。多分、結人を迎えに来たんだと思う」

志貴の強張《こわば》っていた表情が、ゆっくりと緩《ゆる》んでいく。小さく息を吐き出した志貴に微笑んで、郁乃は自宅に向かって歩き出す。

「ただいまー」

玄関に入ると男物の革靴がきちんと揃えて玄関に置かれていた。

「郁乃さん。お邪魔しています」

すぐに居間からスーツ姿の男性が現れた。

結人の仕事をマネジメントしている本間《ほんま》だった。彼は結人の絵に心酔していて、創作中は生活全般がおろそかになる結人の世話を細《こま》やかにしてくれていた。

――本間さんが来てるってことは、結人また仕事をすっぽかしたな。

「本間さん。ご無沙汰してます。結人がまたご迷惑をかけたみたいで」

慌てて郁乃は本間に頭を下げた。それにつられたように本間も玄関に出てくる。

「こちらこそご無沙汰してすみません。結人君が急にいなくなったもので、郁乃さんのところかと思いまして、お邪魔させていただきました」

二人は玄関先で互いに頭を下げ合う。そこへ結人が顔を出した。

その顔は今朝までと違い、完全に正気に返ったものだった。

きっと絵が一段落着いたのだろう。

結人は、姉とマネジャーが頭を下げ合っているのを見て、呆れた様子でため息をついた。

「みんなそんなところにいないで、さっさと家に上がれば？」

それだけ言って、結人はさっさと居間に引っ込んでしまう。

末弟のマイペースさに郁乃は頭痛を覚えた。

「すみません。本当にうちの弟が……」

郁乃がもう一度頭を下げると、本間はゆったりと首を横に振った。

「いいえ。全部私が好きでしていることですから。結人君の描く絵に関われるのは、私にとってとても幸せなことなので、お気になさらないでください」

自分よりも遥《はる》かに年上の男はそう言って穏やかに微笑んだ。

「今、結人君が描いている絵は、間違いなく彼の代表作の一つに数えられると思います」

そう断言する本間に、郁乃も絵の仕上がりに興味がわいてくる。

「初めまして。私、結人君の仕事のマネジメントをしている本間雄太《ゆうた》と申します。モデルのSHIKIさんでいらっしゃいますね。お会いできて光栄です」

本間が丁寧に挨拶《あいさつ》をして、志貴に名刺を差し出す。

「どうも。ご丁寧にありがとうございます。すみません。今名刺とか持ってないんですけど……」

志貴は戸惑ったように本間の名刺を受け取る。

「構いません。ご挨拶《あいさつ》だけでもと思いまして。志貴さんには今後ともお世話になることがあると思いますので、どうぞお見知りおきください」

「ねえ！　本当にいつまでそこにいるつもりなのさ！　僕忙しいんだけど！　早くしてくれない？」

焦《じ》れた様子の結人の声が聞こえてきた。傍若無人《ぼうじゃくぶじん》な弟の態度に顔を顰《しか》めて、郁乃は家に上がった。

「もう勝手なことばかり言わないの！　誰のせいだと思っているの！」

小言を言いながら居間に入った郁乃は、ソファに座る結人に歩み寄る。しかし、そのすぐ傍に置かれた絵を見て言葉を失った。

自然とキャンバスに視線が吸い寄せられる。

海の底とも知れない深い深い藍《あい》の中、一筋の光が差し込んでいた。その光に男が手を伸ばしている。光を掴もうとする男の——志貴の表情は、苦悶《くもん》に満ちていた。だが、男の立ち姿は生命力に溢《あふ》れていて、どんな困難をも乗り越え、必ず光を掴むと思わせた。

語彙《ごい》力の少ない郁乃には、この絵を表す言葉が見つけられない。

ただ美しいのとも違う。見るものの心を鷲掴《わしづか》みにして荒々しく揺さぶり、勇気づける。

そんな迫力のある絵だった。

「人物画って苦手だったけど、今回は描いててめちゃくちゃ楽しかった」

結人は満面の笑みを浮かべ、胸を張って志貴を見た。

「だから、この絵はお前にやる」

「え？　俺に……!?」

突然の指名に志貴が戸惑いの声を上げる。

「最近、スランプなのか、絵、描いてても楽しくなかった。仕事だから描いてただけ。でも、お前を見てたら急に絵を描きたくなったし、描いてて久しぶりに楽しかった。だからやる」

「いいのか？　こんなすごい絵」

結人と絵の間で志貴の視線が何度も行ったり来たりする。

「俺がいいって言ってるんだからいいんだよ。まだ、ちゃんと乾いてないから不用意に触るなよ！」

言うだけ言って、結人は身軽にソファから立ち上がった。

「じゃあ、姉ちゃん、本間さんが迎えに来たし、俺帰る」

「え？　結人？」

相変わらず自分のペースで動く結人に、郁乃は振り回される。

「明日からロンドンに行かなきゃいけないの、忘れてたんだよね。今夜の飛行機に乗らないと間に合わないみたい。ついでに、今すごく絵が描きたいんだけど、ここ道具少ないから取りに行ってくる！」

一方的に告げられる内容についていけずにいると、不意に結人が抱きついてきた。

「仕事終わったら、すぐに帰ってくるから！」

「う、うん？」

郁乃に強く抱きつき、結人が郁乃の胸に額《ひたい》を押し付けてくる。子どものような弟の行動に郁乃は戸惑う。

「あのね、姉ちゃん」

「何？」

「俺も兄ちゃんたちも、姉ちゃんのことが大好きだよ。だから、姉ちゃんがどんな選択したって応援する。それを忘れないで！　もう自由になっていいから」

「え？　ちょっと結人？」

「さ、俺の用事は済んだ！　本間さん帰ろ！」

照れくさくなったのか、結人は郁乃から離れて本間の傍に駆け寄りその手を取った。

末弟の突拍子《とっぴょうし》もない言動には慣れているが、今日はそれに輪がかかっている。

郁乃は居間を出て行こうとする結人の背を、呆然と見送るしかなかった。

「あ！　そうだ！　絵が描けたのはお前のおかげだけど、それと姉ちゃんのことは別だからな！　姉ちゃんを泣かせるようなことしたら、ただじゃ置かないからな‼」

居間の入り口で立ち止まった結人は、志貴を振り返ってそう叫んだ。

「お、おう」

いまだ絵から目を離せずにいた志貴は、結人の言葉に目を白黒させる。

「頼りない返事するなよ！　ちゃんと約束しろよ！　姉ちゃんを泣かせるな！　わかったな！」

「わかった。郁乃を泣かせるようなことは絶対にしない」

念を押す結人に志貴がしっかりと頷いた。それを満足そうに見て、結人がにやりと笑った。

「お前が何に悩んでいるのか知らないし、興味はない。ただ、どんなに好きなことをしてたって、きついことや辛いことがあるし、悩むこともある。それは当たり前のことだ！　くだらないことで悩んで、あんまり姉ちゃんに迷惑かけるなよ！」

結人の言葉に志貴が驚きに目を見開き、苦笑した。

「……まいったな」

そう言って、志貴はくしゃりと前髪をかき上げる。結人はもう用事はないと言わんばかりに、本間を引き連れて玄関から出て行った。

台風並みの結人のパワフルさに郁乃も志貴もただただ圧倒される。

しばらくして、どちらからともなく大きなため息をついた。

「……夕飯の材料。結人の分も買ったのに」

魚屋で手に入った上物の鯛の切り身のことを思い出して、郁乃はがくりとソファに座り込む。

「最初に言うのがそれか？」

志貴が噴き出した。郁乃は唇を尖《とが》らせる。

「だって、結人がいると思って奮発したんだよ？　あの子の好物の鯛の蕪《かぶ》蒸しにしてあげようと思ったのに……」

「俺が結人の分も食べるよ」

ゆっくりと歩み寄って来た志貴が、郁乃の隣にどさりと座った。

「すごいな」

「うん？」

「結人」

「ああ。毎度、あの子が見ている世界は、私たちと全く違うんだなって実感するわ」

二人の視線が自然と結人の絵に注《そそ》がれる。

荒削りな絵なのに、心を掴まれずにはいられない。

これはきっと、弟からのエールなのだろう。

志貴に対してなのか、郁乃に対してなのかはわからないが、郁乃は弟に背中を押された気がした。

迷う自分が馬鹿らしくなるほどに、結人の絵は力強い。

欲しいものがあるのなら、どんなことをしても掴めばいい——そんなメッセージが伝わってくる。

——それにしても、結人ってば本当に志貴君の顔が気に入ったのね。

改めて結人の絵を見た郁乃はくすりと小さく笑う。

末弟はよほどのことがない限り、自分の描いた絵をただであげるようなことはしない。

出会った当初はあれだけ反発してみせた割に、志貴の絵をこんなにも短期間で描き上げた。彼の美貌が結人の中の何かを突き動かしたのだろう。

志貴の性格でも行動でもなくその顔が気に入った！　とここまで明確に宣言されてしまうと笑ってしまう。

「いい絵だな」

無言で絵を見ていた志貴の静かな問いかけに、郁乃は頷く。

「これ本当に俺が貰ってもいいのか？」

迷う志貴に、郁乃は肩を竦《すく》めてみせる。

「いいんじゃない？　志貴君にあげるって言ってるんだし、貰ってあげて。結人は一度言い出したら聞かない子だから、返すって言っても受け取らないと思うよ？」

「そっか。じゃあ、ありがたく貰うかな」

志貴の目元が柔らかに緩《ゆる》められた。そして再び、結人の絵に視線を向ける。

真摯《しんし》に絵を見る志貴の横顔を眺めていると、郁乃の胸の中を寂しさが過《よぎ》った。

その感情の意味を今は考えたくなくて、郁乃は勢いをつけてソファから立ち上がる。

「さて、夕飯の準備をしようかな！　志貴君には結人の分もしっかり食べてもらわないといけないから、腕によりをかけないとね！」

郁乃の宣言に志貴が眉を下げて苦笑した。

「手伝うよ」

「そう？　じゃあ、お願いしようかな」

強力な助っ人の申し出に微笑んだ郁乃は、志貴の手を掴んで立たせる。二人並んで台所に入って夕飯の支度を始めた。

☆

夕食を終え、二人はそれぞれ交代で風呂を使った。

あとから風呂に入った郁乃は、濡れた髪をバスタオルでガシガシと拭《ふ》きながら台所に入った。お茶でも飲もうと思ったのだ。

台所に入った郁乃は、明かりの消えた居間のソファに座って、結人の絵を見つめる志貴に気が付く。

「また見てたの？」

その横顔がやけに張りつめて見えて、郁乃は思わず声をかけていた。

「ああ……」

まるで夢から覚めたみたいな顔をして、志貴が郁乃を振り返る。そのことに、何故かわからないがホッとした。

「お茶でも飲む？」

冷蔵庫の扉に手をかけながら問いかける。志貴は深く息を吐き出した。

「頼もうかな」

「ん」

郁乃は冷蔵庫からお茶を取り出して、グラスに注《つ》ぐ。二つのグラスを手に志貴のもとへ歩み寄る。

「はい、どうぞ」

「サンキュ」

グラスを手渡して、郁乃はソファではなく志貴の足元に直接座った。

「髪、まだ濡れてる。ちゃんと拭《ふ》かないと風邪ひくぞ」

「んー、これ飲んだらね」

「綺麗な髪なんだから、ちゃんと手入れしてやれよ」

生返事をする郁乃に、志貴が呆れたように肩にかけた郁乃のバスタオルを引き抜いた。

「郁乃ここ」

脚の間に来いと促《うなが》され、郁乃は大人しく志貴が示す場所に座り直した。

すぐに志貴の手が伸びてきて、郁乃の長い髪を丁寧に拭《ぬぐ》い始める。

頭に触れる志貴の指先が気持ちよくて、郁乃は目を細めた。

こうして誰かに髪を拭《ふ》いてもらうなんて、美容院以外で、滅多にないことだ。だからなのか、何だかくすぐったくなる。

「うまいね。気持ちいい」

「そうか？　まあ、昔取った杵柄《きねづか》ってやつかな？　美容院でアルバイトしてたことがあるから」

「そうなの？」

意外な返答に驚いて志貴を仰ぎ見る。

「こら、急に動くなよ！」

志貴の手で顔を正面に戻された。郁乃は大人しく前を向いたが、何だかおかしくなって、くすくすと笑い声を漏《も》らす。静かな居間の中に郁乃の笑い声が柔らかく響いた。

「まだ売れてなかった頃にな。美容院だけじゃなくて、他にも色々とバイトした。道路工事やコンビニの店員とか」

「そうなんだ」

「終わったよ。あとでちゃんと乾かせよ？」

「ん、ありがとう」

志貴が郁乃の頭から手を離し、タオルが肩にかけられた。郁乃はそのまま、膝を引き寄せて体育座りする。

「……結人の絵、そんなに気に入ったの？」

膝に顎《あご》をのせて、郁乃はそっと問いかける。

自然と視線は結人の絵に向かう。台所の明かりが差し込むほの暗い居間の中、闇に沈んだ結人の絵は、白いシャツを纏《まと》って立つ志貴だけが浮き上がって見えた。

「……結人には俺がこんな風に見えてたんだな」

志貴の手が郁乃の後ろ髪を掴んで、つんつんと引っ張る。いたずらをする男の指を、郁乃は止めなかった。

夜の闇の間では案外素直に自分のことを語れるものだ。

志貴が何かを語りたがっている気がして、郁乃はあえて何も言わずに志貴の好きにさせた。

束の間の沈黙が落ちて、志貴の指が郁乃の髪から離れる。

「……俺、逃げてきたんだ」

「うん」

「気付いていた？」

「うーん。何となく？」

「そっか」

「うん」

　互いの顔は見ない。でも、郁乃には、志貴が今どんな顔をしているのかわかる気がした。

「俺、モデルの仕事がすごい好きなんだ。子どもの頃からずっと憧れてて、親に反対されても、勘当されても諦めきれなかった。それくらいモデルの仕事が好きなんだ」

「うん」

　余計な言葉を挟むことなく、郁乃はただ志貴の声に相槌《あいづち》を打つ。

「だけど、この仕事って寿命が短いんだ。特に男は。続けられても二十七、八歳まで。カリスマって呼ばれるモデルになれるのなんて本当に一握りで、皆ある程度の年齢になると俳優とかに転向してく」

　再び伸びてきた志貴の指が、まだほのかに湿った郁乃の髪に絡《から》められる。

「今、マネジャーが今後の展開を考えて、日本のバラエティ番組の仕事とか、取ってきてくれてるんだけど……」

そこで志貴が言葉を途切れさせる。郁乃は急《せ》かすことなく、彼が語り出すのをただ待った。

「テレビに出て知名度が上がっても、モデルとしての俺の旬は終わりかけているんだって自覚させられて、やりきれなかった。俺がやりたいのはこんなことなのかって、ずっと迷ってた。そんなとき、吉枝監督の映画に出演が決まったんだ。けど、うまくやれなくて何度も失敗して、仕舞いには監督に頭を冷やして来いって現場から締め出された。あのときは本当に、何をしても監督にダメ出しされて、きつかった」

最後に漏《も》らされた本音が、郁乃の心を揺らす。

「もう何をどうしていいのかわかんなくて、気付いたらこの町に、郁乃に会いに来てたんだ」

郁乃のつむじに志貴が額《ひたい》を押しつける。吐息が首筋に触れて、淡い疼《うず》きを覚えた。

「……どうして？」

「ん？」

「どうして、私に会いに来たの？」

「……本当に覚えてないんだな」

寂しげに呟かれた男の声に、郁乃は「ごめん」と謝る。

「謝るなよ」

志貴が苦笑したのが気配でわかった。

「初めて郁乃と会った日――もう三年前になるかな？　やっぱり今みたいに仕事のことで悩んでたんだよ。そのとき、郁乃が俺に言ったんだ。やりたいことをやったらいいって……それでだめなら、私が責任もって面倒見てあげるって、婚姻届を書いてくれた。俺のこと何にも知らないのに、自分の人生をかけて夢を追えばいいって、背中を押してくれたんだ」

そのときの郁乃とのやり取りを思い出したのか、志貴が小さく笑った。

志貴の雰囲気が、柔らかくなる。それだけで、その思い出が彼にとって、どれだけ大切なものなのかわかった。

郁乃は初めて、自分が志貴との出会いを覚えていないことを悔しく思う。

――何故、自分は彼のことを覚えてないのだろう？

欠片《かけら》でもいい。彼と初めて出会ったときの記憶が欲しいと強く思った。

けれど、いくら思い出そうとしてみても、郁乃の中にその記憶はない。

「郁乃に会ったら、今の八方塞《ふさ》がりの状況から抜け出せる気がしたんだ。でも、本当はただ、郁乃に会いたかったのかもしれない。……すっかり忘れられていたのには、驚いたけどな」

最後に苦笑した志貴が郁乃のつむじから顔を上げる。離れていったぬくもりを、何故か引き留めたくなった。

「でも、結人には俺がこんな風に見えているんだなって思って……そしたら、なんか……」

うまく言葉にならないのか、語尾がわずかに震えた。

郁乃は振り返ろうかどうしようか迷う。迷って――けれど、衝動には逆らえず、振り返って志貴の顔を見上げた。

潤《うる》んだ眼差《まなざ》しで笑う男と目が合った。絡《から》んだ視線に郁乃は息を呑む。

志貴は笑っていた。笑っていたことに安堵していいはずなのに、どうしようもない切なさが胸に込み上げてくる。

「ここで振り向くなよ」

呟いた男の目元が柔らかく緩《ゆる》む。

今、胸に湧き起こる衝動を、何と呼ぶのかわからない。

ただ触れたい。抱きしめたい。

そう思ったのだ。今、泣き笑いのような顔をしている男を慰《なぐさ》めたいと思ってしまった。

郁乃は膝立ちになり、志貴の首に両手を回して抱きついた。そうして互いの額《ひたい》を合わせる。

「かっこくらい、つけさせろよ」

苦く笑いながらも、志貴は郁乃のすることを止めない。

「私に、もう一度背中を押してほしくてここまで来たのに、今さらかっこつけてどうするの？」

「それもそうか」

「うん」

互いの額《ひたい》をくっつけたまま、郁乃と志貴は笑い合う。溢《あふ》れ出た笑い声は夜の闇の中に柔らかく溶けていった。

志貴が今このときに、郁乃に会いたいと思ってくれたことが嬉しい。

同時に、何も覚えてない自分に罪悪感を覚えた。

郁乃は小さく深呼吸して、気持ちを落ち着ける。そっと額《ひたい》を離して、志貴の瞳を真っ直ぐに見つめた。

今から自分が言おうとしていることは、人生の岐路《きろ》に立たされた志貴にとっては、とても無責任なことかもしれない。

――でも、覚えていない過去と同様に、志貴君の背中を押してあげたい。

「やりたいこと、とことんまでやればいいじゃない」

「え？」

志貴が驚いたように目を見開く。こんなときなのに、それが可愛いと思った。

「君はいくつ？　まだ二十五歳でしょ？　あと二、三年足掻《あが》いてもまだ三十歳前よ？　燃え尽きるまで好きなことやって失敗したとしても、十分人生やり直せるだけ若いじゃない。また次にやりたいことを探せばいい」

郁乃の言葉に志貴の眉間にぐっと皺《しわ》が寄る。何かを堪《こら》えるようなその表情に、先を続けるか迷う。でも、ここで引きたくないと思った。

こんな顔をして迷うくらいなら、後悔なく好きなことをして欲しい。

「……それで失敗して、次にやりたいことも見つけられなかったら、俺ただの一文無しになるかもしれない。その責任、郁乃に取れるのかよ？」

「いいよ。取る」

きっぱりと告げれば、志貴の眉間の皺《しわ》が深くなる。足りない言葉を補うように、郁乃は口を開いた。

「君がやりたいことをやりきって、燃え尽きて何にもできないって言うなら、私が養う。次にやりたいことを見つけられるまで、今みたいにうちで休憩すればいいよ。だから、好きなことすればいいじゃない。後悔だけはしないで」

それまで黙っていた志貴の眉間の皺《しわ》が、ふっと緩《ゆる》んだ。

険しかった表情がふわりと柔らかくなり、深く息を吐き出した。そのため息に、呆れの感情が混じっていることに気付く。

——呆れられたかな？

郁乃が不安になっていると、志貴の手に腰を引き寄せられ、強く抱きしめられた。

「……ずるいよな」

「え？」

郁乃の胸に額《ひたい》を押し付ける男が、ぽつりと呟く。その意味がわからず郁乃は戸惑った。

「何にも覚えてないくせに」

「志貴君？」

「何にも覚えてないくせに、どうして言うことがあのときと一緒なんだよ」

郁乃が忘れてしまった、二人が初めて出会ったときのことを言っているのだと郁乃は気付いた。

志貴の腕に力が入って、ぎゅっとさらに強く抱きしめられる。

「本当にひどい女」

郁乃のことをひどい女と言いながら、その声は笑っていた。

志貴が郁乃の胸から顔を上げた。吐息の触れる距離で見つめ合う。

濡れた榛《はしばみ》色の瞳は、夜の闇の中で緑に輝いて見えた。郁乃はその瞳に魅入られたように、視線を逸《そ》らせない。

互いの肌が熱を上げているのがわかる。

郁乃はただ、目の前にいる年下の男を抱きしめたかった。

だから、引き寄せられるままに瞼《まぶた》を閉じる。

唇に志貴の唇が触れた。触れ合った唇は柔らかく、しっとりと濡れていた。

軽く開いたそれをそっと何度も触れ合わせる。

触れるだけの口づけは、すぐに互いの熱を貪《むさぼ》るものへと変わっていった。

慣れないキスに息の仕方がわからなくて、郁乃は息を詰める。

息苦しさに眉間に皺《しわ》を寄せた郁乃を見て、志貴がわずかに唇を離した。

その隙に、慌てて息を吸い込んだ。だが、またすぐに唇が塞《ふさ》がれる。それが繰り返されるうちに、郁乃は何となく呼吸のタイミングを掴んだ。

「あ、ふ……ん」

何度もキスを繰り返し、郁乃が息を吸い込んだタイミングで、より深く唇が重ねられた。

そろりと舌が差し込まれて、直《じか》に神経を舐《な》められたような疼《うず》きが背筋を滑り落ちる。

知らない感覚が怖くて、郁乃は咄嗟《とっさ》に志貴の肩を掴んだ。

それでも、志貴から離れようとは思わなかった。

郁乃が拒《こば》まなかったことで、志貴の舌がさらに深く口腔《こうこう》に入り込んでくる。

郁乃の口の中で、柔らかいものが好き勝手に動き回った。的確に郁乃の性感を煽《あお》ってくる舌に、体から力が抜けていく。充血した唇がジンジンとした痺《しび》れを訴えてきた。

——熱い。

肌が火照《ほて》って仕方ない。

郁乃は自分の中に生まれた熱を持て余す。どうしたらこの熱を解放できるのかわからなかった。

「はぁ……」

舌で口腔《こうこう》を探られ、感じる場所を刺激されるたび、体がびくびくと反応する。口の中はこんなにも敏感だったのかと驚かされた。

志貴の手が郁乃の乳房に伸びて、服の上から押し包む。シャツ越しにやわやわと胸を揉《も》まれ、じわりとした快感が郁乃に押し寄せてきた。

無意識に零《こぼ》れる吐息は甘い喘《あえ》ぎを含んでいて、郁乃は羞恥心《しゅうちしん》を募《つの》らせる。

ぎゅっと目を強く閉じた瞬間に、脱力した体をソファとテーブルの狭い隙間に押し倒された。

「えっ？」

驚きで正気に返る。志貴が郁乃の胸に顔を埋《うず》めるようにして抱きついていた。

束の間、互いの荒い呼吸音だけが聞こえた。これ以上なく体が密着していて、身じろぎ一つ出来ない。

名前を呼ぶが答えがなくて、郁乃は志貴の後頭部の髪をつんつんと引っ張ってみる。

「志貴君？」

「……ちょっと待って。もうちょっとだけこのままでいて」

唸《うな》るような声で返事をされた。

志貴が大きく息を吐き出し、郁乃の胸から顔を上げる。

「悪い」

顔を顰《しか》めたままの謝罪に、郁乃は首を傾《かし》げた。

「このまま突っ走りそうだったけど、よく考えたら何の用意もない。鎮《しず》まるまで、もうちょっとだけ待って」

情けなさそうに眉を下げた志貴の言葉に、郁乃は意味がわからず考え込む。

――用意？　鎮《しず》まる？

疑問が顔に出ていたのか、志貴が苦笑して腰を郁乃の体に押し付ける。身長差のせいで脚の辺りに固いものが触れた。それが志貴の昂《たかぶ》りだと気付いて、郁乃の頭は煮えそうになる。

ようやく志貴の言っている意味が理解できた。

下に弟が三人もいれば男性の生理現象はそれなりに理解しているつもりだった。だが、これまでそれを自分に向けられた経験など皆無《かいむ》で、どういう反応をしていいのかわからない。

「あー……」

郁乃の様子に志貴は何も言わず、再び郁乃の胸に顔を埋《うず》めた。

郁乃は視線をうろつかせる。じっとしていられずに何度も深呼吸を繰り返していると、志貴が困ったように郁乃の名前を呼んだ。

「嫌か？」

問われて郁乃は無言で首を横に振る。

抱き合っていること自体は嫌じゃない。将来の不安に揺れる志貴を抱きしめたいと思ったのは本当だ。今、郁乃を落ち着かなくさせているのは別の理由だった。

――まさかこんなことになるなんて思ってなかったし、どうしよう？

迷った挙句、郁乃は大きく息を吐いて、覚悟を決める。

「志貴君」

「何？」

「鞄《かばん》に、入ってる」

それだけ言うのが精一杯だった。それ以上は言葉を続けられない。

「何が？」

端的する郁乃の言葉に志貴が困惑しているのがわかる。

言葉で説明するよりも物を渡した方が早いと、郁乃は自分の鞄《かばん》を探した。

結人とのやり取りの最中に投げ出した鞄《かばん》は、テーブルの横に落ちていた。手を伸ばせば届きそうな位置に、郁乃は志貴の体の下で身じろいで鞄《かばん》に手を伸ばすが、あと少しが届かない。

黙って郁乃の行動を見ていた志貴が、体を起こして代わりに鞄《かばん》を引き寄せてくれた。

郁乃は無言で鞄《かばん》を開けて、薬局の紙袋を取り出す。それを志貴の胸に押し付けた。

「か、佳代さんが、自分の身を守るのも大事だってくれたの。自分で用意したわけじゃないよ!?」

言い訳のように叫ぶ。

今日の仕事終わり。不意に顔を出した佳代に、それを押し付けられたときは唖然とした。自分が使う機会なんてないと思っていたのに、予想外にこんな事態に陥《おちい》って、郁乃自身驚いている。

ただ自分の欲望より何より、郁乃の体のことを真っ先に考えてくれた志貴に応《こた》えたいと思った。

だけど、ここまでが郁乃の限界だった。これ以上はもう動けない。

郁乃は顔の前で腕を交差させて、羞恥《しゅうち》に染まる自分の顔を隠す。

どんな顔をすればいいのかわからなかった。

志貴がガサゴソと紙袋を開封している音がして、逃げ出したくなる。

落ちる沈黙がいたたまれない。

――どうしよう。逃げたい。

そんな思いがぐるぐると頭の中を駆け巡《めぐ》る。実際は、志貴が体の上にいるので逃げられない。

「郁乃」

名前を呼ばれても、郁乃は返事も出来ずに黙り込む。

志貴の手が郁乃の腕を解こうと触れてきた。

「やだ」

「何で？」

「今、絶対変な顔をしてる」

郁乃の返事に志貴がくすりと笑う。

「その顔が見たい」

「ドＳ」

「かもね」

いつもと変わらない他愛のないやり取りに、少しずつ郁乃の緊張が解《ほぐ》れていく。

志貴がそっと郁乃の腕を解《ほど》いた。羞恥《しゅうち》に赤く染まった郁乃の顔を見下ろして、愛おしげに目を細めるから、たまらない気持ちにさせられる。

志貴の顔を見ていられなくて、視線を下げた。それを追うように志貴の唇が下りて来て、再び重ねられた。

触れ合わせた唇に、忘れかけていた熱がよみがえる。

柔らかに唇を食《は》まれて、何故か泣きたくなった。

――好き。

曖昧《あいまい》なままにしておいた方がいいと思っていたのに、郁乃は自分の胸の中に湧き上がる感情に名前を付ける。付けてしまった。

その途端、ぎゅっと心臓を掴まれたような痛みを覚える。

志貴が好きだ。愛おしいと感じる。

単なる友情でも、家族に向ける親愛でもなく、志貴に向けるこの想いは確かに恋だ。

状況に流されているわけでもなく、郁乃は志貴に触れたいと思った。

それはきっと三年前の夜も一緒だったのだろう。

唇が解けて、志貴が郁乃の顔を覗《のぞ》き込んでくる。こつりと額《ひたい》が合わさった。

「俺、止まらなくていい？」

郁乃は無理やり笑みを浮かべる。きっと引きつってひどい顔をしているに違いない。

志貴の首に腕を回して抱きつくと、郁乃はきつく目を瞑《つぶ》り彼の肩に額《ひたい》を押し付けた。

「……ダメ、だったら……多分、出してない」

小さな、小さな呟くような声で答える。でも志貴には聞こえたのだろう。郁乃はきつく抱きしめられた。

「可愛い郁乃」

甘やかな囁《ささや》きが落とされる。それだけで、肌がざわめく。

「志貴君」

郁乃は熱い吐息とともに志貴の名を呼び、彼の浴衣《ゆかた》の生地《きじ》を掴んだ。

「ここだと背中が痛くなるから」

そう言った志貴に抱き起こされる。手を引かれて、志貴が寝泊まりしている和室に入った。

布団に横たえられると、志貴の匂いがした。郁乃と同じシャンプーやリンスを使っているのに、郁乃とは全く違う匂いに感じる。

パジャマ代わりにしてる長袖《ながそで》のTシャツとブラカップのついたタンクトップを一緒に脱がされた。

コットン素材の柔らかなハーフパンツも取り払われて、一糸纏《いっしまと》わぬ姿にされる。

もどかしげに自分の帯を解き、浴衣《ゆかた》を脱いだ志貴が郁乃を引き寄せた。

互いの肌の距離がゼロになり、触れたところからびりびりと甘い痺《しび》れが這《は》い上がってくる。

初めて触れた男の肌は、熱かった。

湯を使ったばかりの郁乃の肌はまだしっとりとしていて、体温の高い志貴の肌に触れると、そこから溶け出していくような錯覚を覚える。

見た目以上にしっかりと筋肉のついた胸板は厚く、引き締まった体は硬くて大きい。

自分とは全く違う体に――彼が男なのだと実感させられた。

「郁乃」

名前を呼ばれた。愛おしくって、大好きだよって気持ちが、声だけでわかる。

まるで自分がお姫様にでもなったような、そんな気分にさせられた。

嬉しくて、でも同時に芽生えたくすぐったさに、郁乃は志貴の首に腕を回してぎゅっと抱きつく。

額《ひたい》に、鼻筋に志貴の唇が触れた。

「ひゃあ！」

キスをされるのかと思っていれば、耳をぬるりと舐《な》められた。耳朶《じだ》を味わうみたいにしゃぶられて、くすぐったさに悲鳴が上がる。

首を竦《すく》めて咄嗟《とっさ》にその甘い刺激から逃げようとするが、志貴が離してくれない。首筋や頬に志貴の吐息がかかり、郁乃の肌を過敏にする。

「……郁乃。好き」

耳に吹き込まれた吐息混じりの囁《ささや》きに、一瞬で体から力が抜ける。

初めて聞く興奮に掠《かす》れた声に、全身の肌が粟立《あわだ》つ。不意に、互いの肌を遮《さえぎ》るものが何もない状態が心もとなくなって、郁乃は志貴の肩に回した腕に力を込めた。

「怖い？」

心配そうに顔を覗《のぞ》き込んでくる志貴に郁乃は首を横に振る。

「怖く……ないけど……」

「けど？」

「話す、余裕がない」

「わかった。もし、嫌なことがあったら声出して……」

頷く郁乃の唇にキスが落とされる。柔らかくしっとりと吸いついてきた唇が、角度を変えて何度も重ねられた。

もっとたくさん触れていたくて、思い切って自分からおずおずと舌を差し入れる。

「う……ふ……ぁ……」

絡《から》められた舌先がきつく吸われた。口腔《こうこう》を割られて、舌で粘膜を擦られる。出し入れされた舌をいやらしいと思うのに、それが嫌じゃない。

ぬるりと舌先で上顎《うわあご》を舐《な》められて、腰が跳ねた。それを見逃さずに、志貴が郁乃の脚を割って、自分の腿を挟ませる。

腿に触れる男の昂《たかぶ》りに、郁乃は瞼《まぶた》を強く閉じて、声にならない悲鳴を上げた。

体を硬くする郁乃に、志貴が鼻先を摺《す》り寄せてくる。こわごわと目を開けると、ちょっとだけ困った顔をした志貴と目が合った。

眼差《まなざ》しだけで『大丈夫？』と問う男に、郁乃は無言で頷く。

安心させるように柔らかく目元を緩《ゆる》めた男に、郁乃はゆるゆると息を吐き出して体の力を抜いた。

志貴の長い指が、郁乃の太腿をゆっくりと撫でる。むずがゆいみたいな感触に身を捩《よじ》ると、自然と脚が開いた。

志貴の指に内腿を撫で上げられて、咄嗟《とっさ》に脚を閉じたくなったが、何とか我慢する。

「ん、ん……」

秘所に触れられた瞬間、唇から甘い期待と恐れを孕《はら》んだ吐息が零《こぼ》れ落ちた。

口づけだけで熱くなっていたその場所は、わずかながら蜜を滲《にじ》ませている。

志貴の指が郁乃の秘所をなぞった。耳にくちゅりと淫《みだ》らな水音が聞こえてくる。

ゆっくりと探るようにその場所に指が差し入れられる。突然の異物感に、郁乃は大きく息を吐いた。

「痛い？」

「……大丈夫……」

「続けていい？」

「うん」

頷いて郁乃は瞼《まぶた》を閉じる。自分でも触れないような場所を探られる感覚に、どうしても体は強張《こわば》った。

それを感じ取ったのか、志貴が郁乃のこめかみや首筋にキスする。

鎖骨の形を確かめるように志貴の舌が這《は》う。熱い吐息と柔らかな髪の感触が素肌に触れるたび、郁乃の体の強張《こわば》りが少しずつ解けていく。

やがて志貴の長い指が奥まで潜《もぐ》り込んできた。

異物感がひどくなる。けれど、同時にそれだけではない甘い疼《うず》きが生まれた。

志貴の指が郁乃の中を広げようと動く。擦られた場所が熱く、疼《うず》きが強くなる。

慣れない感覚に、郁乃は身を震わせてシーツを蹴った。

「ん、んん！」

鎖骨をいじっていた志貴の唇が、郁乃の乳房に下りてくる。そのまま胸の頂《いただき》を口に含まれた。

硬く尖《とが》った乳首に吸い付かれ、舌先で転がされた途端、胎の奥が蕩《とろ》けた。

志貴の指を含んだ秘所が、蜜を零《こぼ》す。志貴はその蜜を指に纏《まと》わせて、ゆっくりと指を出し入れさせ始める。

蜜壁を擦られて、粘膜を押し上げられる感覚に、これまでの甘い疼《うず》きが、はっきりと快感へと変わった。

「やぁ……！　だめ……！」

胸と秘所、二か所同時に攻められて、郁乃はたまらず甘い悲鳴を上げる。

首を振って嫌がる郁乃に、志貴が乳房から口を離した。

「痛い？」

「ち、ちが……う……で、も……怖い……！　体、溶け……ちゃう」

「溶けちゃう？」

今、自分が感じている感覚をどう言葉にすればいいのかわからず、郁乃は感じるまま口にする。すると、志貴がにやりと艶《あで》やかに笑った。

何故かその表情がひどく嬉しげに見えて、郁乃は背筋を震わせる。濃密な色気を振りまく志貴に戸惑っているうちに、耳朶《じだ》を口に含まれた。

「可愛い。郁乃。感じたら溶けちゃうの？　だったらもっと溶けて？」

意地悪に囁《ささや》かれる。

「い――っ！」

直後、秘所を探る指が二本に増やされた。中を埋める質量が一気に増えて苦しくなる。

広げられた秘所の縁がぴりぴりと痛みを訴えた。

なのに、志貴の指は止まらない。郁乃の中でばらばらに指を動かされると、痛みだけではなく快感が強くなる。

――濡れてる……？

自分の体が立てているとは思えない水音が下肢から響いてきて、郁乃の羞恥心《しゅうちしん》を煽《あお》った。

中を指で擦られるたびに、どうしようもない快感を覚えて、腰が勝手に揺らめく。

「やぁん！　そ……こ……だめ!!」

蜜に濡れた花芽を親指の腹で潰された途端、郁乃の体が跳ねた。

不意に与えられた直接的な快感。それは、あまりに刺激が強すぎて郁乃は思わず泣き出した。

「大丈夫。郁乃。怖がらないで……」

宥《なだ》める男の言葉には根拠も何もない。何が大丈夫なのか郁乃にはわからない。

志貴は、いや、いやと首を振る郁乃の涙を唇で吸い取った。

その仕草は優しいのに、彼の指は止まることなく動いて郁乃を攻めたてる。

唇に何度もキスが落とされて、何度も宥《なだ》められる。

志貴の指が、蕩《とろ》けて花開く秘所の少し上にある、充血した花芽に再び触れた。郁乃は堪《こら》え切れず、男の唇から逃れて悲鳴を上げる。

「……きゃ……あん！」

強すぎる悦楽《えつらく》が怖くて、身を捩《よじ》って逃げようとした。

「逃げないで……」

そんな郁乃の体を、志貴が逃がさないとばかりに押さえつける。

蜜でぬるついた指で、容赦なくその場所を磨《す》り潰した。

優しく円を描くように感じやすいその場所を嬲《なぶ》られると、もう声を出すことも出来なくなる。

膨らんだ花芽を親指の腹で刺激したまま、志貴はしとどに蜜を溢《あふ》れさせる秘所にもう一本、指を潜《もぐ》り込ませた。

「あぁ！　いっやぁ!!」

思わず漏《も》れた拒絶は、志貴の口づけに呑み込まれる。痛みと快楽の狭間《はざま》で、郁乃は息を喘《あえ》がせた。

目の前に白い火花が散り、胎の奥から何かが沸き上がってくる。

「ん、ん、あ、ああ、はぁ」

二本に増えた指が郁乃の感じる部分をねっとりと擦《す》り上げた。

堪《こら》え切れない快楽に、郁乃の唇からひっきりなしに喘《あえ》ぎ声が零《こぼ》れ、脚がぶるぶると震えた。

高められた快楽に、シーツの海の上で郁乃の爪先がきゅっと丸まった。腰が淫《みだ》らに揺れ動く。

気持ちよすぎて、濡れた襞が男の指をぎゅうぎゅうと締め付ける。

束の間、荒い呼吸のまま抱き合って、どちらからともなく唇を合わせた。

「あ、あ……い……や……」

何度も花芽を擦《す》り潰され、中をいじられて、次第に郁乃はどうしようもない快感に溺《おぼ》れていく。

うわごとのように拒絶と快楽を訴え、志貴の指の動きに合わせて腰を揺らめかせた。

──熱い……

快感で頭がぼーっとしてくる。いつの間にか三本に増やされた指が中で淫《みだ》らに蠢《うごめ》いて、郁乃の体を蕩《とろ》けさせていく。

「あー！　やぁ……ん!!」

花芽を親指で潰されながら、蜜壁を強く上に押し上げられた瞬間、郁乃の頭の中が真っ白に染まった。

秘所が蠕動《ぜんどう》して、志貴の指を締め付ける。下腹部が激しく上下に動いて、息がうまく吸えない。自分のものではないように、腰が勝手にガクガクと揺れた。

訳もわからず押し上げられた絶頂に、郁乃の意識が遠くなっていく。

「郁乃？」

志貴が汗に張り付いた郁乃の前髪をかき上げた。その優しい感触に郁乃の意識が徐々に戻ってくる。

「大丈夫か？」

息が上がってうまく言葉が出ず、郁乃は頷くだけで返事をする。志貴はホッとしたように笑って、もう一度髪を梳《す》いた。

志貴が腕を伸ばして枕元に置いたままになっていた避妊具に手を伸ばす。パッケージを開封していることに気付いて、郁乃は視線を逸《そ》らした。

こんなとき、どんな顔をして待てばいいのかわからない。

落ち着かなくて、郁乃は無意識に乾いた唇を舌で舐《な》めて濡らす。避妊具をつけた志貴が喉を鳴らした。

「……ごめん郁乃」

何故急に志貴が謝るのかわからずにきょとんとしていると、性急な手つきで脚を大きく開かれた。

「え？　志貴君」

濡れた秘所に、志貴の昂《たかぶ》りが触れた。その熱くなっているものの質量に郁乃は息を呑む。

「ごめん。我慢できない」

さっきまで余裕の素振りで郁乃を翻弄《ほんろう》していた男とは思えない、切羽詰《せっぱつ》まった表情でもう一度謝られた。

郁乃の蜜を纏《まと》わせるように、何度か秘所に擦りつけられたそれが、体の中に入ってくる。

「い……たぁ……！」

指とは比べ物にならないもので体を割り開かれる痛みに、郁乃は悲鳴を上げた。

「ま……っ……て！　志貴……君！」

咄嗟《とっさ》に志貴の肩に腕を突っ張らせて、動きを止めようとする。

「痛いよな。ごめん、郁乃……」

経験したことのない痛みに体が強張《こわば》って、うまく力を抜くことができない。生理的な涙が溢《あふ》れて止まらない。

志貴の手が郁乃の手に絡《から》められた。その大きな手を握り締める。

「ごめん……郁乃が可愛くて、我慢できない」

苦しそうな顔をしている志貴に、そんなことを言われてしまえば、許してしまいたくなる。

――ずるい。馬鹿。ひどい！　優しくない！

そう思うのに、必死な顔で郁乃を求める男が可愛くて仕方がないのだから、我ながらどうしようもない。

「郁乃」

息を乱しながら郁乃の許しを乞《こ》い、眦《まなじり》に口づけてくる男の声はどこまでも優しい。

けれど、やっていることはちっとも優しくなかった。

郁乃は無理やり大きく息を吐き出す。そうすると、わずかばかりだが痛みが和《やわ》らいだ。

「気持ち……いい？」

「めちゃくちゃ気持ちいい。もっと中に入りたい」

欲望を隠しもせずに告げてくる男に笑ってしまう。その振動が体に響いて痛みが強くなった。

郁乃は息を詰めてそれをやり過ごし、目の前の志貴を見つめる。

「だったら……いいよ……」

絡《から》めていた手を離し、志貴の肩に手を回して抱きつく。

「もういっそ一気にやって……」

時間をかけたところで、きっと痛みは一緒だろう。それならひと思いにやってくれと懇願すれば、志貴が苦笑した。

「何でこんなときにそんな男前なの？」

「男前か……どうか……知らないけど……この状態が辛いのは……わかる……」

肩で息をしながらなんとか告げると、志貴に強く抱きしめられた。

顔を摺《す》り寄せてくる仕草が可愛くて、郁乃は志貴の後ろ髪を梳《す》く。

「体の力を抜いてて」

言われて郁乃は大きく息を吸い込む。吐くタイミングで志貴が郁乃の中に深く入ってきた。

「あ……っ！」

ずるりと蜜壁を擦られて、鮮烈な痛みに声が出る。

どこまでも深く志貴が入ってくるような気がして、怖くなった。

息がうまく吸えなくて、口を開閉するだけになっていると、志貴が唇を重ねてくる。

肉厚な舌で口の中を刺激されて、郁乃は息の仕方を思い出す。

「……はぁ……ん」

ようやく志貴の腰の動きが止まった。

「大丈夫？」

「多分？」

限界まで秘所が広げられ、ずくずくとした痛みを訴えている。正直、とても大丈夫なんて言える状態じゃなかった。

けれど不思議と心は満たされている。

「郁乃」

額《ひたい》を合わせた志貴が、すごく幸せそうに笑って、郁乃の名前を呼ぶ。

触れ合わせた肌を通して、自分への愛情が伝わってきて、郁乃はその首に腕を回して
キスをねだった。

すぐに望んだままに唇が重ねられ、深く合わさった口づけに瞼《まぶた》を閉じる。

視界を閉ざすと体の感覚がより鮮明になる。薄い被膜越しに自分の体の中に違う脈動を感じた。硬くて熱いそれで体の中がいっぱいになっている。

入ってくるときはあんなにも性急で強引だったくせに、志貴は今、じっと動かず郁乃が痛みに慣れるのを待ってくれていた。

多分、男としてこれは生殺しだろう。

郁乃とて子どもではない。セックスがこれで終わりとは思ってない。

キスが解かれて郁乃は瞼《まぶた》を開いた。ゆっくり深呼吸してから口を開く。

「……動いていいよ」

小さく、呟くようにそう言えば、志貴が困ったみたいに眉間に皺《しわ》を寄せた。

「志貴君？」

何故そんな顔をするのかわからず、郁乃は志貴の名前を呼んだ。

「無理しなくてもいい。辛いだろ？　俺は今のままで十分気持ちいいから」

痛みに流れた涙の跡を唇で辿《たど》った志貴が、郁乃の体を気遣う。

「うそつき」

志貴の眉が今度は情けない形に下がった。

「……少しくらい見栄を張らせて」

「張る意味あるのそれ？」

素直すぎる返事に郁乃は思わず噴き出す。その拍子《ひょうし》にお腹に力が入って、中にいる志貴を締め付けた。

慣れたと思っていたけれど、それだけで胎の奥がピリピリとした痛みを訴える。

顔を顰《しか》めた郁乃の顎《あご》に志貴が口づけた。

「少なくとも、今はあると思う」

荒く息を吐き快楽を堪《こら》えようとする男が、愛しい。

だからこそ、もっと触れたいと思う。苦しくても、痛くても、もっと深く志貴と繋がりたい。

「大丈夫だよ……動いて……」

笑って郁乃は志貴を受け入れる。

志貴の顔が、熱を孕《はら》んだ男のものへと変わる。

「優しくできなかったら、ごめん」

耳朶《じだ》に落とされた囁《ささや》きは、欲望で掠《かす》れていた。そのまま、ゆっくりと志貴が動き出す。

——痛い。

傷付いた蜜壁を擦られる痛みは想像以上だった。でもそれ以上に、志貴が郁乃を欲してくれているのが嬉しくてたまらない。

痛みは痛みとしてあるが。徐々にそれだけではない感覚が生まれてくる。

「ひ……ぁ……ん……あ」

胎の奥を穿《うが》たれるたび、その感覚が強くなってくる。

「郁乃……郁乃……」

荒い呼吸の合間に、志貴が何度も郁乃の名前を呼ぶ。

その声はずるいと思う。その声だけで体が蕩《とろ》かされる気がした。

熱に浮かされたように、肩に、頬に、こめかみに、次々と口づけが落とされていく。

——熱い……あたまがとける。

互いの肌を打ち付け合う音と、乱れた呼吸音だけが部屋に響く。

志貴は自分が感じていることを隠さず、時折低い声を零《こぼ》していた。彼も自分の体で感じてくれているのだと思うと、嬉しくなってくる。

蜜壁を剛直で押し上げられた瞬間、郁乃の視界の端がちかちかと白く瞬《またた》いた。

甘い疼《うず》きが強くなって、知らず腰が跳ねる。

それが快感なのだと気付く。

郁乃は素直にその感覚に身を任せ、拙《つたな》い動きで腰を揺らめかせた。

「うん……はぁ……あぁ！」

唇からひっきりなしに甘い喘《あえ》ぎ声が零《こぼ》れて止まらなくなる。

一際深く胎の奥を突かれて、目の前で激しく火花が散った。無意識に胎の奥がうねって、不規則な動きで志貴の剛直を締め付ける。

「うっ……」

快感を堪《こら》える男の呻《うめ》きが肌の上に落とされた。ため息のような長い息を吐き出し、かすかに頬を上気させた男の色気に眩暈《めまい》を覚える。

急に激しくなった動きに郁乃は悲鳴を上げた。

もうやだ！　と喚《わめ》いた気もするし、もっと！　とはしたなく志貴にねだったような気もする。

痛みと快楽。相反する感覚に郁乃は乱れて、志貴の体に溺《おぼ》れた。

「し……き……君！」

叫ぶように名前を呼べば、その唇を塞《ふさ》がれた。深く舌を絡《から》め合った瞬間、蜜壁が激しく蠕動《ぜんどう》する。快楽に痺《しび》れた肌をぴったりと密着させて、互いに絶頂へと登り詰めていった。

「ふ……あ……ぁ！　こ……わい！」

胎の奥から湧き上がってくる強烈な悦楽《えつらく》に怯《おび》えながらも、体が期待に震える。郁乃は味わったことのない感覚に悲鳴を上げて志貴の背中に爪を立てた。

「郁乃。ごめん。よすぎて止まれない」

言葉のままに志貴の腰の動きが一層激しくなる。

「やぁ……！」

体を強張《こわば》らせたのは二人同時だった。薄い被膜越しに志貴が熱をほとばしらせる。

「あ……はぁ……はぁ……」

不規則に蠕動《ぜんどう》を繰り返す秘所の中に、数回腰を送り込んで志貴の動きが止まった。ずるりと昂《たかぶ》りを抜かれる感触にすら感じて、郁乃の秘所が蜜を零《こぼ》す。

まるで全力疾走したあとのように、呼吸が荒くなっていて、息が苦しい。

郁乃の横に体を横たえた志貴が、郁乃を抱き寄せる。志貴の胸に顔を埋《うず》めながら、郁乃は呼吸を整えた。

「郁乃」

つむじに触れるだけのキスが落とされた。志貴の手が、いまだ快楽の余韻を残す郁乃の肌を鎮《しず》めるように撫でる。その優しい手の感触に、郁乃は大きく息を吐き出した。

耳を押し付けた志貴の胸からは、まだ速い鼓動が聞こえてくる。

耳を打つ力強いリズムが、疲れた体に眠気を誘う。

触れ合わせた肌が気持ちいい。

体はひどく疲れていて、今すぐ眠りたいと訴えている。

志貴が郁乃の髪に指を絡《から》め、優しく髪を梳《す》く。その感触に、郁乃の瞼《まぶた》が自然と落ちていった。

「郁乃？」

「何？」

志貴の声に、郁乃は瞼《まぶた》を閉じたまま返事をする。

「大丈夫？」

「うん」

肌を通して伝わってくる志貴の低く艶《つや》のある声が好きだと思った。

「眠い？」

「うん」

「可愛いな」

『何が？』と聞きたいのに、微睡《まどろ》む意識はもう声を発することができない。

「寝ちゃったか……」

反応のない郁乃を、もう眠ったと思ったのだろう。

苦笑した志貴が郁乃の額《ひたい》に口づける。志貴の声をもっと聞いていたいのに、疲れた体は休息を欲して、郁乃の意識を眠りの底に引きずり込む。

「もうちょっと、こうして一緒にいたいな」

ぽつりと呟いて、志貴が郁乃の体をぎゅっと抱きしめた。

その声に含まれる寂しさに気付いて、郁乃の胸が切なさに疼《うず》く。

一緒にいようよって言いたくなる。だけど、それは言っちゃいけないことだ——

覚悟を決めたような彼の声音に、志貴が自分の場所に戻るのだとわかった。

「ちゃんと戻ってくるから、それまで待っててくれる?」

『いいよ』

そう答えたつもりだった。だけど、その想いは言葉にならず、郁乃の唇の中に溶けて消えた。

希《こいねが》うように、再び額《ひたい》に唇を寄せる男の仕草がやけに優しくて、それが眠る直前の郁乃の最後の記憶になった——

☆

郁乃が目覚めたとき、隣に志貴の姿はなかった。

布団に横になったまま和室の中に視線を巡《めぐ》らせる。枕元に綺麗に畳まれた浴衣《ゆかた》を見つけた郁乃は、志貴が出て行ったことを知った。

「……挨拶《あいさつ》くらい、していけばいいのに……」

わかっていたことだったが、寂しさはどうしようもなく、ぽつんと呟く。浴衣《ゆかた》を見ていられなくて、郁乃は寝返りを打った。布団にはまだ志貴の匂いが残っていて、一緒に過ごした時間が夢じゃなかったことを教えてくれる。

――今、何時かな？　仕事行かないと。

明るくなっている外の様子に郁乃は時計を探す。和室の掛け時計はもうすぐ六時になろうとしていて、長年の習慣ってすごいなと思った。

何があっても、どんなに遅く寝ても、決まった時間に目が覚める。

「今日も仕事！　起きますか！　お腹空《す》いた！」

郁乃はわざと声に出して、布団から勢いよく跳ね起きた。そうしないと、いつまでも志貴の残り香の中にうずくまっていたくなる。

覚悟を決めて出て行った男を想ってうじうじしているなんて性に合わない。

だが、起き上がった途端、郁乃は後悔した。

「くっ……う」

起きた瞬間、腰というか体全体が筋肉痛みたいな鈍い痛みに襲われる。何でこんな場所が痛くなっているんだろうという場所が痛い。

郁乃は、今度は用心してそろそろと起き上がり、枕元に畳まれた服を身につける。

そうして、仕事に行く準備をするためにゆっくりと動き出す。

和室から出ると、やはり志貴の気配は家の中になかった。

わずかでも志貴がまだ家にいる可能性を考えていた自分に苦笑する。

居間には結人が描いた志貴の絵が飾られたままになっていた。

かなり気に入っていたから持って行ったかと思ったが、どうやら置いて行ったらしい。

——これを知ったら結人が暴れそうだな。

そんなことを思いながら、郁乃は風呂場に向かった。

熱めのシャワーを浴びると、疲れた体もすっきりする。

志貴が自分の仕事に向き合う気になったのなら、郁乃はそれを応援するだけだ。

それでだめなら、また帰ってきたらいいと思う。

自分やこの家が志貴の帰って来る場所になれたらいい。

そう気持ちを切り替えて台所に入ると、食卓の上に郁乃の朝食が用意されていた。

漬物とちょっと端の焦げた卵焼き。インスタントの味噌汁。それとメモ。

『やることちゃんとやったら帰ってくる。それまで結人の絵を預かってて　志貴』

そのメモを眺めて郁乃はクスリと笑う。

――頑張れ。

心の中でエールを送って、郁乃は志貴が用意してくれた朝食を食べた。

5　君が帰る場所

志貴がいなくなって一週間。郁乃はすっかり日常を取り戻していた。

商店街では郁乃が別嬪《べっぴん》の兄ちゃんに捨てられたとか、いや郁乃が捨てたんだとか好き勝手な噂が流れていたが、郁乃は放置していた。

下手《へた》に否定したところで、噂に尾ひれがつくだけだと思っていた。

案の定、三日もすると、みんな噂に飽《あ》きたのか静かになった。

噂が沈静化したあと、佳代が一度、『大丈夫？』と、心配そうに聞いてきた。郁乃はそれに、笑って大丈夫だと答えた。佳代は郁乃の表情を見て、ホッとしたような困ったような顔をしたが、それ以上は何も問うてはこなかった。

志貴がいなくなったこと以外、郁乃の日常はすっかり元通りと言ってよかった。

ただ、一つだけ変わったこともある。

「結人！　姉ちゃん仕事に行くから、お風呂の掃除しておいてね！」

仕事に出かける間際、寝ぼけ眼《まなこ》で朝食を食べていた末弟に声をかける。

「はーい」

本当にわかっているのかわからないが、とりあえず結人からは返事があった。

「頼むわよ！」

それだけ言って郁乃はお弁当を片手に家を出た。

仕事でロンドンに行っていた結人は、真っ直ぐ自宅に帰ってきた。それから一週間、まるで志貴の代わりと言わんばかりに家にいる。

帰ってきた直後は、志貴が絵を置いていなくなったことにブツブツ文句を言っていたが、「帰ってきたときにもっと驚かせてやる」と、再び志貴の絵を描き始めていた。

今、郁乃は、その絵が完成するのを楽しみにしていたりする。

そのこともあってか、あまり寂しさを感じることはなかった。

志貴と郁乃が一緒にいた証拠が、確かにここに残っている。それだけで、今はいいと思う。

「おはよう。泰兄」

郁乃は裏口から店に入った。すでに開店準備を済ませていた藤岡が、店の中でフラワーアレンジメントを作っていた。

さすがというか、百合《ゆり》を中心とした藤岡のアレンジメントは、上品なのに華やかで美しかった。

郁乃はつい見惚れてしまう。

——やっぱり泰兄が作るものは違うなー。

この十年、藤岡のアレンジメントを間近に見て、練習も続けているが、やはりどこか違うと思う。

「おはよう。どうした？」

無言で藤岡の手元を見ていると、作業をしながら彼が尋ねてくる。

「いや、泰兄の作るアレンジメントと自分のアレンジメントの違いについて考えてた。何が違うんだろう？　って。やっぱりちゃんとスクールとか通った方がいい？」

「別にいらないと思うぞ？　郁乃のアレンジメントには、郁乃の良さが出てると思うし。小さなものなら郁乃の方が得意だろ」

藤岡からの珍しい褒《ほ》め言葉に、郁乃は驚く。その間にも、藤岡は花のバランスを見てあっという間にアレンジメントを完成させた。

完成品を見て郁乃はため息をつく。

「やっぱりすごいね。泰兄は」

「それはどうも」

立ち上がった藤岡が、郁乃の頭に手を置いてクシャリと前髪を乱す。

「俺は郁乃のアレンジメント好きだぞ。見てると、何かホッとするし、花の可愛らしいところをちゃんと引き出してる。まぁ、成長したいって気持ちがあるのは、雇い主としては歓迎するがな。スクールに行きたいなら、研修費出してやるぞ」

藤岡の言葉に郁乃は眉間に皺《しわ》を寄せる。

「うーん。もうちょっと考えてみる」

「わかった。何かあったら相談しろよ？」

「ありがと」

「薔薇《ばら》のミニブーケの注文が入ってるから頼めるか？」

「わかった」

郁乃の返事に満足そうに頷いて、藤岡は事務所の中に入って行った。その大きな後ろ姿を見送り、郁乃は制服代わりのエプロンを身につけ、注文票を確認する。

お客様は十代の男性で、彼女への誕生日プレゼントらしい。ピンクを中心に可愛らしくしてほしいとのリクエストに、郁乃は笑みを浮かべた。

「うーん。どうしようかな……この値段なら薔薇《ばら》を中心にガーベラとか入れてもいいなー」

リクエストと予算を考えながら郁乃は花を選ぶ。

志貴に触発されたわけではないが、自分の中で少しだけ仕事に対する意識が変わった気がする。

高校生くらいの女の子へのプレゼントを意識して、可愛らしくまとめ上げる。リボンもピンクにして出来栄えを確認した郁乃は、満足して一つ頷いた。

だけど、その唇から零《こぼ》れたのは別のものだった。

「大きなため息だな」

背後から声をかけられて、郁乃は振り返る。

「十分、可愛く出来てると思うぞ？」

郁乃が手にしているフラワーアレンジメントを見つめて、藤岡の目元が柔らかに緩《ゆる》んだ。歩み寄ってきた藤岡が、郁乃の手から花を取り上げて色々な角度からチェックする。

「郁乃らしい。可愛いアレンジメントだと思うぞ？　そんなに悩むことか？」

「これの出来には満足してるよ」

「じゃあ、ため息の原因は何だ？　仕事のことか？　それともあいつのことか？」

志貴がいなくなってから初めて、藤岡がそのことに触れてきたことに郁乃は驚く。

周りが色々と噂をしていても、これまで藤岡がその件に触れてくることはなかった。

思わずその顔をまじまじと見つめてしまう。そんな郁乃を見下ろした藤岡は一つ息を吐くと、郁乃が作ったアレンジメントを作業台の上に丁寧な手つきで置いた。

「何だよ？」

じろりと横目で見られて郁乃はたじろぐ。藤岡は再び嘆息して、作業台に腰を預けた。

「泰兄からその話題が出ると思わなくて。今まで何にも言ってこなかったから、ちょっと驚いただけ」

「俺も色々と考えてたんだよ」

そう言って藤岡は、郁乃に傍の丸椅子に座るように促《うなが》した。郁乃が大人しく椅子に座って、藤岡の言葉を待つ。

束の間、二人の間に沈黙が落ちた。

珍しく言葉を探すみたいに藤岡が視線を下げた。床の一点を見つめる幼馴染《おさななじみ》のらしくない態度に、郁乃は戸惑う。

開店前の店の中はひどく静かで、時折外から商店街を行き来する人の話し声が聞こえてくる。

普段の日常の声に耳を傾けて、郁乃は藤岡が話し出すのを黙って待った。

どれくらいそうしていたのか。何かを決意した様子で藤岡が顔を上げた。

「北海道で仕事をしてる間、ずっと考えてた」

何をとは問わずに郁乃は言葉の続きを待つ。

「あいつに、千田に言われるまで、俺が郁乃たちの面倒を見るのは当たり前だって思ってた。そうしなきゃいけない。そうする責任があるって。中西のおばさんが俺をかばって事故に遭《あ》ったときから、この十五年ずっとお前たちが幸せになるのを見届けるのが俺の役目だって……」

十五年前——郁乃たちの母親が亡くなった事故は、飲酒運転によるひき逃げが原因だった。

たまたま塾帰りの藤岡と買い物帰りの母が一緒になり、横断歩道の信号待ちの間、世間話をしていたところに車が突っ込んだのだ。

藤岡よりも先に車に気付いた母が彼を突き飛ばし、藤岡は無事だった。

自分のせいで郁乃たちの母親が亡くなったと、藤岡が責任を感じていたことは知っている。

けれど、あれは事故だった。誰にもどうすることもできない事故だったのだ。

悪いのは事故を起こした加害者であって、藤岡ではない。

郁乃たちの家族は誰一人として、母の死が藤岡の責任だとは思っていなかった。

けれど、藤岡は違ったのだろう。改めて藤岡がこの十五年背負ってきた十字架の重さを実感する。

「泰兄！　それは違うから！」

いてもたってもいられなくて、郁乃は丸椅子から立ち上がる。それを藤岡が制した。続きを聞いてくれと眼差《まなざ》しだけで語る幼馴染《おさななじみ》に、郁乃は椅子に座り直す。

「わかってるよ。郁乃たちが俺のことを責めてないことは。でも、俺はやっぱり、責任を感じるんだ」

呟くように語られた藤岡の心情に、郁乃の胸が痛む。咄嗟《とっさ》に藤岡の手を掴んでいた。

大きな手は微《かす》かに震えていた。植物を守り育て、郁乃たちを精いっぱい守ってくれてきた大きな手。この手に感謝することはあっても、責めたいと思ったことは一度もない。

それだけのことを藤岡は郁乃たちにしてきてくれた。この十五年、中西家がばらばらにならずに済んだのは、藤岡のおかげだと思っている。

それは弟たちも多分同じだ。中西家の姉弟はなんだかんだ言って、皆藤岡を慕っている。

肇が荒れてどうしようもなかったときに、体を張って弟を止めてくれたのは藤岡だった。

郁乃が弟たちとの関係に疲れて、家に帰りたくないと思うほど追い詰められたときに、黙って手を差し伸べてくれたのも彼だった。

郁乃はただ藤岡を見上げた。

「……結婚しないか？」

「え？」

告げられた言葉の意味が、一瞬わからなかった。

だけど、自分を真っ直ぐに見つめてくる藤岡の眼差《まなざ》しが、あまりに真剣で郁乃はやっと意味を理解する。

理解した途端に、頭の中が真っ白になった。

「な、何言って……」

咄嗟《とっさ》に藤岡の手を振り払いそうになる。その前に、力強い手で引き寄せられた。

間近に迫る幼馴染《おさななじみ》の顔は、初めて見る男の顔をしていた。

だからこそ藤岡の本気を感じ取って、郁乃の混乱はひどくなる。もとより冗談でこんなことを言う男じゃない。それを裏付けるように、藤岡が再び口を開いた。

「俺は本気だ。返事は今すぐじゃなくてもいい。俺はお前とちゃんと家族になりたい。この先、郁乃に何かあったとき、一番に心配できる人間でいたい。だから、俺とのことを考えてみてくれないか？」

驚きすぎて、郁乃は何も答えられなかった。

そんな郁乃を見下ろして、藤岡がふっと肩の力を抜いた。いつもの兄貴分の顔を取り戻した幼馴染《おさななじみ》に、ホッとする。そんな自分にびっくりした。

——何で？　今？

頭の中はそんな疑問符で埋め尽くされている。

「混乱させたな」

藤岡がいつものように郁乃の前髪を乱して、頭を撫でる。

いつもは安心するその手が、今は郁乃の心を激しくかき乱す。

郁乃の初恋は多分、藤岡だった。

あまりに淡すぎて、それを恋と自覚する前に、母の事故が起きた。中西家に対する罪悪感に苦しむ藤岡の背中を見つめながら、郁乃の初恋は自覚する前に終わった。

あれから十五年——まさかの藤岡からのプロポーズに郁乃は何も答えられなかった。

これが五年前、いや志貴に再会する前だったら、迷いつつも郁乃は彼を受け入れたかもしれない。

だけど、今、郁乃にとって、彼は頼れる兄貴分でしかない。

「泰兄」

「何だ？」

「悪いんだけど、今日もう帰っていい？　ちょっとびっくりしすぎて、頭が混乱してるかも？　さすがにこのまま仕事できるほど、図太くないわ……」

ほとんど無意識にそう言っていた。藤岡が驚きに目を瞠《みは》ったが、いつもの穏やかな表情で郁乃の頭をポンと叩く。

「いいぞ。今日は俺も一日、外に行く用事はないしな」

「ごめん」

「謝るな」

苦笑した藤岡が郁乃から離れた。

「気を付けて帰れよ」

「うん」

郁乃はエプロンを外して、店をあとにする。

「ただいま」

玄関で声をかけると、居間から結人がひょっこりと顔を出した。

「あれ？　姉ちゃん？　どうしたの？」

さっき仕事だと出て行ったばかりなのに、一時間もせずに帰って来た姉に、結人は不思議そうな顔をする。

「うん。ちょっと。帰って来た」

それ以上どう説明したらいいかわからず、靴を脱いで家に上がる。

「姉ちゃん、具合でも悪いの？　何か夢の中で遭難したみたいな顔してるよ？」

それは一体どんな顔だ。相変わらず独特な表現をする末弟に、郁乃は力の抜けた笑みを浮かべる。

「うん。ちょっと……。ごめん。悪いんだけど、一人にしてくれる？」

「姉ちゃん？」

いつもとは違う郁乃の反応に、結人が心配そうな顔をしたが、とにかく郁乃は一人になりたかった。

末弟の肩をポンと叩いて、郁乃は居間の横の和室に入った。雨戸を開けて、縁側に出る。

志貴が憧れだと言っていた縁側。そこに座布団を敷いて座った。

春の柔らかな風が頬を撫でてくる。混乱で火照《ほて》った頬に気持ちよく感じた。

縁側に憧れていると言っていたあの青年は、結局この場所に座ったのだろうか？

昼間は何だかんだとフラワー藤岡にずっといて、夜は雨戸を閉めていたから、志貴が縁側を堪能《たんのう》したのか郁乃は知らない。

体育座りした郁乃は柱に凭《もた》れて、庭をぼんやりと眺める。

家庭菜園を作ろうと思ってまだ手をつけてない庭は、春の草花が元気に茂っていて、そろそろ手入れをしないといけないだろう。今年は花も色々と植えたい。

しばし庭づくりについて真剣に考え込む。それが現実逃避なのはわかっていた。

埒《らち》もないことを考えてしまうくらいには、藤岡のプロポーズは郁乃にとって予想外だったのだ。

『家族になりたい』

何ともあの実直な幼馴染《おさななじみ》らしい言葉だと思う。

郁乃の唇からため息が零《こぼ》れた。そのまま、ごろりと縁側に横になる。

陽に温められた縁側のぬくもりに、郁乃は瞼《まぶた》を閉じた。

耳によみがえるのは『待っててほしい』と言った年下の青年の言葉だ。

――会いたい。

そう思う。強く、強くそう思うけれど、郁乃は志貴の連絡先を知らない。

今注目の若手モデルと花屋の店員。離れてしまえば接点なんて何もない。

不意に郁乃の日常に現れた飛び切り綺麗な顔をした年下の彼。何故か郁乃が書いた婚姻届を持って責任を取れと迫ってきた。

出会いこそ突拍子《とっぴょうし》もなかったけれど、彼はあまりに自然に郁乃の日常に溶け込んできた。だから彼の連絡先を聞くとか、そんなことを考えもしなかった。

志貴の所属する事務所の電話番号は調べればわかるだろうが、そこから志貴に繋いでもらえるとは思わない。

離れて初めて、志貴は遠い存在なのだと思い知った。

瞼《まぶた》を閉じていると、とろりとした眠気が忍び寄ってくる。

やりたいことを、とことんやりきると決めた志貴を、郁乃は待ちたい。

その想いに変わりはないはずなのに。藤岡の思わぬプロポーズが郁乃の心を揺らした。彼と離れてまだ一週間しか経ってないのに、こんなにも不安定な自分が情けなくなる。

ここに志貴がいたらきっと、あの綺麗な顔を顰《しか》めて盛大にやきもちを焼くのだろう。

『やっぱり王子さまだろ！　俺の言ったこと間違ってないじゃないか』

そう言うだろう志貴の声が聞こえてくる気がして、郁乃はくすりと笑った。

――ちゃんと掴まえに帰って来てよ。

ここにいない志貴に、心の中で八つ当たり半分で文句を言う。

そのまま郁乃は、春の陽気に誘われるように眠りに落ちた。

☆

空腹を刺激するいい匂いに郁乃は目を覚ます。結人が運んでくれたのか、いつの間にか郁乃は和室の畳に寝かされていた。

――結人でもこんなことできるようになったのかー。

末弟の成長にちょっとだけ嬉しくなるが、ここまでされて気付かない自分には呆れた。外を見ると陽はだいぶ傾いている。もうすっかり昼は過ぎた頃だろう。和室の時計を見ると、午後四時になろうかという時間になっていた。

——どうりでお腹が空《す》いているわけだ。

そのとき、台所の方からにんにくを炒めるいい匂いがしてきて、郁乃の腹がきゅるきゅると鳴った。

間抜けなその音に、郁乃は思わず笑ってしまう。

どんなに悩んでいても、お腹は空《す》くし、眠くなる。人間の身体は本能に忠実だ。

——結人、料理なんて出来たっけ？

絵を描くこと以外、生活能力に欠ける末弟を思い出し、だんだんと不安になってくる。

——本間さんが来てくれてるんならいいんだけど、台所は大丈夫かな？

台所の惨状を想像して郁乃が冷や汗をかいていると、和室のふすまが勢いよく開いた。

「お？　何だ郁乃、起きてたのか？」

「え？　肇？」

鴨居《かもい》に片手をついて顔を出した一番上の弟に、郁乃は驚く。

仕事着であるつなぎ姿の肇は、ドスドスと足音を立てて郁乃の前に来ると、しゃがみ込んだ。

「うん。顔色は良くなったな。縁側から和室に抱き上げても、全然起きねーし、死人みてーな顔して眠ってるからちょっと心配したが、もう大丈夫そうだな」

郁乃の顔を覗《のぞ》き込んで、うんうんと頷いた肇はにかりと笑った。

男子にしては長めの髪を後ろで縛っている弟は、結婚してから随分明るく柔らかい顔をするようになった。中学時代、荒れに荒れた肇は、何とか地元の工業高校を卒業し就職した。そして三年前に、就職先の自動車整備工場の一人娘と結婚した。今は双子の男の子のいい父親になっている。そんな弟の顔を眺めて、郁乃も納得する。

兄弟の中で一番大柄で力仕事をしている肇であれば、郁乃を抱き抱《かか》えるくらいわけないだろう。

「こんな時間になっても目を覚まさないから、紡と医者呼ぶか？　って話してたんだよ」

「え？　紡も来てるの？」

肇の言葉に郁乃は驚きに目を瞠《みは》る。

「ああ、来てるぞ？　今、結人が腹減ったって騒いだから、飯作ってる。もうすぐ出来るから郁乃も一緒に食おうぜ」

「何で……？」

台所からのいい匂いは料理好きな二番目の弟だと聞いてホッとする。同時に海外を飛び回っているはずの次男まで家に来ていると知り、一体何事かと思う。

次男の紡は、高校時代までは勉強はできるが、協調性がない引きこもりだった。自身のセクシャリティについてずっと悩んでいたと、のちに打ち明けられた。今ではパートナーとなる人を見つけて、就職と同時に家を出ていた。たまに出張土産《みやげ》を持って遊びに来るが、忙しい彼がわざわざ平日の昼間に来ていることに驚く。

「ん？　どうした？」

「いや、何で紡まで来てんの？　今日、平日だよね？　何かあった？」

「あぁ？」

郁乃の質問に、肇は面白がるように片眉を上げてにやりと笑った。

「結人が姉ちゃんが失恋で壊れた!!　って大騒ぎして電話してきたんだよ。紡も同じだ。姉ちゃんの一大事だから何が何でも帰って来い！　って言われたらしい。で、一応様子を見に来てみれば、縁側で死んだように寝てるだろ。これでも心配したんだぜ？」

――結人……

肇の言葉に郁乃は頭痛を覚える。

帰ってきたときの自分は、そんなに危うげだったのだろうか？

思い出そうとするが、記憶は曖昧《あいまい》だった。とにかく一人になりたかったことだけ覚えている。

「わざわざ悪かったわね。見ての通り元気よ。仕事は大丈夫なの？」

「ん？　まぁ、舞花《まいか》と親父さんに相談したらさっさと行けって蹴り出されたから、大丈夫じゃねーか？　急ぎの仕事もなかったしな。紡も丁度《ちょうど》、海外出張から帰って来たばかりで、今日は代休だったみたいだし、あんま気にしなくてもいいんじゃね？」

気軽な口調の長男坊に、郁乃の肩の力が抜けた。

「ありがとう」

「とりあえず飯にしねえ？　結人が大騒ぎするもんだから、俺たちもまだ飯食ってないんだよ。事情はあとでしっかり聞かせてもらうけどな」

肇がそこまで言ったとき、開いたふすまから結人がひょっこり顔を出した。

「肇兄ちゃん、ご飯出来たって！　あ！　姉ちゃん‼　起きたの⁉」

肇と話をしている郁乃に気付いた結人が、和室に駆け込んでくる。

「姉ちゃん！」

「うわ！」

「ちょ！　結人⁉」

肇を突き飛ばして結人が郁乃に抱きついてきた。その勢いに、郁乃は後ろにひっくり返りそうになりながら、何とか畳に手をついて堪《こら》えた。

「よかった！　本当によかった！　帰ってきたとき様子が変だったたし、電池切れたみたいにいきなり縁側で寝ちゃうし、お昼になっても全然起きないから、俺心配したんだよ！」

絵を描いているときは寝食を忘れて人の話も全く聞かないくせに……。それを綺麗に棚に上げて言い募《つの》る末弟に、郁乃と肇は目を合わせて笑ってしまう。

「色々とあったから、ちょっと疲れてたのよ。悪かったわね。よく寝たからもう大丈夫よ」

郁乃は結人の髪を優しく撫でる。結人がぎゅっと郁乃の体に回した腕に力を込めた。

「よかったー」

郁乃の腹に顔を埋《うず》めた結人がホッとしたように呟いた。

「肇？　結人も何してるんだ？　ご飯出来たぞ？　姉さんの様子はどうなんだ？」

いつまでも戻ってこない二人を気にして、今度はエプロンをつけた次男の紡が顔を出した。

「あ、姉さん。目が覚めたんですね。よかった」

結人に抱きつかれている郁乃を見て、ホッとした顔をした紡が和室に入って来た。郁乃の傍で屈《かが》み込み、顔を覗《のぞ》き込んでくる。

「うん。顔色戻りましたね」

肇と同じことを言った紡は、柔らかに目元を緩《ゆる》めた。母に似た茶色の髪に、肇の吊り目とは違う、柔和さを宿した瞳に銀縁眼鏡。兄弟の中で、紡は最も母、早苗に似ている。

二卵性のため全く顔は似ていないが、こんなところはそっくりな双子の兄弟に郁乃は小さく笑う。

微笑む郁乃に、紡も穏やかに微笑み返した。

「ご飯出来てますよ。冷蔵庫の中のもの、勝手に使わせてもらいました。食べられそうですか？」

「うん。お腹空《す》いた」

「食欲があるなら大丈夫ですね。結人も姉さんにしがみついてないで離れて。ご飯にしましょう」

紡が結人の肩に手に置いて郁乃から離れるように促《うなが》した。結人は離れたくないというように、郁乃にしがみつく。

「結人。私もお腹空《す》いたわ。一緒にご飯食べよう」

郁乃はもう一度、結人の肩をぽんぽんと叩いて離してくれるように頼むが、結人はてこでも動かない。

「おらぁ！　結人！　俺も腹減ってんだよ！　お前のせいで昼飯喰い損ねたんだから、いい加減に郁乃から離れろ！」

肇が強引に結人の両肩を掴んで郁乃から引き離した。

「肇兄ちゃん！　横暴だ！」

「何とでも言え！　いいから飯にするぞ！　話はそれからだ」

肇は結人を引きずるように台所に向かって歩き出した。騒がしい二人を見送って、紡と郁乃は顔を見合わせて笑い合う。

「ごめんね。仕事忙しいのに、騒がせて」

「いいえ、今日は休みでしたし、姉さんの顔を見に来ようと思っていたのでちょうどよかったです。竹下のおじさんからも連絡来てたので。話はご飯を食べたあとに、ゆっくりと聞かせてくださいね。数日間、うちに居候《いそうろう》していた彼のことも含めて」

にっこりと微笑んだ紡の笑みの圧力に、郁乃の背中に冷たい汗が流れる。何だかんだと弟たちの中でこの弟が一番曲者《くせもの》なのだ。

――もう、どこまで広がってるのよ。商店街ネットワーク。

洗いざらい色々なことを白状させられそうで、郁乃はげっそりする。きっと今日のことも含めてちゃんと説明しない限り、この弟は納得してくれないだろう。

「さて、ご飯が冷めてしまうので僕たちも行きましょうか。立てますか」

「大丈夫よ。ありがとう」

差し出された紡の手に掴まって、郁乃は立ち上がった。

台所の食卓には、紡特製の美味《おい》しそうな料理が並んでいた。

紡が得意にしている焦《こ》がしにんにくの五目チャーハン。野菜がたっぷり入った冷凍の水餃子を使ったスープ。野菜サラダに、ニラ玉が彩《いろど》りよく盛り付けられていた。

四人それぞれに自分の席に座る。

「いただきます」

声を揃えて挨拶《あいさつ》すると、昼食には遅すぎる食事を始めた。

「相変わらずうまいな！　紡のチャーハン！」

満面の笑みを浮かべる肇の言う通り、紡が作るチャーハンは美味《おい》しかった。具はミックスベジタブルに焼き豚、たまごで、パラパラのご飯に焦《こ》がしたにんにくの風味がよく絡《から》んでいる。

同じレシピで作っても、この絶妙な塩加減は郁乃では出せない。

「うん。美味《おい》しい」

「それはよかった」

チャーハンを食べる郁乃を見て、紡が安心したように微笑む。

「いくら作り方を習っても紡みたいにならないんだよなー、何でだろう？　たまに食べたくなるんだよ紡のチャーハン」

まじまじとチャーハンを眺めて肇がそう言った。

「肇は何でも大雑把すぎるんだよ。せめて材料を均等に切るくらいしろよ」

肇もそこそこ料理はできるのだが、いかんせん男の料理で何事も大雑把だ。

「ちまちま切るの面倒なんだよ！　こうがっと切って、がっと炒めるって方が楽じゃん！」

「だからダメなんだよ。肇兄ちゃん！　そんなのダメなの俺でもわかるよ！　紡兄ちゃんの繊細《せんさい》さは肇兄ちゃんには出せない！」

「料理が出来ないお前には言われたくないわ！」

よせばいいのに、余計な茶々をいれる末弟を肇が小突く。

「痛い！　暴力反対！」

「暴力じゃねーよ！　教育的指導だ！」

「あーもう！　ご飯くらい静かに食べなさい！　いい年なんだから！　結人！　スープ零《こぼ》すわよ！　肇も小突かない！」

じゃれ合いを始めた結人と肇に郁乃は注意する。姉弟《きょうだい》四人が揃うといつも何だかんだと賑《にぎ》やかになる。これに肇の家族と、紡の恋人、今は正気に返って、長期休暇を取っては帰国してくる父が揃うと大騒ぎになって収拾がつかなくなるのだ。

「アランはいいよなー、毎日紡兄ちゃんの飯が食えるんだから」

いつの間にかチャーハンを綺麗に平らげた結人が、羨《うらや》ましそうに紡を見つめる。

「そういえばアランさん元気？」

最近ご無沙汰している紡の恋人で、陽気なイタリア人男性の顔を思い出す。

「元気ですよ。うるさいくらいに」

顔を顰《しか》めてそう言うわりに、恋人の話をする紡はひどく幸せそうで、郁乃はホッとする。

「出た！　紡兄ちゃんのツンデレ！　本当は大好きなくせに！」

「うるさいよ！　結人！」

結人がにやにや笑って揶揄《からか》うと、紡は平静を装《よそお》いながらも耳朵《じだ》を赤く染めている。

そうして賑《にぎ》やかすぎる食事が終わった。後片付けは肇と結人がぎゃーぎゃー騒ぎながらしてくれた。

その間に郁乃は食後のお茶を淹《い》れる。四人分の湯呑にほうじ茶を注《つ》いで居間に入る。

「ありがとうございます」

ソファでくつろいでいた紡に、お茶を渡す。残りのお茶はテーブルに置いて、郁乃は座布団に座った。

「はい、紡」

「姉さんのお茶は、やはり美味《おい》しいですね」

「そう？」

お茶を一口飲んだ紡がリラクッスした表情で微笑んだ。

「姉さんのお茶を飲むと、家に帰って来たって気がします」

お世辞ではないとわかる紡の言葉に、郁乃はくすぐったさを覚える。

「アランも姉さんのお茶が一番ほっとするって話してますよ」

「別に特別な淹《い》れ方はしてないんだけどねー。でもそう言ってもらえると嬉しいわ。今度はアランさんもつれて帰っておいで」

「はい」

穏やかに微笑んで紡は頷いた。

「僕にもお茶ちょうだい！」

「片付け終わったぞー！」

「ありがとう」

そこに、どかどかと派手な足音を立てて肇と結人が交ざってきた。結人は郁乃の横に座るとテーブルの上の自分の湯呑に手を伸ばす。

肇は郁乃たちとはテーブルを挟んだ床に胡坐《あぐら》をかいて座った。それぞれ自分の場所に落ち着く。

「さて、お腹もいっぱいになったことですし、姉さんの話を聞かせてもらいましょうか」

ことんと湯呑をテーブルに置いた紡の言葉が合図となった。湯呑を手の中で弄《もてあそ》んでいた肇が顔を上げる。

「すげー別嬪《べっぴん》の兄ちゃんに失恋したんだって？」

「別に失恋してない」

肇の言葉にカチンときて、つい言い返す。

「じゃあ、何だよ？　何がショックで寝込んだんだよ？」

にやにやと笑って突っ込んでくる肇を郁乃は睨《にら》みつける。だが、何をどう説明すればいいのか郁乃自身にもわからず、肇からぷいっと視線を逸《そ》らした。

大体、誰が好き好んで、弟たちに赤裸裸《せきらら》な恋愛事情を話したいと思うんだ。

「あのねー、こいつが婚姻届を盾に姉ちゃんに迫って、うちに居候《いそうろう》してたと思ったらいきなり消えた！　で、今日、姉ちゃんがいきなり寝込んだ！　元凶はこいつだと思う！」

結人が居間に出したままにしていた自分のスケッチブックを引き寄せて、志貴の顔を描いたページを開いて双子に見せた。

「ちょっと！　結人‼」

まさかの結人の裏切りに、郁乃は慌てて膝立ちになって止めようとするが、それより早くスケッチブックは双子の手に渡った。

「ふーん。カッコいいじゃん！　ん？　でもどっかで見たことあるなこの顔」

「彼、もしかしてＳＨＩＫＩですか？」

「ＳＨＩＫＩってモデルの？　言われてみれば似てるな」

仲良くスケッチブックを覗《のぞ》き込んだ二人に、結人が「そう！　そいつだよ！」と答える。

「何でそんな有名人が郁乃と知り合いなんだ？　泰兄の仕事の関係か？」

「そうですね。姉さん、もう洗いざらい白状したほうが楽だと思いますよ？」

「そうだよ！　姉ちゃん！　もしこいつが姉ちゃんのことを傷付けたんなら、肇兄ちゃんにシメてもらうから！」

「そこは人任せなのかよ！」

言葉だけは威勢のいい結人に、肇が突っ込む。

「で？　一体何があったんだ？　まぁ、こないだ魚辰のおっさんが車の点検がてら、べらべらしゃべっていったからネタは上がってるんだけどな」

「築島先生からも、竹下さんからも連絡は来てましたから、大体のことは知ってると思います。でも姉さんの口から聞きたいです」

――それってほとんど全部じゃない！

三対の視線が郁乃に集まって来て、怯《ひる》む。話すまでは絶対に引かないという気迫に、郁乃は観念した。

そうして、しぶしぶと郁乃は志貴との出会いと過ごした時間について語る羽目になった。

途中、途中で、結人が補足なのか茶々なのかわからない合いの手を入れる。

話を聞いた双子は顔を見合わせて頷き合った。

「ふーん。なるほど？　話はわかった。だけど、何で今日になっていきなり寝こんだんだ？」

「そうですね。それは僕も不思議です。姉さんは自分でこうするって決めたら、滅多に揺るがない。そんな人が寝込むって、よほどのことがあったんでしょう？」

さすが姉弟《きょうだい》だけあって、郁乃の性格も行動パターンも何もかも見抜いている。

──これ以上、何をどう説明すればいいのよ。

郁乃の眉間に苦悶《くもん》の皺《しわ》が寄る。だが、考えることに疲れて昼寝していただけとは言い出せない。

「郁乃？」

「姉さん？」

「姉ちゃん？」

再び三対の視線が郁乃に迫る。

「さっさと白状しろよ？　何があった？　ここまできてもったいぶるなよ？」

嘘も誤魔化しも許さない肇の強い眼差《まなざ》しに、郁乃はしぶしぶ口を開く。

「泰兄にプロポーズされた」

郁乃のその言葉に、居間に衝撃が走った。

肇は両目をかっと見開き、紡は無表情のまま固まった。

結人に至ってはムンクの叫びよろしく両手を頬に当てて「きゃー」と叫んだ。

誰よりも先に我に返ったのは肇だった。ヒューッと、口笛を吹く。

「よぼよぼの爺になるまで踏ん切れないかと思ってたけど、予想外に泰兄も男だったんだな」

「確かにそれは、びっくりですね」

大きく息を吐き出した紡が同意する。

「で？　郁乃はどうしたいんだよ？　志貴って奴を待つのか？　それとも泰兄と結婚するのか？」

また答えにくいことをズバズバと聞いてくる肇に、郁乃は言葉に詰まる。

「肇、そんなに切り込んでいっても、姉さんが困るだけでしょう」

困惑する郁乃に代わって紡が肇を窘《たしな》める。

「それもそうか。おい結人！」

「何？」

呆然としたまま固まっていた結人が、肇の呼びかけで我に返る。

「志貴ってどんな奴？」

「え？」

「どんな奴だった？　この中でそいつのことを知ってるのは郁乃とお前だけだ。郁乃は客観的に見れないだろうから、結人の感想を教えろよ」

肇の質問に、結人がちょっと考え込むように唇に指を当てる。

「うーん。俺はあいつ嫌いじゃないよ。顔、綺麗だし」

——やっぱり顔なのか。

末っ子の面食いぶりに、郁乃は心の中でだけ突っ込む。

「でも顔が綺麗だから、気に入ってるわけじゃないよ！」

郁乃の心の突っ込みを感じ取ったのか、結人が慌てたように言い訳をする。

「あいつといるとき、姉ちゃん楽しそうだった。いつも楽しそうだけど、なんかいつもと違った。あいつと喧嘩してても、話をしてても、すごい自然体って言うのかな？　うまく言えないけどすごい姉ちゃんらしい感じに笑ってた。だから、あいつが姉ちゃんといてくれたらいいなって、ちょっと思ったんだ……」

結人の声が尻すぼみに小さくなった。

結人にはそんな風に見えていたのかと、ちょっと意外に思う。

郁乃自身ですら無自覚だった何かを、この末弟は感じ取っていたのだろうか。

——やっぱり結人が見てる世界って私たちとは違うのかな？

「ふーん。結人がそう言うなら、悪い奴じゃなかったんだろうな」

「みたいですね」

「それで郁乃はそいつが帰ってくるって、本気で思ってるのか？」

「……帰ってくるって言ってたから」

「で、待つことにしたわけだ」

「うん」

郁乃の返事に肇がにかりと笑った。

「だったらいいんじゃね？　郁乃がそう決めたんなら、俺たちがどうこう言うことじゃないしな」

「ですね」

肇の言葉に紡も同意する。

「え？」

あっさりとした双子の態度に郁乃は驚く。思わずまじまじと肇と紡の顔を眺めた。

「だって、郁乃は腹を括《くく》ったんだろ？　だったら俺たちが言うことは何もない」

「そうですね。姉さんが覚悟を決めて、それでいいと言うのなら、僕たちは何も言いませんよ」

「えー？　それでいいの!?　兄ちゃんたち!?」

双子の言葉に結人が抗議の声を上げる。だが、二人は平然としていた。

「お前だってわかってるだろ？　結人。郁乃が覚悟を決めたんだぞ？　それは生半可なことじゃない。俺たちに出来ることなんて、あとは郁乃を支えることだけだ。好きな奴を待ちたいって言うなら見守るしかねーだろ」

「肇の言う通りですよ。僕たちが出来るのはそれだけです。特に色恋なんて周りがあれこれ言ったところで、どうにかなるもんでもないですからね」

結人はむーと唇を尖《とが》らせたが、それ以上は反論してこなかった。

「本当にいいの？　それで？」

郁乃の方が思わず確認してしまう。

いつ帰ってくるのかも、本当に帰ってくるのかもわからない男を待つという、夢みがちな姉の言葉を少しも否定しない弟たちに不安になる。

「ん？　何だよ？　反対されたいのか？」

「いや、そういうわけじゃないけど……でも……」

「まぁ、郁乃の言いたいことはわかるけどな。でも、俺たちは郁乃に借りがある。それはもう、でっかいな。俺たちが今、曲がりなりにも社会人として、家庭を持ったり、恋人と暮らしたり、好きなことが出来ているのは、母さんが死んだ直後に郁乃が踏ん張ってくれたからだ。これでもすげー感謝してんだぜ？　だから、俺たちは郁乃がやりたいってことは否定しないし、応援する。そう決めてんだよ」

にやりと笑うすぐ下の弟の言葉に、泣かされそうになる。

「ま、もし失恋したら、盛大に慰労会《いろうかい》をしてやるから安心しろ」

ちっとも安心できない慰《なぐさ》めに、せっかくの涙が引っ込んでしまった。

でもこれくらいが、うちの家族らしくていいかと思う。

「顔が綺麗なだけの男に、ほだされてるのかもしれないよ？」

自分の懸念《けねん》を口に出してみる。本当はそれだけじゃない。志貴の顔が綺麗だろうが醜《みにく》かろうが、多分郁乃は気にしない。

あのちょっと傍若無人《ぼうじゃくぶじん》で俺様な、でも優しい年下の青年に郁乃は惹かれたのだ。

一緒に過ごした時間は短くても、郁乃は志貴が好きだ。その想いに嘘はない。

「それは仕方ないんじゃね？　俺ら母さんの血を引いて面食いだもん。綺麗な顔の人間に弱いのは血筋だ」

あっけらかんとそう言った肇に、郁乃の肩の力が抜ける。思わず気の抜けた笑いを漏らせば、肇がひどく柔らかに微笑んだ。

「ま、郁乃が幸せになってくれるなら、俺らは何でもいいんだよ。泰兄と結婚しようが、志貴って奴を待とうがどっちでもいい。郁乃なら間違えない。そう思ってるよ。で、もし、失敗しても俺らがいる。郁乃が学生時代に全力で俺らの味方でいてくれたように、俺らも郁乃の味方だよ。それは何があっても変わらない。だから、郁乃は好きに生きたらいいんだ」

いつのまにこの弟はこんな優しさを身につけたのだろう？

やんちゃばかりしていつも郁乃を困らせていた弟は、すっかり成長してこんなにも頼もしいことを言うようになった。そう思うと、郁乃の心は温かなもので満たされる。

自分が歩んできた道は間違いではなかったのだと、そう思えた。

「何かいいところは全部、肇に持って行かれましたね。でも、肇の言う通りですよ。姉さんが僕たちのことを認めて受け入れてくれたように、僕たちも姉さんのことを支えたいって思ってますよ」

嘆息した紡が、これまた柔らかく目元を緩《ゆる》めて微笑んだ。

「兄ちゃんたちは気楽でいいな！　俺だって姉ちゃんの幸せを願ってるよ！　でも、もし志貴が姉ちゃん裏切って泣かせるようなことをしたら、俺の人脈をフルに使って人知れず海に沈めてやるから安心して？」

結人の物騒すぎる発言に、ぎょっとする。ちっとも安心できないし、一体どんな人脈だと突っ込みたい。だけど、そこに突っ込んでしまうととんでもない物を掘り出しそうで、郁乃はあえて触れないことを選んだ。

「ありがとう」

三人の顔をそれぞれ見つめて、郁乃は礼を言った。弟たちから向けられた優しさに、目の奥が熱くなる。いつの間にか弟たちは随分、頼もしく、そして優しくなっていた。

そのことがとても誇らしく、嬉しいと思う。

同時に、揺らいでいた郁乃の心が落ち着き場所を見つけた気がした。

――うん。大丈夫。

何があっても郁乃には弟たちがいる。いてくれる。それだけで、郁乃はちゃんと立っていられる。

「別に礼を言われることはしてねーよ？　俺たちは郁乃には散々迷惑かけたしな」

ちょっとだけ照れくさそうに笑う肇に、郁乃はわざとらしくため息をついてみせた。

「そうね。肇には本当に迷惑かけられたわ」

しみじみとそう言ったら、肇がずっこけた。

「何だよ！　それ！　ここは姉弟《きょうだい》の感動的な場面だろうが！　水差すなよ！」

「だって、肇には本当に苦労させられたのもの」

ツーンとそっぽを向くと、肇がぐぬぬと歯がみする。

郁乃と肇のやり取りに、紡と結人が笑い出した。

「これぱっかりは肇のことを庇《かば》えませんね」

「肇兄ちゃんに関しては無理！」

二人も郁乃の味方をするものだから、肇は「何で俺には味方がいないんだよ！」と不《ふ》貞腐《てくさ》れ、余計に皆の笑いを誘った。

久しぶりに過ごす姉弟《きょうだい》水入らずの時間は、こうして賑《にぎ》やかに過ぎていった。

☆

翌日、郁乃はいつもより少しだけ早い時間に出勤した。

「おはよう」

声をかけて事務所に入ると、藤岡がパソコンで仕事のスケジュールを確認していた。

「おはよう。今日は早いな」

藤岡はすっかり普段通りの態度で、昨日のプロポーズが錯覚ではないかと思えるほどだった。

一瞬、郁乃はこれから話すことに躊躇《ためら》いを覚える。だが、小さく息を吐き出して覚悟を決めた。

「うん。ちょっと泰兄と話がしたくて……」

郁乃の言葉で、藤岡の肩に力が入ったのがわかった。ぎしりと椅子を鳴らして藤岡が振り返る。

「それは昨日の件か？」

「うん」

頷く郁乃に藤岡の眉間に皺《しわ》が刻まれる。

「答えは急がないでくれって、言ったつもりだったんだが……」

「うん。ごめん。でも、このまま曖昧《あいまい》にしておきたくない」

「郁乃らしいな」

肩で一つ大きく息をした藤岡が、険しかった表情を緩《ゆる》める。

「それで？　俺は振られるのか？」

存外にあっさりと結論を問われて、郁乃の方が怯《ひる》んだ。でも、ここで答えを濁《にご》したところで結果は変わらない。

「ごめん。今の私は泰兄の気持ちには応《こた》えられない」

きっぱりと告げた郁乃に、藤岡は一瞬だけ顔を顰《しか》めた。

「わかっていたが、こうもきっぱりと言われると堪《こた》えるもんだな」

「ごめん」

「謝るな。謝られる方がきつい。あいつを待つのか？　芸能人で、海外でも評価されてきてる男だぞ。郁乃はただ遊ばれただけかもしれない」

もっともな藤岡の忠告にも、郁乃の心が揺らぐことはもうない。郁乃はただ静かに微笑んだ。

「それでもいい。私は志貴君を待ちたい」

――やることやったら戻ってくると言った、あのちょっと不器用で真っ直ぐな彼を待ちたい。

郁乃はもう、そう決めていた。

「決めたんだな」

「うん」

「そうか」

藤岡が再びため息をついた。そして、その眼差《まなざ》しをふっと優しいものに変える。

その表情に違和感を覚えて、藤岡の表情をまじまじと見つめた。

どう見ても女にプロポーズを断られた男の表情じゃない。むしろ断られたことに安堵しているように見える。

「ねえ、泰兄……」

「何だ」

「何で今だったの？」

「ん？」

「プロポーズ。何で、今このタイミングで、私を試すようなことしたの？」

郁乃の質問に、藤岡が驚いたように目を瞠《みは》った。その顔に、郁乃は思わず笑ってしまう。

「わざと私のこと試したでしょ？」

もう一度問いかけたら、藤岡が「バレたか」と苦笑した。

「伊達《だて》に付き合い長くないからね。よく考えたら、このタイミングでプロポーズって変だなって思って。びっくりし過ぎて、気付いたのは今だけど。何で？」

郁乃の質問に藤岡がゆるゆるとため息を吐く。

「……好きになりたい人が出来た」

藤岡の告白に、今度は郁乃が驚きに目を瞠《みは》った。でも、同時に納得もする。何故、今だったのか、その理由がわかって安堵する。

「郁乃たちの幸せを見届けるのが俺の責任だって思ってた。だから、自分が誰かを好きになることなんてないと思ってたんだ。でも、俺は今、その人に急速に惹かれてる。郁乃が千田と幸せになってくれるなら、俺も一歩を踏み出してもいいかと思ったんだ……」

「なるほどね……。でも、泰兄って、実はものすごく馬鹿だったんだね」

自分のずるさを告白する幼馴染《おさななじみ》に頷きながらも、郁乃は心底呆れていた。これで郁乃が藤岡のプロポーズに頷いていたら、一体どうするつもりだったのだろう。

きっと自分の想いを胸の奥底に封印して、家族になって郁乃を支えてくれるのだろう。

簡単に想像がつく結末に、頭痛がしてくる。

郁乃の覚悟を試しながら、その裏で藤岡も自分の人生をかけていた。

──昨日、私が悩んだ時間は何だったんだろう？

心の中で文句を言って、郁乃は呆れを隠せない眼差《まなざ》しで藤岡を見る。

「泰兄が幸せになれない理由を、私たちのせいにされるのは御免《ごめん》なんだけど？」

意趣返しではないが、わざときつい言葉を放つ郁乃に、藤岡がハッとした顔をする。

「そんなつもりはない！」

「でもそういう風に受け取られかねない行動だよ？」

郁乃の言葉に、藤岡がぐっと詰まる。

「……悪かった」

「謝られても困るわ。それ」

郁乃は肩を竦《すく》めて、藤岡を真っ直ぐに見上げる。

この責任感が強すぎる幼馴染《おさななじみ》の背負った荷物を、下ろしてもらうときがきたのだろう。

「泰兄が私たちの幸せを願ってくれてるのは、よく知ってる。でも同じだけ、私たちも泰兄の幸せを願ってるんだよ。私たちはもう大丈夫。自分の力で歩いて行けるよ」

昨日の弟たちとのやり取りを思い出して、郁乃は柔らかに笑う。

「知ってるでしょ？　うちの弟たち、今はとても幸せだって。やりたいことやって、好きな人のことちゃんと掴まえてる。それは泰兄がずっと私たちを支えてくれたからだよ。

私たちは、ちゃんと幸せだよ」

「郁乃も幸せか？　あいつがいなくても」

「志貴君が夢を追いかけられるように、背中を押したのは私だもの。もし、帰ってくることがなくても、志貴君の夢を応援するのは、私にとっての幸せなの。だから心配しないで」

笑顔で告げる郁乃に、藤岡は大きく息を吐き出した。

「……俺は自分の幸せを掴んでもいいか？」

「当たり前でしょ。むしろ掴んでくれないと困るわ。泰兄にはちゃんと幸せになってほしい。それは中西家の姉弟《きょうだい》全員が願ってることだよ」

「ありがとう」

郁乃の言葉に藤岡が泣き笑いのような表情を浮かべた。それは、彼がずっと背負ってきたものを、ようやく下ろした瞬間だった――

6　君に薔薇《ばら》の花束を

気付けば春が過ぎ、夏も終わりに近付いていた。

そろそろ秋の声が聞こえてきそうな九月初旬。暑さは和《やわ》らぐどころか残暑の厳しい日々が続いている。

志貴がいなくなって半年――郁乃はすっかり日常を取り戻していた。

仕事で外を飛び回る藤岡に代わって店を守りつつ、改めてフラワーアレンジメントや花についての勉強を始めた。そうして仕事帰りに大吉で一杯ひっかけて帰る。時々、顔を出す弟たちと賑《にぎ》やかな時間を過ごしていた。

志貴からはあれっきり何の連絡もない。寂しくないかと聞かれれば、やはり寂しさはある。

だけど、今、志貴は志貴なりにできることを精一杯頑張っているのだと思えば、会えないことも気にならなかった。半年経っても姿を現さない志貴に、結人は顔を出すたびに文句を言っているが、郁乃はすべて聞き流していた。

志貴の動向を知ろうと思えば、調べることはできるだろう。

だけど、郁乃はあえて志貴のことを調べないようにしていた。

その代わりのように佳代や結人が、時折今の志貴の状況を教えてくれた。それだけで郁乃には十分だった。

「じゃあ、泰兄！　私、配達行ってくるね！」

注文のあった花籠《はなかご》を手に、郁乃は店の中にいる藤岡に声をかける。

「ああ頼む。気を付けて行けよ！」

「はーい」

元気に返事をして郁乃は店を出た。店の裏に停めていた配達用の軽自動車に花を積み込んでいると、通りから佳代が顔を出した。

「え、郁乃ちゃん、これから配達？」

「うん、そう」

「どこに配達行くの？」

ちょっとだけ慌てた様子で佳代が郁乃に行先を確認してくる。そんな佳代の様子に、郁乃は内心で首を傾《かし》げた。

「倉内《くらうち》さんのおばあちゃんのところと、他にも数軒？　何か用事でもあった？　一時間くらいで戻ってくるよ？」

「一時間くらい……ねえ、倉内さんのあとはどこに行くの？」

「ん？　竹下さんのおじいちゃんのところと、レストラン愛《あい》、あとはＢＡＲ夜明《よあ》け？」

注文の花を見下ろしながら、郁乃は指を折って今日の配達先を数えていく。

「その四軒なのね？」

念を押して確認してくる佳代に郁乃は戸惑う。

「どうしたの、佳代さん？」

「ううん。ごめんね。何でもないの。それより気を付けて行ってきてね」

佳代は誤魔化すようにそう言うと、自分の店に戻って行った。

――どうしたの？　一体？

佳代の突拍子《とっぴょうし》もない行動はいつものことと言えば、いつものことなのだが。

首を傾《かし》げながら、郁乃は車に乗り込んだ。

特にトラブルもなく順調に配達は進み、最後に週一回花を生けさせてもらっている、BAR夜明けに到着する。

「こんにちは！　フラワー藤岡です！」

「いらっしゃい」

声をかけて半地下の店に入ると、この店の店主である藤子《ふじこ》が仕事前のラフな格好で出てきた。

「何だ。今日は郁乃かー。藤岡の坊ちゃんが来るのを期待していたのに……」

「期待に添えなくて申し訳ない」

藤岡のファンを公言している藤子は、還暦《かんれき》を過ぎた今も銀髪の美しい人だった。

「残念～。ま、今日は郁乃で勘弁してやるわ」

「はいはい。どうもすみませんね」

いつもの調子で軽口を交わし合っていると、郁乃のスマートフォンが鳴った。藤子に断りを入れて、エプロンのポケットから自分のスマートフォンを出した。見ると結人からの電話だった。

「結人？　どうしたの？」

『姉ちゃん！　今どこ!?』

電話に出た途端、結人の切羽詰《せっぱつ》まった声が聞こえてきた。その声のあまりの大きさに、郁乃は咄嗟《とっさ》にスマホから耳を離す。

『姉ちゃん!?　姉ちゃん聞いてるの!!』

郁乃の返答がないことに焦《じ》れた結人が、さらに声を上げてくる。

「聞こえてるわよ、そんなに大声を出さなくても。どうしたの？　何かあった？」

結人のひどく焦ったような様子に、家族の誰かに何かあったのかと心配になる。

『あったと言えばあったけど、とりあえず今、どこにいるのか教えて!!』

相変わらず姉の話を聞こうとしない末弟は、自分の用件だけを繰り返し叫んでくる。

「今、配達の途中で藤子さんのところよ」

『藤子!?　藤子って、BAR夜明け!?　あの魔女のところだね、わかった！』

「え？　ちょっと！　結人!?」

一方的に電話が切られて、郁乃は唖然とする。

「相変わらず、あんたのところの末っ子は躾《しつけ》がなってないわね」

煙草を咥《くわ》えた藤子の言葉に郁乃はハッと我に返った。恐る恐る藤子の方に視線をやれば、じろりと睨《にら》まれる。

「誰が魔女よ？ 全くあのクソガキ。相変わらず口が悪いわねー。今度里帰りしたらきっちり教育してやるわ。文句ないでしょ？ 郁乃？」

「は、はい……」

微笑んでいるのに目は全く笑ってない藤子に、郁乃は首を竦《すく》める。

子どもの頃から何故か結人は、藤子のことを魔女と言っている。どうも昔読んだ絵本の魔女が、藤子にそっくりだったらしい。会えば口喧嘩ばかりしている二人ではあるが、仲は非常にいい。

結人の絵の才能に最初に気付いたのは藤子だったし、今もパトロンの一人として結人の活動を応援してくれている。

結人のことは気になったが、それよりも、今、目の前で凄《すご》んでいる藤子の方が怖い。

郁乃は空気を変えるため、「じゃあ、花生けちゃいますねー」と藤子に声をかけて花を運び入れた。週二回程、このBARの花を生けるのも藤岡の仕事だった。

店に入ってすぐ正面に飾られライトアップされる花は、この店の顔だ。だから一切気を抜けない。

郁乃は全体のバランスを考えながら花を生けていく。

今回は藤子のリクエストで、秋薔薇《ばら》を中心としたアレンジに決めている。藤子はあまり華美なものを好まないから、薔薇《ばら》の本数を絞ってクラシカルなイメージで作り上げていく。

三十分ほど格闘して、何とか納得できるものが出来上がった。

「ふーん？　いいじゃない？」

いつの間にか背後に来ていた藤子が、完成した花を眺めて頷いた。

花にはうるさい藤子のＯＫが出たことにホッとする。

「昔は甘ったるい少女趣味全開のアレンジをしてたけど、だいぶ変わったわね。一本芯が通った感じで好きだわ」

藤岡のファンを公言し、自身も華道の師範代の免状を持っている藤子は、郁乃のアレンジメントを見るときは辛口なことが多いし、手直しされることもあった。

だが今日は素直に褒《ほ》められて、郁乃は驚く。

「何よ郁乃、その顔は？」

「いや、藤子さんに褒《ほ》められるとは思ってなくて」

「私だって褒《ほ》めるときは褒《ほ》めるわよ。今日のは及第点。七十八点くらいかしら？」

「七十八点か～」

及第点という割に、からい点数に郁乃は苦笑する。だが、まだまだ自分には伸びしろがあるのだと、前向きに受け止めることにした。

それに気に入らなければ藤子は容赦なく自分で生け直す。それがないということは、本当に気に入ってくれたのだろう。

「じゃあ、今日はこれで失礼します」

「はい。お疲れ。結人に帰ってきたら顔出すように言っておいて」

「わかった」

手早く道具類を片付け、郁乃はBAR夜明けを出た。

外に出ると陽がだいぶ傾いていた。日向《ひなた》にいれば汗ばむほどの陽気ではあるが、日に日に陽が沈むのが早くなってきている。吹きつける風の中に、ほのかに金木犀《きんもくせい》の香りが混じり、秋が近付いていることを感じさせた。

――夕飯どうしようかなー。

この配達を済ませれば今日は終わりの予定だった。

帰りに大吉に寄ろうか。それともたまには自分で作るか。そんなことを考えながら、郁乃は車を停めた駐車場に向かって歩く。

そこで郁乃は、店の車の横に佇《たたず》む背の高い人影に気付いて足を止めた。

――誰？

逆光になっている人影に郁乃は目を凝《こ》らす。視線に気付いたのかその人影が振り向いた。

「郁乃！」

名前を呼ばれた。聞きたくて、会いたくて、たまらなかった人の声だと気付くより早く彼が——志貴が郁乃に向かって走り寄ってきた。

「うそ」

近付いてくる志貴に、郁乃の心臓の鼓動が強く打った。

心臓がバクバクして、うまく息ができない。

びっくりして立ち竦《すく》んでいる間に、抱きしめられた。一瞬、夢かと思ったが、抱きしめられた腕の強さに、これが現実だと知る。

「郁乃！　ただいま！」

ぎゅっと郁乃を抱きしめた志貴が、嬉しそうに言った。全身で再会を喜んでいることが肌を通して伝わってくる。

『ただいま』

その言葉に泣きたくなる。自分が志貴の帰ってくる場所であることが嬉しい。

触れ合ったぬくもりが愛しくてたまらなかった。

郁乃は志貴を見上げた。見覚えのあるシャツの上にパーカーを羽織っている彼は、最後に別れたときよりも顔のラインがシャープになっている。

黙ってさえいれば、近寄りがたい高貴さを感じさせる整った顔立ちは変わらない。髪の色が黒くなっているせいか、雰囲気が大人っぽく見える。郁乃を見下ろす瞳は綺麗な榛色《はしばみ》だった。

会えない間、何度も何度も思い出した瞳の色。

彼に言いたいことはたくさんある。だけど、気持ちが溢《あふ》れすぎてうまく言葉にならなかった。

唇は何かを言いかけた形で固まってしまっている。

「郁乃？」

黙ったままの郁乃に、志貴が首を傾《かし》げる。

「……か、帰ってくるなら、連絡の一つくらいくれてもいいじゃない」

――本当はこんな可愛くないことを言いたかったわけじゃないのに……

郁乃の口からは、何故か想いとは裏腹な言葉が出てきてしまった。そんな自分が情けない。

志貴がきょっとんと目を丸くする。

「あれ？　佳代さんと結人には連絡しておいたんだけど……」

「はぁ？」

「だから俺、ここで待ってたんだけど……郁乃は配達で外回りをしてるから、ここにいれば会えるはずだって聞いて」

志貴が怪訝《けげん》そうな表情でそう教えてくれた。

郁乃は出かける際の佳代の不審な言動と、結人の電話の意味を悟る。

――あの二人！

志貴も郁乃の反応を見て大体のことを察したのか、脱力したように郁乃に凭《もた》れかかってくる。

「謀《はか》られた？」

「多分？」

感動的な再会を演出してくれたのかもしれないが、これですれ違っていたらただの間抜けだ。そうなったらあの二人はどうするつもりだったのだろう？

何だかおかしくなってきて、郁乃と志貴は顔を見合わせて噴き出した。

何とも締まりのない再会になったが、自分たちにはこれくらいがちょうどいい。変に感動的な再会より、自分たちらしい気がした。

「やられたな」

「うん。やられたね」

額《ひたい》をこつりと合わせてそう言う志貴に、郁乃も頷いた。

「会いたかった」

「私も」

今度は素直に想いが言葉になった。

志貴が照れくさそうに、でもひどく幸せそうにくしゃりと笑った。

「仕事終わったの？」

「受けていた仕事は全部終わった。吉枝監督にはめちゃめちゃ大根って罵《ののし》られたけど、俳優やってよかったよ。マネジャーともちゃんと話をして、バラエティとかの仕事は無理に出ない方向になった。郁乃に話したいことがたくさんあるんだ。聞いてくれるか？」

話をしたくてうずうずしている志貴に、郁乃も笑顔で頷く。

「もちろん。時間あるの？」

「今日から三日間は休みだ。郁乃の家に行ってもいい？」

「いいよ。あ、いけない！　仕事！」

郁乃は自分が配達の途中だったことを思い出す。

「ごめん志貴君！　私、配達の途中だから先に家に帰っててくれる？　急いで仕事終わらせてすぐに帰るから！」

家の鍵を渡そうと郁乃はエプロンのポケットに手を入れる。

「それなら大丈夫。さっき藤岡さんのところに寄ったら伝言頼まれた。配達が終わったら、今日はこのまま上がっていいって」

「泰兄が？」

「うん。それと……」

何かを思い出したように志貴が郁乃から離れた。そうしてずっと片手に大事に握りしめていたものを郁乃に差し出してくる。それはラッピングされた五本の赤い薔薇《ばら》の花束だった。

「本当は約束通り百本用意しようと思ってたんだけど、予約もなしにそんな本数の薔薇《ばら》があるわけないだろうって、藤岡さんに怒られた。それで、あるだけの薔薇《ばら》くださいって言ったんだけど、お前らにはこれがちょうどいいだろって……」

説明しているうちに、志貴の目線が気まずそうに下がっていく。その耳朶《じだ》が赤く染まっていることに気付いて郁乃の心が甘く揺らされる。

郁乃は志貴の手からそっと薔薇《ばら》の花を受け取った。ずっと握っていたせいでラッピングが少し崩れているけど、花は綺麗だった。

「泰兄が、これがちょうどいいって言ったの？」

「ああ。理由は郁乃に聞けって言ってた」

「そっか」

微笑んで五本の薔薇《ばら》の花を見下ろす。何とも藤岡らしい選択に思えた。

「薔薇《ばら》ってね、贈る本数によって花言葉が違うの。諸説あるんだけど、五本の薔薇《ばら》の花言葉は『あなたに出会えたことの心からの喜び』なの」

「あなたに出会えたことの心からの喜び？」

花言葉を聞いた志貴の目が驚いたように見開かれた。

「だから俺たちにふさわしいって？　藤岡さんって案外ロマンチストだったりする？」

「ああ見えてかなりロマンチストだよ？」

目を合わせて、二人は再び笑い合う。

「郁乃。ただいま。会いたかった」

「おかえり。待ってた」

改めてもう一度そう言ってくれた志貴に、今度こそ郁乃も素直にそう言えた。

そうして二人は、もう一度、強く抱きしめ合った。


二人は藤岡の言葉に甘えて家に帰ることにした。

配達用の軽自動車の助手席に座った志貴は、窮屈《きゅうくつ》そうに長い手足を持て余しながら、この半年のことを話し出した。

「郁乃のところから帰って、マネジャーとよく話し合ったんだ。マネジャーから見て、俺のモデルとしての旬はもう終わっているのかってことまで聞いてみた」

それは志貴にとって、かなり勇気のいる質問だったろうと思う。

「結果として、マネジャーはそんなつもりはなかったらしい。海外で評価の上がった俺を日本で認知させたかったって。その手っ取り早い手段が、バラエティ番組とかのメディア出演だったらしい。吉枝監督の映画に出演が決まったことで俺の日本での知名度も上がったし、俺が嫌ならもう無理しなくていいって言ってくれた」

どこか嬉しげに志貴はそう語る。

「モデルの仕事を続けられるだけ続けようと思う。今回挑戦してみて、俳優もすごく面白かった。吉枝監督には散々ダメ出しされたけど、うまくできたときはすごく楽しかったんだ。何かを表現することは面白いって、改めて思った。俺はモデルだけど、自分で自分の可能性を狭める必要はないんだって思えた」

運転をしながら郁乃はちらりと助手席を眺める。志貴の瞳はキラキラと輝いていた。

あの夜、郁乃のところに逃げてきたと告白した男の瞳とは全く違っていた。

この半年間、本当にいい体験をしたのだろう。それが一目でわかる。

「よかったね」

郁乃まで嬉しくなってくる。

同時に、そんな志貴の傍にいたかったなと、ちょっとだけ寂しさを覚えた。だけどそんな感情も、志貴の未来を見据えて輝く顔を見ていればどこかに吹き飛んだ。

「これも郁乃のおかげだよ」

不意に志貴がそう言うものだから郁乃は驚く。

「え？　私は何もしてないよ？」

「郁乃が俺の背中を押してくれたから、俺は自分のやりたいことにちゃんと向き合えたんだ。新しい可能性にも気付けた。だから全部郁乃のおかげだ。ありがとう」

あまりにストレートに礼を言われて、郁乃はどう返せばいいのかわからなかった。

運転していなければ、多分志貴に抱きついていたかもしれない。

「頑張ったのは志貴君だよ。結果が残せたのも、それは君が死ぬ気で努力した結果だよ。私は本当に何もしてない」

「確かに俺も頑張った。でも、そのきっかけは全部、郁乃がくれたものだ。だから郁乃には本当に感謝してる」

改めて言葉にされると嬉しくて、くすぐったい。言葉に出来ない想いが胸の中で弾《はじ》ける。

郁乃はもう頷くことでしか返事が出来なかった。

志貴は会えなかった時間を埋めるように、郁乃の家に着くまでずっと話し続けていた。

「郁乃！」

郁乃の家に上がった途端に抱き寄せられた。待ちきれなかった。そんな想いが声に滲《にじ》んでいて、郁乃も自然と志貴の背中に腕を回す。

「会いたかった」

「うん」

「待っててくれるって信じてたけど、不安だったんだ。よかった。郁乃が待っててくれて」

「不安だったのは私も一緒だよ？」

額《ひたい》を合わせて、吐息の触れ合う距離で言葉を交わし合う。会話の合間に、何度もキスをした。

「藤岡さんにプロポーズされたって聞いた」

「え？　誰に？」

「結人」

そこで初めて郁乃は、結人とおまけに佳代が、この半年、志貴とずっと連絡を取り合っていたことを知った。

——あの二人！　そんなこと一言も言わなかったのに！

言われてみれば二人が持ってくる志貴の情報は、どこで仕入れたのかと思うほど詳しかった。

「ちゃんと断ったよ？」

「知ってる。でも、揺れただろ？」

「うん。揺れた」

誤魔化しても仕方ないから正直に答えると、志貴が面白くなさそうな表情を浮かべる。

郁乃を抱く腕の力が強くなった。

「ムカつく」

嫉妬で尖《とが》らせた唇が可愛くて、郁乃は自分からキスをする。

「郁乃!?」

「好き」

郁乃の告白に、志貴の目がまん丸になる。その瞳に映る自分はとても幸せそうに笑っていた。

「私が好きなのは志貴君だよ？」

「本当に？」

「嘘ついてどうするのよ？」

「そうだけど……いや、何か夢みたいで」

志貴がぎゅっと郁乃を抱きしめる。

「俺も好き。大好き。愛してる」

耳元で囁《ささや》かれた。告げられた愛の言葉に体の内側が熱を持つ。

「郁乃」

志貴が郁乃の名前を呼ぶ。その声が好きだと思う。

「ん……ん……ぁ」

唇が触れて、郁乃は甘い吐息を零《こぼ》す。

唇の中に志貴の熱い舌が滑り込んできて、郁乃の吐息を奪う。

まだキスに慣れない郁乃が、酸素を求めて逃げを打つ。それを追うように、志貴の舌が郁乃の舌を絡《から》めとった。

「ふ……ぅ……あ」

おずおずとキスに応《こた》えると、さらに深く唇が重ねられる。

唇の中に直接、志貴の荒い吐息が吹き込まれて、ぞくりとした疼《うず》きが背中を滑り落ちた。

手のひらが郁乃の背骨に沿って何度も上下する。志貴は郁乃の体の形を確かめるように、服の上から手を這《は》わした。

優しく撫でてくるその感触に、郁乃の中でもどかしさが募《つの》る。

彼に直接肌に触れられたときの甘さを思い出してしまう。

もっと近くで、直《じか》に志貴と肌を触れ合わせたくなる。

――触れたいな。もっと近く。

そんなことを思った自分を恥じて、唇が離れると同時に郁乃は視線を下げる。顔が赤くなっているのが自分でもわかった。

腰を強く抱き寄せられて、首筋に志貴の柔らかい髪の毛が触れる。次の瞬間、体がぐらりと傾いで、郁乃は床の上に押し倒された。居間の天井の木目が視界に入る。

郁乃を抱きしめた志貴が、胸に顔を埋《うず》めていた。

前もこんなことがあったなと思う。

「郁乃……したい」

切羽詰《せっぱつ》まった志貴の声に、郁乃は息を呑む。

「ごめん。ものすごくがっついてて……でも、ずっと郁乃に触れたかった」

理性は色々と断るべき理由を上げていた。

でも、自分を求める志貴の声に、あっさりと白旗を上げてしまう。

自分だって志貴に触れたいのだ。半年離れていただけなのに、郁乃も志貴のぬくもりに飢えている。

「……うん」

頷いた途端に、またキスが降ってきた。絡《から》められた舌の熱さに、残っていた理性もぐずぐずに蕩《とろ》かされる。この半年で、知らず募《つの》っていた寂しさが一緒に溶けていった。

彼の背中に腕を回して、志貴の舌をもっと奥まで誘い込む。

――触れたい。もっと近くで、志貴君にくっつきたい。

それに応《こた》えるように志貴が強く郁乃を抱きしめる。きついくらいの抱擁《ほうよう》にホッと安堵の吐息が零《こぼ》れた。

唇が離れて、郁乃は閉じた瞼《まぶた》を開く。快楽に滲《にじ》んだ視界の中、志貴の綺麗な顔と居間の天井の木目が映る。居間の窓から夕陽が差し込んで、とろりと濃い金色に部屋の中が染まっていた。

普段生活している場所での行為に、すごくいけないことをしている気分にさせられる。落ち着かなくて視線を彷徨《さまよ》わせると、ソファやテーブルの脚が、横たえられた郁乃の視界に入る。普段、滅多に見ることのない角度で部屋のインテリアを見上げているせいか、何だか現実感が薄い。

郁乃がまともにものを考えていられたのは、そこまでだった。

シャツの裾《すそ》から志貴の手が入り込んできて、性急な手つきで郁乃の服を乱す。

郁乃も腰を浮かせたりして志貴が服を脱がすのを手伝った。

肌をまさぐる志貴の指先は優しい。その指が郁乃の理性をダメにする。

志貴の指から何か特別なものが溢《あふ》れているんじゃないか、と馬鹿なことを考える。

「あっ……、あ、ん」

鎖骨に志貴の唇が触れて、舐《な》め上げられる。そのまま郁乃の乳房の縁を舐《な》めながら、時折きつく吸い付いた。赤い痕《あと》が一つ、二つ、と残される。

胸の頂《いただき》を口に含まれて、舌先で転がされると、快楽に胸の頂《いただき》が硬く尖《とが》った。

「し……き……君……」

舌先で乳輪を刺激されたと思ったら、硬く尖《とが》った先端に優しく吸い付かれる。郁乃はたまらず背を仰《の》け反《ぞ》らせた。声が上ずって、呼吸が荒くなる。

開かされた脚の間に志貴の指が潜《もぐ》り込んできて、郁乃の秘所に触れた。

ゆっくりと入ってくる指に、無意識に体が強張《こわば》る。郁乃の蜜を纏《まと》った指が、ぬるぬると前後に動いてより深く入り込んできた。

「ひゃ……あ……ん」

「郁乃」

「し、志……貴……く……ん」

それしか言葉を知らないように、郁乃は何度も志貴の名前を呼ぶ。

慣れない感覚が怖くて、志貴のシャツを掴んで身を竦《すく》ませると、宥《なだ》めるみたいなキスが降ってきた。

互いの唾液が口の中で混ざり合うくらい、濃厚に舌を絡《から》め合う。

キスがこんなに気持ちいいことを、郁乃は初めて知った。

時に優しく、時に傍若無人《ぼうじゃくぶじん》な舌が、郁乃の口腔《こうこう》を動き回る。志貴の舌先が郁乃の歯列を辿《たど》り上顎《うわあご》にひたりと押し付けられて苦しくなった。

体を起こした志貴が服を脱ぐ。キスが解けたとき、郁乃は大きく息を吸って胸を喘《あえ》がせた。

夕陽に温められた絨毯《じゅうたん》の上で、郁乃の体はどんどんと熱を上げて、肌が汗ばんでくる。それは重ねられた志貴の体も同じだった。

「痛い？」

問われて郁乃は首を横に振る。志貴の指はゆるゆると郁乃の中を出入りし、秘所からは粘ついた水音が聞こえてきた。

最初のときみたいな痛みはないが、くすぐったいような切ないような、言葉に出来ない疼《うず》きが湧き上がる。

「いた……くない……けど、何か変……」

「じゃあ、そのまま感じてて」

体を起こした志貴が郁乃の脚の間に体を入れた。中途半端に脚に引っかかっていたジーンズと下着を脱がされる。そして彼は、郁乃の脚を大きく開かせて、その間に顔を埋《うず》めた。

「や……！」

指と舌で同時に秘所をいじられて、顎《あご》が仰《の》け反《ぞ》った。

ざらついた舌の感触に、腰が勝手に揺れる。

あまりに強い快楽に、郁乃は膝を立てて上にずり上がろうとしたが、腰をしっかりと抱《かか》えた志貴に阻《はば》まれた。

「やぁん！　だ……め……それ……！」

秘所に指を入れたまま花芽に吸いつかれて、郁乃はびくりと腰を跳ね上げた。

すべての意識が志貴の舌と指に持っていかれる。

感じたこともないほどの強い快感に、郁乃は身を震わせた。

怖いからやめてほしいのに、もっと快楽が欲しくなる。矛盾した感情が郁乃の中でせめぎ合っていた。

「や……いぃ……やぁ」

花芽に舌で刺激を与えられるたび、蜜襞がうねって志貴の指を締め付ける。郁乃は首を振って拒絶を訴えながら、同時に甘い喘《あえ》ぎ声を上げていた。

指と舌で秘所をいじられて、自分でも驚くほどそこが濡れているのがわかる。

髪を引っ張っても、腰を引こうとしても、志貴はしっかりと郁乃を捕えて離してくれなかった。

いつの間にか中の指が増やされて、蜜壁を擦り上げられる。志貴は郁乃の感じる部分を容赦なく攻め立てていった。

うわごとのようにそう呟く。膝ががくがくと震えて、どうしようもないほどに感じていた。

「あ……つ……い」

部屋の中には郁乃の甘い喘《あえ》ぎと湿った音が響いている。

頭の中がぐちゃぐちゃで、何も考えられなかった。

志貴の指が引き抜かれて、溢《あふ》れた蜜が郁乃の太腿を流れていく。

激しく胸を上下させて、郁乃は酸素を貪《むさぼ》る。

そのとき、ベルトを外す金属的な音が聞こえた。

と思ったら脚を抱《かか》えられて、避妊具をつけた志貴が押し入ってくる。

「や！　……ば……か！　待って……」

何の合図もなく入ってきた昂《たかぶ》りに、郁乃は悲鳴を上げる。ひどく熱いもので体を貫かれて、全身が感電したみたいに震えた。目の裏がちかちかと白くなる。

体を重ねた志貴が郁乃の肩口で、顎《あご》を引いてぎゅっと顔を顰《しか》めた。瞬間的にきつく抱きしめられ、郁乃は溺《おぼ》れた人間みたいに志貴の肩にしがみつく。

深く大きく呼吸して息を整えていると、志貴が顔を上げた。

「ごめん。我慢できなかった」

そう言って謝る男は、きっとちっとも悪いなんて思ってない。その証拠に、志貴は目を細めて幸せそうに笑っている。

いつもは硬質に見える榛色《はしばみ》の瞳が、今はとろりと甘く緑に輝いて見えた。

郁乃は快楽で潤《うる》んだ瞳で、志貴を睨《にら》みつける。

「ごめん」

額《ひたい》を合わせて志貴がもう一度、謝ってくる。

「今度はちゃんと優しくする」

「あ……」

ずるりと体の中のものが動いて、郁乃は鳥肌を立てる。蜜襞を擦られるたび、ぞくぞくした快感が皮膚の下を走った。

宣言通りに志貴はゆっくりと動いた。郁乃の反応を確かめながら、じりじりと体の内側から焦《こ》がされていく。

緩《ゆる》く穏やかに、郁乃の体を快感が支配していった。あまりに深く重い悦楽《えつらく》に、郁乃はたまらず志貴の背中に爪を立てる。

「し……貴く……ん……あぁ」

揺らされるたび声が出る。全身が剥《む》き出しの神経みたいに敏感になっていて、ほんの少し触れられるだけで、びりびりと痺《しび》れた。

「あぁ……っ！」

胎の奥深くから生まれる感覚は、苦痛も快楽もない混ぜになって、区別がつかない。

苦しい。気持ちいい。嬉しい。愛おしい。

色々な感情が全部一つに合わさって、郁乃の中で激しく渦《うず》を巻く。

「志貴君……し……貴く……ん」

伝えたい想いが言葉にならなくて、郁乃はただ志貴の名前を繰り返し呼んだ。

こうして隙間もないほどに素肌を密着させて、深く体を繋げていれば、肌を通して何かが伝わる気がした。実際、志貴の感情が伝わってくるように思う。

彼の喜びも幸福感も、何もかもが郁乃にぶつけられる。

それが嬉しくて仕方ない。

郁乃の眦《まなじり》を涙が伝った。その涙をそっと志貴が舐《な》めとる。

「苦しい？　郁乃？」

気遣う志貴に郁乃は首を横に振る。気持ちよくて、気持ちよすぎて苦しい。だけど、それ以上に今の郁乃が感じているのは、どうしようもない幸福感だった。

言葉の代わりに郁乃は志貴に抱きつく腕に力を込めて、彼を引き寄せる。

──離れたくない。傍にいて。

「す……き……」

出会ったときは、こんなに志貴の存在が自分の中で大きくなるなんて思ってもみなかった。

「郁乃！　郁乃。俺も……俺も好き」

感極まったように志貴が郁乃の名前を呼んで腰の動きを速くする。その動きに合わせて郁乃も拙《つたな》い動きで腰を揺らした。

互いの動きが噛み合って、より深い快楽が生まれる。

「郁乃……っ」

「あ、あぅ……ああ……！」

体の中で志貴が達しようとしているのがわかった。ぎゅっと強く志貴に抱きついて、郁乃も一緒に高みへと駆け上がる。

快感に歪《ゆが》む顔も、郁乃を欲しがって戦慄《わなな》く唇も、全部目に焼き付ける。腰から下が溶けて一つになるような快感に震えた。志貴が薄い皮膜越しに熱を迸《ほとばし》らせる。

その瞬間、とんでもなく幸せだと郁乃は思った。

無言のまま志貴が抜け出て行った。ずっと志貴を銜《くわ》えていた秘所が、物足りないと戦慄《わなな》く。

淫《みだ》らすぎるその感覚に、郁乃は小さく呻《うめ》いた。目を閉じて、呼吸を必死に整える。

避妊具を始末した志貴が、すぐに新しいものを着けて再び郁乃の体に覆《おお》い被さってくる。

「郁乃」

名前を呼ばれて郁乃は瞼《まぶた》を開く。

「ごめん。全然収まらない」

一度放っているとは思えない質量のものが秘所に擦りつけられて、目を瞠《みは》る。

イったばかりの体はそれだけの刺激で、あっさりと快感を思い出す。

求める心は郁乃も同じ。

「い……い……よ」

志貴の首に手を回して抱きつく。拙《つたな》い仕草で脚を絡《から》めて、首筋に吸い付いた。

「ごめん」

謝る男が一気に郁乃の体を貫いた。

「あぁ！　し……貴くん」

郁乃は高い声で志貴に応《こた》えながら、再び始まった甘い狂乱の時間に溺《おぼ》れた——


畳の上に互いの体を投げ出して、荒い呼吸を整える。

脱力した郁乃の体を志貴が抱き寄せた。郁乃はされるがまま志貴の胸に体を預ける。

志貴の胸からは激しい鼓動が聞こえてきて、その力強いリズムが心地よい。

首筋に顔を埋《うず》めると、志貴の匂いがした。汗の匂いに混じるその匂いが好きだと郁乃は思う。

床に擦れて縺《もつ》れた郁乃の髪を梳《す》いて、整えてくれる。その指の優しい動きが愛おしい。

「郁乃」

「何？」

「離れている間、いつも郁乃のことを思い出してた。今、何してるかな？　飯食ってるのかな？　大吉で飲んでるのかな？　って……郁乃のご飯食べてるときの幸せそうな顔を思い出したりしてた。どんなに離れていたって、どんなに仕事がきつくたって、郁乃の笑顔を思い出すと頑張れたんだ」

ひどく優しい声で志貴が語る。

郁乃の存在なんてとてもちっぽけなのに、志貴の中ではそうじゃないらしい。

自分の存在が彼の力になっていた。

そのことが、話す声、ぬくもり、触れ合った肌を通して伝わってくる。

志貴の力強い鼓動のリズムに包まれて、郁乃は深呼吸する。

胸の奥が痛んで、泣きたくなるような気持ちを覚えた。

「離れてても、郁乃が同じ空の下で元気に笑ってて、俺を好きでいてくれるって思うだけで、すごい頑張れるんだ。仕事が終わったら郁乃の傍に帰りたいって思う。だから……」

そこまで言って、志貴は言葉を途切れさせた。そして、ぎゅっと痛いほどの力で抱きしめられる。

「だから、郁乃。俺の帰る場所になってほしい」

告げられた言葉に、郁乃の心は優しいもので満たされた。

すぐに返事をしたいのに、戦慄《わなな》く唇は息を吐き出すだけで、言葉を紡《つむ》いでくれない。

答えなんて最初から一つなのに。

「郁乃？」

志貴が返事を欲しがって郁乃の名前を呼ぶ。郁乃は体を起こして志貴の顔を覗《のぞ》き込んだ。

綺麗な榛色《はしばみ》の瞳が郁乃を見上げてくる。その瞳に郁乃は大きく頷いた。

途端に、志貴の表情が柔らかに甘く蕩《とろ》けた。

「ありがとう」

微笑んだ志貴の唇が郁乃のそれに重ねられる。

どうしようもない幸福だけがそこにはあった——

7　始まりのとき――

弟の結婚式の帰りというその女は、出会ったときには完全に出来上がっていた。

何がそんなに楽しいのか、カウンターの片隅で一人ご機嫌に酒を飲む女が妙に癪《しゃく》に障った。

志貴はその日、もう数えるのも嫌になる、何十回目かのオーディションの不合格通知を受け取ったばかりだった。だから、余計にムカついたのかもしれない。

八つ当たりだというのはわかっていたけれど、志貴は女の横にわざと音を立てて座った。

乱暴な動作に、女はきょとんした顔で志貴を見た。

BARのほの暗い照明に照らされた顔は、美人というよりは可愛らしい感じで、志貴よりいくつか年上に思えた。

「平和そうで間抜けな顔。あんた悩み事なんて一つもないだろ。いい気なもんだよな」

出会い頭《がしら》の吐き捨てるような志貴の言葉に、女は驚いた様子で目を瞠《みは》った。

その大きな瞳は酒に潤《うる》んで濡れていた。

いきなり暴言を吐かれたら、泣くか怒るかするかと思った。だけど……女はふっと柔らかく微笑んだ。

「ふふふ。そう言う君は、この世の不幸を煮詰めたような、しけた顔してるわねー」

笑ってそう言うと、女は志貴の方に指を伸ばして、いきなり志貴の額《ひたい》を爪で弾《はじ》いた。

「痛い！　何すんだよ！」

「それはこっちのセリフよー。せっかくいい気分でお酒飲んでたのに、水を差したのは君でしょーが！　何か気に喰わないことがあったのかもしれないけど、初対面の女に絡《から》んできた君が悪い！　だからこれはお仕置きよ！」

にやりと笑って女は自分のグラスを空《あ》けた。

「で？　何があってそんな不機嫌なのよ？　今日は気分がいいから、特別にお姉さんが話を聞いてあげよう」

「あんたに関係ない」

「そうねー、関係ないわよ。でも、先に私に絡《から》んできたのは君でしょーが！　こんな風に眉間に皺《しわ》を寄せて八つ当たりしてきたのは君！　ほら！　さっさと吐きなさいよ！」

酔った女が志貴の眉間に指を当てて、ぐりぐりと力を入れてくる。地味な痛みに志貴は顔を顰《しか》めた。

「やめろよ！　痛いだろうが！」

志貴はその指を振り払う。

「ふふ。まあいいわ。とりあえず飲もうか。お姉さんが奢《おご》ってあげるから、そのしけた顔何とかしなよ。すみませーん！　このお兄さんと私にハイボール一つずつ！」

女は勝手に志貴の分の酒を注文した。

「何なんだよ！　お前！」

「それはこっちのセリフでーす！　そして私はお前じゃない！　郁乃！　中西郁乃って名前があります！」

女――郁乃は、そう言ってケラケラと笑った。すぐに注文した二人分の酒が届く。

「はい！　かんぱーい！」

郁乃は勝手に志貴のグラスに自分のグラスを合わせて乾杯すると、美味《おい》しそうに酒を飲みだした。

郁乃は不貞腐《ふてくさ》れる志貴の様子に構うことなく、聞いてもいない自分の話をし始める。

弟が三人いて、花屋で働いて、仕事帰りに寄る居酒屋の酒と料理がすごく美味《おい》しいと熱弁をふるう。そして、話の合間に本当に幸せそうに酒を飲んで、志貴にも勧めてくる。

その表情を見ていたらいつの間にか、毒気が抜かれていた。

気付けば志貴も、自分の話をしていた。

モデル志望だがなかなかうまくいかなくて、今日もオーディションに落ちたこと。それで郁乃に八つ当たりをしたこと。

郁乃は志貴が話している間は、黙って話を聞いてくれていた。

「向いてないのかな、俺……」

ついぽつりと弱音を零《こぼ》すと、郁乃が志貴の顔に手を伸ばしてきた。

ぐいっと顔を掴まれて、郁乃が志貴の顔を眺める。

「君、名前は？」

「志貴。千田志貴。こころざしの志《し》に、貴族の貴《き》」

「貴《とうと》い志《こころざし》かー、いい名前だね。ご両親の願いがちゃんと込められてる」

自分の名前をそんな風に言われたことがなかったから、志貴はちょっと驚いた。

「その名前のまま自分の志《こころざし》を貫けばいいじゃない」

続いた言葉に、志貴の眉間に深い皺《しわ》が寄る。

「簡単に言うんじゃねーよ！」

――何も知らないくせに！　俺の努力も、思いも、何も！

「そうだね。でも、他人だから簡単に言うのよ。だって君、モデルの仕事好きなんでしょ？　モデルになりたいって言ってたとき、すごくいい顔してた。そんな顔が出来る仕事を、わざわざ手放す必要ないと思うもん。そもそも、君いくつよ？」

「二十一。もうすぐ二十二になる」

「何だ。まだ若いじゃない！　それで夢を諦めるって馬鹿じゃないの？　あと三年、死ぬ気でもがいてダメだったとしても、まだ二十五歳よ？　いくらでもやり直しができる年齢じゃない。人生なんて短いし、いつ何時何が起こるかわかんないだよ？　だったら、好きなことすればいい。君にはやりたいことも、好きなこともある。それってすごく幸せなことなんだから、思いっきり貫けばいいじゃない」

酔っ払いの戯言《ざれごと》。そう思うのに、郁乃の言葉は何故か真っ直ぐ志貴の心の柔らかい部分に届いた。

今日初めて会った酔っぱらい女――志貴のことなんて何も知らない女。

なのにその女が、志貴が一番欲しいと思っていた言葉をくれた。

「……それで失敗したら？」

「うーん。臆病だな。いいよ、わかった。これも何かの縁だし。君がもし失敗したそのときは、私が養ってあげる。次に君がやりたいことを見つけられるまで、私のうちにいたらいいよ」

あっさりとそう言ってのけた郁乃に、志貴は驚く。

「いいのかよ？　そんなこと簡単に言って」

「簡単じゃないよ？　でも、ま、何とかなるでしょ。これでも手のかかる弟を三人も育て上げたんだから、今さら一人増えたところで変わらないわよ」

あっけらかんとそう言う女に、志貴は胸の奥が熱くなる。

「まーでも急にこんなこと言われて信じられないか。よし！　保証をあげよう」

郁乃はそう言うと鞄《かばん》をごそごそと漁《あさ》り、分厚さで有名な某結婚情報誌を出した。

「あのバカ弟。ブーケの代わりに、次はお前の番だなって、こんなの寄越しやがった。本当に失礼な奴」

ブツブツと文句を言いながら、郁乃は雑誌から付録のピンク色の婚姻届を取り出す。そして、妻になる人の欄に躊躇《ためら》いなく自分の名前を書き始めた。そして、ハンコをポンと押して志貴に押し付ける。

「はい！　これが保証！」

これでどうだ、とばかりに郁乃は満面の笑みで胸を張っている。

そのあまりに突拍子《とっぴょうし》もない行動に、志貴は呆気に取られた。そして、次の瞬間爆笑する。

「ふ、普通書くか？　こんなもん!?」

「何よ！　君が臆病風に吹かれてたから、書いてあげたのにー」

郁乃は不満そうに唇を尖《とが》らせる。

――こんな女、見たことない。

ただの酔っ払いの理性を失った行動。そう思うのに、自分の人生をかけて志貴の夢を応援してくれようとする郁乃に、志貴は励《はげ》まされた。

世界のどこかに自分の夢を否定せず、真っ直ぐ信じて、応援してくれる人がいる。

そう思うと、志貴の心はたとえようもなく温かいもので満たされた。

本気で郁乃が結婚してくれると思ったわけでもないし、これだけ泥酔《でいすい》していたら明日の朝には忘れているかもしれない。

それでもいいと志貴は思った。

受け取った婚姻届に、志貴も自分の名前を書き込む。

これは決意表明だ。

もっと死ぬ気でもがいて、夢を掴むための――

いつか、失敗したときの保証なんて必要ないと、婚姻届を彼女に突き返す日を目標にする。

そのとき、この酔っぱらいは何て言うだろう?

その日から、その婚姻届は志貴の宝物になった――

帰る場所

「おかえり……」

仕事の都合でほぼ一か月ぶりに帰ってきた志貴を出迎えた郁乃の笑顔に、志貴は我慢が出来なかった。

出迎えの言葉の途中で郁乃の手を掴んで引き寄せる。

「え？　ちょ！　志貴君!?」

玄関のドアが閉まったと同時に、郁乃を抱きしめた。驚いた彼女が腕の中で目を丸くしている。吸い寄せられるように、彼女の唇にキスをした。

性急に深いところまで舌を入れて貪《むさぼ》ると、息が苦しいのか郁乃の眉間に皺《しわ》が刻まれる。

——その表情にすら欲情するって言ったら、郁乃はどんな反応をするだろう？

きっと照れて、怒って、真っ赤になる。三歳年上の婚約者は、恋愛に関してはひどく奥手だ。

瞼《まぶた》を閉じて、郁乃が志貴の服をぎゅっと掴む。

慣れないキスに必死に応《こた》えようとしてくれる郁乃が、可愛くて仕方ない。

久しぶりの逢瀬《おうせ》に、馬鹿みたいに興奮している。

仕事でずっと海外にいて、ようやくもぎ取った休暇。志貴はやる気持ちのまま、郁乃の家に帰って来たのだった。

今はモデルの仕事をメインに、駆け出しの俳優としても活動している。ここ数か月は、専属契約をしている海外ブランドのキャンペーンのために、日本と海外を行ったり来たりしていた。

子どもの頃からの夢だった仕事のためとはいえ、郁乃に自由に会えないのは想像以上にきつかった。

メールや電話でまめに連絡を取っていても、生身には敵《かな》わない。

自分でも驚くくらい、郁乃に会いたくて会いたくて、たまらなかった。

だから休みが取れたと同時に、文字通り空を飛んで、この家に帰って来たのだ。

「ん、ん……ちょ！　志貴君！」

「会いたかった郁乃……」

子どもみたいにしがみついてそう言うと、郁乃はちょっと困った顔をしてから抱きしめ返してくれる。

奥手な郁乃の精一杯の愛情表現に、志貴は小さく笑った。

靴を蹴とばすように脱ぎ捨てて、廊下に二人して倒れ込む。

「ちょ、ちょっと！　待って！　志貴君⁉」

赤く染まる郁乃の首筋に吸い付くと、焦った郁乃が背中を叩いて止めようとする。

「志貴君！　待って！　今日は大型の花の仕入れがあったりで、私汗臭い！　それにここ玄関！」

「俺は気にしない」

「いや、気にしようよ⁉　誰か入ってきたら困るよ！」

郁乃の言葉にしぶしぶ体を起こす。昔ながらの近所付き合いが濃厚なこの辺りは、いつ誰が玄関のドアを開けて入ってくるかわからない。

こんなところを見られたら、あっという間にご近所中の噂になる。

普段、家を空《あ》けることの多い自分はともかくとして、ここで暮らす郁乃にはたまらないだろう。

「わかった」

「志貴君⁉」

冷静を装《よそお》い郁乃の手を引いて立ち上がらせた志貴は、玄関の鍵をかけると、彼女を抱き上げた。

焦った郁乃が志貴の首に腕を回してくる。

「一緒にシャワー浴びよう」

「え？　何でそうなるの!?」

「郁乃は汗の匂いが気になるし、俺もシャワー浴びたいから。一緒に済ませれば時間の節約になるだろう？」

「ちょっ、本当に待ってー！」

慌てて色々と訴えている郁乃を無視して、脱衣所に連れ込んだ。

床にそっと下ろすと、首筋まで真っ赤に染めた郁乃が俯《うつむ》いた。

その顔を両手で持ち上げて、もう一度唇を重ねる。

すぐに舌を絡《から》み合わせ、キスを深くする。

郁乃が頭を抱え込むようにして、キスに応じる。

「ふ……う……」

唇を離すと、郁乃がホッとしたように小さく吐息を零《こぼ》して俯《うつむ》いた。顔と言わず、耳朶《じだ》も首筋も真っ赤に染まっている。いまだに慣れない郁乃の仕草が、志貴を余計に煽《あお》った。

「会いたかったのは俺だけ？」

耳元で囁《ささや》くと、ほとんどわからないくらいに郁乃が首を横に振った。

「ねえ、郁乃。教えて？」

「……知ってるくせに」

拗《す》ねた様子で唇を尖《とが》らせる郁乃に、笑みを深めた。

「ちゃんと言葉で言ってくれよ」

ねだる声の甘さに、自分でもびっくりする。それでも郁乃の答えを聞きたくてたまらない。

「俺は郁乃に会いたかったよ。また、忘れられたら困るから、そうなる前に帰って来たんだ」

「意地悪」

郁乃が上目遣いで志貴を睨《にら》みつけてくる。そんな郁乃ににやりと笑って、志貴は彼女の額《ひたい》にキスをした。

好きなのに、たまにどうしようもなく郁乃をいじめたくなる。

今時の小学生だって、好きな子虐《いじ》めなんてしないだろう。

わかっていてもこんなことを言ってしまうのは、最初の出会いを忘れられたショックが、いまだに燻《くすぶ》っているからだ。

自分の人生を変えるほどの出会いだったのに、彼女はそれをあっさりと忘れてしまった。

今も欠片《かけら》くらいしか思い出せないらしい。

それがいまだにちょっと悔しくて仕方なかった。

だから、わざと揶揄《からか》うようなことを言って、確かめたくなる。郁乃がどこまで自分を受け入れてくれるのか。

恋愛は好きになった方が負けとはよく言うが、その通りだと思う。

——多分、俺の方がちょっとだけ多く郁乃のことを好きなのだ。

「……会いたかったに決まってる」

ぽつんと小さく郁乃が呟く。あまりに小さすぎて聞き逃しそうになるけど、はっきりと会いたかったと言われて、単純にも有頂天《うちょうてん》になった。

全身を真っ赤に染めて自分の服の裾《すそ》を掴む郁乃の姿に、たまらない愛おしさが胸を満たした。

「ん……ん」

浴槽に湯が溜まるのを待つ間、キスをしながら郁乃の服を脱がせにかかる。

「自分で……脱げるよ！」

「脱がすの楽しいからダメ。大人しくしてて」

「志貴君！」

抵抗されるのすら楽しんで、彼女の仕事着代わりのシャツを脱がせた。真っ赤に染まる首筋に唇を這《は》わせると、甘い吐息が志貴の耳朶《じだ》をくすぐる。ジーンズからキャミソールの裾を引き出して、直《じか》に郁乃の肌に触れると、小刻みに体が震え出す。

郁乃が志貴のシャツのボタンを外そうと手を伸ばしてくるが、指が震えてうまくいかないらしい。

その間に、志貴は郁乃のブラジャーを外して、彼女の上半身を裸に剥《む》いた。冷気に触れて、郁乃の胸の先端が淡い色に染まりながら硬く凝《しこ》る。

その胸の頂《いただき》を口に含んで転がした。

「あ……や……」

郁乃が背を仰《の》け反《ぞ》らせる。そのタイミングで下着ごとジーンズを脱がせた。

床の上に、二人が脱ぎ散らかした服が山を作る。

唇と指先で郁乃の体の隅々にまで触れて、その形を確かめた。

健康的な白さを持つ郁乃の肌に、いくつも独占欲の証《あかし》である赤い花を咲かせる。

ビービーとアラームが鳴って、浴槽に湯が溜まったことを知らせた。

「お……湯……溜まったよ……」

息を上がらせた郁乃の言葉に、志貴はさっさと自分の服を脱いで一緒に風呂場に入る。

シャワーの湯がかかる位置に郁乃を立たせて、裸で向かい合う。

「志貴君……」

興奮に濡れて潤《うる》んだ瞳が見上げてくる。それでいて、目が合った途端、恥ずかしそうに目を伏せた。

恥じらう郁乃はとても可愛いと思う。自分だけが知っている郁乃の顔だ。

シャワーコックを捻《ひね》って湯を出し、郁乃の体を丁寧に洗い流す。

「ふ……やぁ……だめ……」

「何がダメ？　体を洗ってるだけだよ？」

手にボディソープをつけて、郁乃の体に這《は》わせていく。そのぬるりとした感触に、郁乃が泣きそうな顔をする。

志貴が郁乃の体に触れていくうちに、その肌が熱を上げていくのがわかった。

「う……そつき……」

郁乃が抵抗しないのをいいことに、胸の頂《いただき》を指先で擦って捻《ひね》り上げたり、脚の付け根の秘めやかな部位に執拗《しつよう》に触れたりした。

「だ……め……だってば！」

そのたびに郁乃は甘い声で喘《あえ》ぐ。浴室に反響する声が、志貴の情欲を煽《あお》った。

崩れそうな郁乃の体を、タイルの壁に押さえつけて支える。密着した肌の感触が気持ちいい。

シャワーを浴びているだけでのぼせそうだった。湯の温度を少しだけ下げて、郁乃の体の泡を丁寧に洗い流す。

そうして、二人で湯に浸《つ》かった。背後から抱き抱《かか》えるようにして、浴槽の中に座る。こちらを振り向いた郁乃が、志貴の唇に自分からキスを仕掛けてきた。すぐにそれに応《こた》えて口づけを交わしながら、志貴は郁乃の秘所に指を潜《もぐ》り込ませる。その場所は湯だけではない蜜に濡れて、志貴の指をすんなりと受け入れた。ぬかるんだ秘所に指を出し入れするたびに、郁乃は甘い声を上げて体を仰《の》け反《ぞ》らせ、志貴に体を押し付けてくる。

びくびくと体を戦慄《わなな》かせて、全身で快楽を訴えてきた。

指を呑み込んだ場所は快楽に蕩《とろ》け、二本、三本と指を増やしても柔軟に受け入れていく。

郁乃の柔らかな体を抱きしめて、首筋や、耳朶《じだ》に舌を這《は》わせ、最後に震える唇をキスで宥《なだ》める。

「し……き……くん……」

郁乃に名前を呼ばれるのが好きだ。もっとその声で名前を呼んで欲しいと強く願った。

「や……あ……ん」

花芽を指の腹で押し潰し、胎の奥を指で刺激すると、郁乃の秘所がうねって指を締め付ける。まるでもっと直接的な繋がりが欲しいと訴えるようだ。

「やぁ……も……う……もう……！」

「どうしてほしいの？」

郁乃が何を望んでいるかわかっていても、わざと意地悪に耳朶《じだ》を食《は》んでとぼけてみせた。

「ほしいの……志貴……君……が……！」

泣いて淫《みだ》らな願いを口にする郁乃に、渇いた心が満たされる。

「よくできました」

そう言うなり、浴槽の中で郁乃の体の向きを変えた。抱き合う格好になり、郁乃が志貴の首に腕を回してバランスを取る。

「このまま中に入ってもいいの？　ゴム持ってきてないけど」

郁乃が濡れた目を見開く。絡《から》んだ視線に、志貴はにやりと笑った。

「……このまま一番奥でイっていい？」

「この状況……で、それは……ず……る……ぃ」

「うん。ごめん。でも、このまま郁乃の中に入りたい」

秘所に先走りに濡れた剛直を擦りつける志貴に、郁乃は全身を鮮やかに赤く染めた。

そして困惑した顔で志貴を見つめてくる。

「郁乃が決めて？」

「え……う……無理……！」

うろたえた様子で立ち上がろうとした郁乃の腰を抱いて、それを阻《はば》む。

「郁乃」

年下のずるさ全開で名前を呼ぶ志貴に、郁乃は視線をうろつかせる。やがて小さく息を吐いて、抵抗をやめた。

「うー」

一言唸《うな》って郁乃が志貴に手を伸ばし、ぎゅっと抱きついてくる。

「責任、ちゃんと取ってよ？」

耳朶《じだ》にぽそりと囁《ささや》かれる。

「喜んで」

きっと今の自分の顔はひどくだらしない顔をしているだろう。それくらい幸せだと思った。

首筋に抱きついた郁乃が、唇を重ねながらゆっくりと腰を下ろして、志貴を受け入れていく。

「あぁ……んん！」

温かくぬかるんだ場所に迎え入れられ、それだけで爆発しそうになるのを何とか堪《こら》える。

けれど、志貴が我慢出来たのはそこまでだった。

「ごめん。郁乃」

形だけ謝って、本能のままに腰を突き上げる。派手な水音を立てて風呂の湯が撥《は》ねた。

郁乃が必死にしがみついて、腰を揺らめかせる。

互いに、淫《みだ》らに腰を絡《から》み合わせ、快楽の頂《いただき》を目指した。

きつくひそめた眉と掠れる声。快楽に耐える苦しそうな顔。どうしようもなく体が昂《たかぶ》っていく。

——気持ちよすぎて、頭がおかしくなりそうだ。

「郁乃、イキそう？　イっちゃう？」

「う……ん……いぃ……の……いっちゃ……う」

うわごとのように志貴の言葉をなぞる郁乃が、額《ひたい》を肩に押し付けてきた。

郁乃は湯と汗で滑る体を、志貴の腰に脚を回して固定する。

体を密着させて甘えるみたいに額《ひたい》を擦りつけられた。湿った吐息が肩口をくすぐり、ぞくりとする。

「んっんん！　あぁ……あ……だめ！」

震える細い背中を撫で下ろせば、華奢《きゃしゃ》な体がびくびくと激しく踊って、高い声を上げた。

縋《すが》りついてくる指に力が入って肩に爪を立てられた。

その痛みすら、快感に置き換えられていく。

「ん……も……も……い……くぅ……」

そう言って、郁乃の中がきつく柔らかく収縮した。

甘い陶酔《とうすい》にくらりとして、志貴は奥歯を噛みしめる。

しかし、郁乃の腹の奥が熱くうねって、精を搾《しぼ》り取ろうと剛直を締め付けた瞬間――

凄《すさ》まじいまでの快感に、志貴は最奥《さいおう》へ熱を放った。

無意識に首を振り逃げようとする郁乃の肩を強く掴んで、押さえつける。

熟《う》れた粘膜に馴染《なじ》ませるみたいに腰を揺すり上げ、志貴は郁乃の中へすべてを出し切った。

ゆっくりと余韻を楽しみながら、ゆるく動いて昂《たかぶ》る体を落ち着かせる。

「あ……つい……」

とろりと蕩《とろ》けた声が、耳朶《じだ》を打つ。ぐったりと脱力した体が凭《もた》れかかってきた。

「郁乃？」

名前を呼んで顔を覗《のぞ》き込むと、ぼんやりとした目が見つめ返してくる。何もかも預け切った表情に、胸の中に愛おしさが溢《あふ》れて、唇を重ねた。

まだ呼吸の整わない薄い背中を撫でていると、それだけで郁乃の体は過敏に反応して、びくびくと震える。感じ入ったため息が、志貴の肌を濡らした。

しばらくの間、二人の乱れた呼吸音だけが浴室に満ちる。

「大丈夫？」

問いかけにそっと薄く目を開けた郁乃が、恥ずかしそうに肩を竦《すく》めて笑った。

「あんまり大丈夫じゃないかも……のぼせそう……」

「確かに」

郁乃に同意して、のぼせる前にその体を抱き上げて浴槽の縁に座らせる。下から郁乃の顔を覗《のぞ》き込むと、額《ひたい》をこつりと合わされた。

「おかえりなさい」

「え？」

「さっきちゃんと言わせてくれなかったから……」

おかしそうに笑いながらそう囁《ささや》く郁乃の言葉に、胸の奥がふわりと温かくなる。

「……ただいま」

「うん。おかえりなさい」

にこりと微笑む郁乃の顔に、自分が帰ってきたことを実感する。

この顔が見たくて、この声が聞きたくて、触れたくて、たまらなかった。

離れていた時間を埋めるような性急で濃密なセックスのあと、交互にシャワーを浴びて浴室を出た。

郁乃の部屋の小さなベッドに、二人で体を寄せ合って横になる。志貴の腕に頭を預けた郁乃が呟いた。

「ベッド買い替えないとダメかなー」

「ん？」

長い髪を梳《す》いていると、郁乃が見上げた。

「このベッドだと、さすがに志貴君と二人で寝るには狭いから」

くすりと笑った郁乃の言葉に、「ああ」と頷く。

一階の和室に布団を敷いて寝るときはあまり気にならなかったが、確かにこのシングルベッドに二人で寝るのは、狭すぎるかもしれない。

「お父さんがね」

「うん」

「家を、好きにしていいって言ってるんだけど、志貴君どうしたい？」

「え？　どういう意味？」

郁乃の言葉の意味がわからず首を傾《かし》げる。

志貴は体勢を変えて、仰向けになった体の上に郁乃を引っ張り上げた。

「お父さん、やっぱり向こうから当面帰って来れないみたいだから、私たちが結婚するならこの家を譲るって言ってくれてるの。弟たちも好きにしたらいいって。だから、どうしたい？　他に部屋を借りる？」

郁乃は志貴の胸に手をついて体を起こすと、顔を覗《のぞ》き込んだ。

「お義父《とう》さんたちが許してくれるなら、俺はこの家で郁乃と一緒に暮らしたいな」

「いいの？　ここおじいちゃんが建てた家だから結構古いし、いつ誰が帰って来るかわかんないよ？」

「うん。でもここがいい」

きっぱりと答えると、郁乃が不思議そうな顔をしながら胸の上に倒れ込んできた。その腰に腕を回して、抱きしめる。

この家は郁乃の言う通りちょっと古い。だけど、郁乃が大切に慈《いつく》しんで管理してきたせいか、築年数の割に傷《いた》みが少なかった。

ここは郁乃が生まれ育った家だ。

そこかしこに郁乃や、彼女の弟たちの気配が色濃く残っていて、ひどく温かい。

志貴は、この家が好きだった。

長く仕事で離れているとき、郁乃を想って帰りたいと思い浮かべる場所は、いつだってこの家だった。いつの間にか、すっかりここが帰る場所になっていたことに気付く。

自分の帰りたい場所になっている――

仕事がきつくて辛いときも、郁乃がこの家で待っていてくれると思えば、頑張れる気がした。

「俺、この家が好きだよ」

「そう？」

「うん。縁側あるし、小っちゃいけど庭もあって、家庭菜園するのも楽しい」

「志貴君、ほんと縁側好きだね」

くすりと郁乃が笑う。

「憧れだったからな。でも、縁側だけが理由じゃないよ。この家はすごい居心地がいいんだ。郁乃が待っていてくれるっていうのが一番の理由だけど、ここに帰って来るとホッとする。無理にかっこつけなくていいし、素の自分に戻れる感じがするんだ」

「普段は無理にかっこつけてるの？」

悪戯《いたずら》っぽい眼差《まなざ》しで郁乃が質問してくる。

「仕事柄、ときには無理することもあるよ。だから、郁乃の傍に帰って来るとホッとする。ここでは俺はモデルでもなく、俳優でもない。郁乃が好きな一人の男でいられる。そういう場所があるってことは、俺にとっていい意味で活力になってる」

「……嬉しいな」

ため息のように呟く唇にキスをする。腕の中に囲ったぬくもりに、愛おしさが溢《あふ》れて微笑む。

「皆が許してくれるなら、結婚してもここに住みたい」

「うん」

「それで、たまに結人や肇、紡さん、おまけで藤岡さんたちと一緒にご飯食べたり、飲んだりしたい」

「賑《にぎ》やかすぎて嫌にならない？」

「まさか。楽しいよ。俺、一人っ子だったから兄弟に憧れてたし。郁乃のおかげで三人も義弟が出来たし、一応兄貴分もできたから嬉しい」

「だったらいいけど……」

ふわりと郁乃が微笑んだ。夜の薄明りの中、その笑顔はあまりに柔らかで、優しく見えて、志貴は自分がひどく満たされていることに気付く。

こうして二人で未来について話し合って、ちょっとずつ色々なことを決めて、家族になっていく。

思い描く未来にとてつもなく大きな幸福感を感じて、志貴は郁乃を抱きしめる腕に力を込めた。

この家が――郁乃の傍が、俺の帰る場所だ――

書き下ろし番外編

花降る夏の空の下

『人気モデルで俳優のＳＨＩＫＩさんが一般女性との結婚を、所属事務所を通じて発表されました』

テレビから聞こえてきた朝の情報番組の司会者の声に、郁乃は思わず顔を動かそうとした。

「もう！　郁ちゃん！　動かない！　あと少しなんだから！」

「ごめんなさい」

怒った佳代が郁乃の顔を正面に戻す。郁乃は大人しく目を閉じて、佳代にされるがままになった。その間も、報道は続いていて、郁乃は耳を澄ませて、続きを聞く。

『ご本人からのＦＡＸを読み上げます。「日頃より応援してくださる皆様並びに関係者の皆様へ。私事ではありますが、この度かねてより交際していた女性との結婚をご報告させていただきます。世界のどこにいても、私が帰る場所だと思える女性です。彼女と一緒に過ごす時間は、自分が一番自分らしくいられることに気づき、家族になりたいと申し出ました。これからは彼女と笑いの絶えない家庭を築いていきたいと思います。仕事に関してもこれからより一層精進してまいります。今後ともご指導ご鞭撻《べんたつ》のほどよろしくお願い申し上げます」ＳＨＩＫＩさんお幸せに』

――何度聞いても恥ずかしいなー。

報道の内容に、郁乃は内心でくすりと小さく笑う。

「愛されてるわねー、郁ちゃん」

まるで郁乃の心の声が聞こえたように佳代が声をかけてくる。佳代の指が止まったので、郁乃はやっと目を開けられた。

佳代が微笑ましいといわんばかりの表情で、郁乃を見下ろしていた。

「世界のどこにいても、自分が帰る場所ってなかなか言えないセリフだと思うわよ？」

その言葉に郁乃は耳朶《じだ》が熱くなるのを感じた。

「ただ単に志貴が気障《きざ》なだけじゃん！」

二人の声が聞こえたのか、居間でテレビを見ていた結人が不服そうに声を上げる。

「はいはい。シスコンの子の意見は聞いてないわよー」

「佳代さん‼」

ころころと笑う佳代に軽くあしらわれて、結人は不満そうに唇を尖《とが》らせる。

「それより結ちゃん。郁乃ちゃんの出来を見てちょうだい。どう？　私の腕もなかなかのものでしょう?」

佳代の言葉に、寝転がってテレビを見ていた結人が起き上がり、郁乃たちのもとにやってくる。まじまじと郁乃を見つめた結人の顔が輝く。

「うわー佳代さんさすが! 姉ちゃん、すっごく綺麗だよ!」

結人が感激したように声を上げた。しかし、鏡がない郁乃は自分がどうなっているのか、さっぱりわからない。

「ふふふ……そうでしょう? もっと褒《ほ》めて!」

「佳代さんに任せてよかったよ!」

「え、私も見たい!」

盛り上がる二人に、我慢できなくなった郁乃が声を上げる。

「そうだったわね。はい、どうぞ」

佳代が郁乃に手鏡を渡してくれる。郁乃は恐る恐る手鏡を覗《のぞ》き込んだ。

そこに映るのは、佳代の手によって丁寧に化粧をされた自分だった。普段はほとんどすっぴんでいるだけに、なんだか見慣れずに郁乃はまじまじと鏡を覗《のぞ》き込む。

髪も佳代が結ってくれたのだが、後ろでゆるふわっとシニョンにされ、この日のために藤岡がわざわざ手作りしてくれたドライフラワーの髪飾りが品よく飾られている。

美人と自惚《うぬぼ》れるほどではないが、今までの人生で一番綺麗になっていると思えた。

「どう郁ちゃん？　気に入った？」

「うん。ありがとう」

「さあ、化粧も終わったし、結ちゃん。うちの母さんを呼んできてくれる？　郁ちゃんの着付けをするから」

「はーい。希子さーん！　姉ちゃんの化粧が終わったよー」

素直に返事した結人が、食堂で茶を飲んでいる希子を呼びに行く。

待つほどもなくやって来た希子が、にこにこと笑みを浮かべて、「郁乃ちゃん、綺麗よ」と笑う。

「さあ、じゃあ、着付けしましょうかね」

腕まくりした希子と佳代の視線が、押し入れの前に置かれた大衣桁《おおいこう》に向けられた。そこには郁乃の母が結婚式のときに着た白無垢《しろむく》が掛けられている。

今から郁乃はその白無垢《しろむく》を二人の手で着付けてもらうことになっていた。

今日は郁乃と志貴の結婚式だ。母が遺してくれたこの白無垢《しろむく》を着て、郁乃は志貴に嫁《とつ》ぐ。

郁乃は母親代わりである二人の女性たちに手伝ってもらい、花嫁衣装を身に纏《まと》う。

あと少しで出来上がるといったところで、玄関のドアが勢いよく開かれる音が聞こえてきた。

「郁ちゃーん！　来たよー！」

元気な男の子、二人の声が聞こえてきて、郁乃は目を細める。

とたとたと軽い足音を立てて和室に走り込んできたのは、肇のところの双子だった。

「うわー郁ちゃん、綺麗!!」

ユニゾンで揃った声に、郁乃は微笑む。甥《おい》っ子二人が目をキラキラさせて郁乃を見ていた。

「ありがとう。蒼汰《そうた》も朱人《あやと》もかっこいいよ」

子ども用のスーツに花を飾った双子は、郁乃の褒《ほ》め言葉に照れくさそうに笑った。

「おおー馬子《まご》にも衣装だな」

双子たちの後ろから顔を出した肇の第一声に、「もう！　素直に褒《ほ》めなさいよ！」とたしなめる声と共にバシンといい音が響き渡った。背中を叩かれた肇が、顔を顰《しか》める。

「いてー！　そんなに強く叩くことねーだろ！」

後ろを振り返った肇が、嫁の舞花に文句を言う。

「こんな日くらいちゃんと素直に、お義姉《ねえ》さんを褒《ほ》めない肇君が悪い！」

そう言って舞花が郁乃の方を振り返った。

「お義姉《ねえ》さん。おめでとうございます！　本当に綺麗です！」

「舞花ちゃん。いらっしゃい。ありがとう。もう少し待っててね」

「もちろん！」

打掛《うちかけ》を羽織らせてもらい、懐剣《かいけん》と末広を帯の間に差し込んでもらう。

「さあ、出来たわよ！」

言われて、郁乃は自分の姿を見下ろす。綺麗に着付けてもらって、郁乃の胸にも感慨が込み上げる。

「早苗もこの姿を見たかったでしょうね」

佳代と希子の瞳に涙が浮かぶ。郁乃の目の奥も熱くなる。けれど、ここで泣いてしまったら、せっかくの化粧が崩れてしまう。奥歯を噛んでぐっと堪《こら》える。

「ただいま」

「お邪魔します」

そのタイミングで、玄関からは紡とそのパートナーのアランの声が聞こえてきた。

二人も真っ直ぐに和室にやって来た。

「姉さん。綺麗です」

「郁乃！　ビューティフル！」

素直に感嘆の眼差《まなざ》しを向けてくる次男たちに、泣きそうだった郁乃の心が解《ほぐ》れる。

むしろ照れくささが湧き上がってくる。

「ほら！　肇君も紡君を見習いなよ！　素直に褒《ほ》めなさいよね！」

舞花に注意されて、肇は辟易《へきえき》した様子で「へいへい。俺が悪かったよ」と謝っている。

「それで、結人、親父は？」

居間からスマートフォンで郁乃の写真を無言で撮りまくっていた結人は、いったん写真を撮る手を止めた。

「仏間の母さんの写真の前でずっと泣いてる」

「ったく、あのダメ親父は……！」

結人の返答に呆れたように顔を顰《しか》め、肩を回した肇が仏間に向かった。

「うわー肇！　落ち着け！　話せばわかる！」

「話したってわかんねーだろうが！　さっさと来い！　このダメ親父！」

賑《にぎ》やかな声と共に、肇に襟首《えりくび》を掴まれて引きずられるように父がやって来た。

父の顔は結人が言う通りに泣いていたのがはっきりとわかるほど、瞼《まぶた》が腫《は》れていた。

「……郁乃。綺麗だ。早苗に見せたかった!!」

しかも、郁乃の花嫁姿を見た途端に、涙腺が壊れたように涙が滂沱《ぼうだ》と流れだした。

呆れたようにため息をついた結人が父の顔を、ティッシュで乱暴に拭《ぬぐ》い出した。

「父さん、しっかりしてください」

紡がそんな父の背中を苦笑しながら叩く。郁乃は笑いながら、佳代と希子の手を借りて、その場に座り三つ指をつく。

「これまでありがとうございました。今日はよろしくお願いします」

頭を下げた郁乃に、中西家の男たちはひどく慌てたような顔をして、背筋を正した。

「お前には迷惑ばかりかけた。幸せになってくれ」

泣きながらの父の言葉に、弟たちが続く。

「幸せになれよ！」

「姉さん、どうかお幸せに。志貴君なら姉さんを安心して任せられます」

「姉ちゃん！　幸せになってね！　志貴が浮気したら、肇兄ちゃんに懲《こ》らしめてもらおうね！」

「結人！　お前はこんなときまで、俺任せかよ！」

呆れた肇の突っ込みで締めくくられる。なんとも中西家らしい雰囲気に、郁乃はくすりと小さく笑う。それなりに緊張していた心が解《ほぐ》れた。

「さ、時間も時間だし、そろそろ神社に向かいましょう！　志貴君も向こうで待ちくたびれているわよ！」

佳代の音頭に中西家は一家揃って移動を開始する。

「郁ちゃん！　おめでとう！」

外に出た途端、近所の人々の温かい声に迎えられた。祝福の花が近所の人々から郁乃に向かって降り注ぐ。その優しい光景に、再び郁乃の鼻の奥がツンと痛む。

郁乃は父と一緒になって丁寧に周囲に頭を下げた。たまに鬱陶しいと思うこともある下町ならではの繋がりが、今はただ郁乃の胸に温かさをもたらした。

タクシーが迎えに来て、郁乃と父は同乗し、式場になっている近所の神社に向かう。

弟たちや佳代たちはそれぞれの車やタクシーで後を追ってくる。

「郁乃もついに結婚か……お前には本当に苦労ばかりかけたな」

隣に乗った父がぽそりと呟いたのに、郁乃は苦笑する。

母が亡くなって、早々に海外に逃げてしまった父——恨みはない。そうしなければ生きていけないほどに、父が母の死に耐えられなかったことは理解している。

あのときも今も、父が生きていてくれればそれでいいと思っている。

「あっという間だったな。肇も結婚して、もう双子の父だ。紡もパートナーを見つけて幸せに暮らしてる。郁乃も結婚か。結人もすぐに相手を見つけるんだろうな。子どもが育つのはあっという間だな……」

後悔が滲《にじ》むその声に、郁乃はそっと父の手を握った。

「次は孫の子育てが待ってるわよ。その時は遠慮なくお父さんの力を借りるつもりだから、覚悟しておいてね」

「郁乃！　まさか！」

父が焦ったように郁乃の腹部に目を向ける。

「残念ながらまだよ。でも、これからは迷惑かける気満々だから覚えておいてね」

「……ありがとう」

うつむく父の手を握ったまま郁乃は前を向く。ほどなくしてタクシーは今日、結婚式を挙げる予定の神社に到着した。郁乃は父や佳代の手を借りて、タクシーを降りる。

神社の入り口には待ちきれない様子の志貴と藤岡が待っていた。

「郁乃！」

郁乃の姿を見つけた志貴が、大きく手を振った。志貴の両親は、いまだに芸能の仕事についた息子を許しておらず、断絶が続いている。結婚の報告はしたが、式には参列しないらしい。志貴本人は全く気にしていない。子どもの頃から両親とはあまり良い関係を築けてはいなかったから、当然のように受け止めている。今日、彼の両親の代わりに、藤岡が付き添いをしていた。

郁乃と父のもとに二人が歩み寄ってくる。間近に迫る羽織袴《はおりはかま》の志貴に郁乃は見惚れた。今日は自分なりに人生最高に綺麗にしてもらったと思ったが、彼には負ける。

——横に並ぶの辛いかも？

苦笑しながらそう思う。プロのモデルの彼と勝負する気は端《はな》からないが、これは勝負以前の問題だった。志貴がその目を眩《まぶ》しそうに細めた。彼の顔が赤く染まる。

「綺麗だ。郁乃……」

うっとりと呟く志貴に、郁乃の顔も熱くなる。今日、何度目かわからない言葉だけど、何よりもすとんと郁乃の胸に落ちた。素直に嬉しいと思った。

「ありがとう」

微笑めば、志貴が少年のような笑みを浮かべて、郁乃に手を差し出した。

「志貴君。娘を、郁乃を頼む。私はこの子に迷惑だけをかけてきた。その分、君が幸せにしてやってくれ」

父が志貴に頭を下げた。志貴も神妙な顔で、頭を下げる。

「郁乃さんを絶対に幸せにします」

その宣言に、再び父の瞳が潤《うる》みだす。「お父さん、泣くのはもう少し後にして」と郁乃が声をかければ、父が慌ててハンカチで目頭を押さえた。

「郁乃」

藤岡に名前を呼ばれて振り向くと、彼が手にしていたブーケを郁乃に渡してくれた。

この日のために藤岡が丁寧に作り上げてくれたブーケは、真っ白い胡蝶蘭《こちょうらん》を基調にした美しいものだった。藤岡の願いが込められたブーケを郁乃は受け取る。

「幸せになれよ」

「ありがとう。泰兄もね。彼女を逃がしちゃだめよ?」

今日、この結婚式に参列してくれる、藤岡の婚約者になった女性の方に視線を向ける。彼女が郁乃に向かって、温かい笑みを向け、小さく手を振ってくれた。

北海道で学芸員をしていた彼女と、藤岡は美術館の作庭をきっかけに知り合ったらしい。藤岡の猛アタックの成果で、今年のゴールデンウイークにめでたく婚約と相成《あいな》った。

いつもは厳《いか》めしい顔をしている藤岡が、彼女の前だと見たこともないくらいに柔らかな表情を浮かべることに、郁乃は心ひそかに安堵を覚えている。

家族が全員揃ったところで、巫女《みこ》に先導されて、参道に敷かれた赤い絨毯《じゅうたん》の上を志貴と郁乃が先頭になってゆっくりと神殿に向かって進む。

子どもの頃から見慣れているはずの神社が、今日はやけに荘厳《そうごん》に見えて、郁乃は不思議な気持ちになる。

「どうした？」

本殿に上がる直前に、一瞬だけ足を止めてもう一度見上げた郁乃に、志貴が心配そうに声をかけてくる。

「……晴れてよかったなって思って……」

今の気持ちをどう言い表したものかと迷い、天気の話にすり替える。

「そうだな。本当に雲一つないくらいに晴れてるなー」

志貴も空を見上げて笑う。

「俺、基本的に晴れ男なんだよね。大事な行事で雨に降られたことない」

「あー、なんかわかる気がする」

ニッと笑う志貴に、郁乃は頷く。普段通りの志貴の様子に、郁乃はホッとする。それなりに自分は緊張しているらしいとやっと気づく。

「行こう。皆待ってる。足元に気を付けて」

「うん」

志貴が差し出した手に、自分の手を重ねて本殿に上がる。

本殿の中は、外の暑さとは打って変わって、別世界のような荘厳《そうごん》で静謐《せいひつ》な空気が満ちていた。

指定された位置まで二人で進み、志貴の手を借りてその場に座る。後ろでは家族たちがそれぞれの席に座った。

神主《かんぬし》が祭殿の前に進み出た。「一同起立」の号令に再びその場に立つ。

参列者の心身を清める修祓《しゅばつ》の儀の後に、神主《かんぬし》による祝詞奏上《のりとそうじょう》が始まる。朗々と響き渡る祭主の祈りの言葉が、若い夫婦の上に降り注ぐ。

今回の結婚式に、ウェディングプランナーは頼まなかった。

郁乃がウェディングドレスではなく、母が着た白無垢《しろむく》を着たいと言ったことをきっかけに、いつも一緒に飲んでいた神社の神主《かんぬし》さんが「じゃあ、うちで式を挙げろ！」と言い、その場で商店街や町の人間に声をかけて、今日の式の形になった。

志貴は「郁乃は本当に町の人に愛されてるよね」と笑って、今日のことを全て受け入れてくれた。彼のモデル仲間などを呼べば騒ぎになりかねないため、後日、本当に仲の良い人たちだけを呼んで、結婚パーティーをする予定でいる。

祝詞奏上《のりとそうじょう》が終わり、二人の手元に朱塗りの杯が手渡される。酒が注《つ》がれる間、郁乃の指が緊張で震え出した。そこそこ度胸はあるほうだと思ったのに、そんな自分に驚く。

そっと窺《うかが》うように隣を見ると、志貴もこちらを見た。目が合って、志貴が柔らかに笑う。こんなときだからその笑みに、救われるように郁乃の指の震えが止まった。

大丈夫と笑う志貴に、安心して郁乃も微笑みを浮かべた。

二人で微笑み合って交互に杯を干す。

志貴が堂々とした声で誓詞《せいし》を読み上げるのに合わせて、郁乃も神様に自分たちが夫婦になったことを奏上《そうじょう》する。

一つ一つの儀式に緊張しながら、それでもなんとか失敗せずにこなせたのは横にいる志貴のおかげだろう。何かあればすぐに気づいてこちらを振り返ってくれる。

そのことがこんなにも頼もしいのだと、初めて知った。

この先もこういう風に生きていきたいと郁乃は思った。

志貴が振り返るときは郁乃が隣にいて、郁乃が気づいてほしいときは志貴が振り返ってくれる。この先も一緒に、支え合って生きていきたい。

玉串を捧《ささ》げ、二拝二拍手一礼する。巫女《みこ》が結婚指輪を持ってくる。

リングケースから志貴が指輪を取り出して、郁乃の左手の薬指にはめた。

「照れるな」

ぼそっと志貴が呟いた。見上げた顔はやっぱり見惚《みと》れるくらい綺麗だった。その顔がうっすらと赤く染まっている。幸せそうに笑う志貴を見て、郁乃の胸にくすぐったい幸福感が満ちる。

「そうだね」

郁乃も志貴の指輪を取り上げて、彼の指にはめた。

二人で手を繋いで本殿の外に出る。

夏の日差しが目を射る。眩《まぶ》しさに目を細めて空を見上げた。

その郁乃たちの視界に花が降ってくる。

「おめでとう!!」

いつの間にか集まっていた商店街の人間や近所の人たち、家族が花籠《はなかご》を手に郁乃たちに祝福の花を投げてくる。まるで夢みたいに美しい光景だった。

手を繋いだ志貴の手に力が籠《こも》った。志貴がこちらを見る。

「郁乃」

「ん」

「俺たち幸せだな」

「うん」

頷き合って二人は微笑み合う。

きっと自分は一生忘れない。この日見た、花降る夏の青空を――

漫画：小川つぐみ《Tsugumi Ogawa》　原作：桜 朱理《Syuri Sakura》

「君に私の子どもを産んでほしい」ある日、上司の遠田からそう告げられた秘書の咲子。それは、彼の跡継ぎを産むための大それた取引の打診だった。呆れかえる咲子だけど、ふと「一度だけ、女として愛されてみたい」と願ってしまい、取引に応じることに。これは、お互いの望みを叶えるためだけの行為。それなのに、遠田の熱い視線と甘く濃密な手管に、否応なく心を絡めとられて……？

B6判　定価：704円（10%税込）　ISBN 978-4-434-30862-8

本書は、2019 年 6 月当社より単行本として刊行されたものに、書き下ろしを加えて文庫化したものです。


この作品に対する皆様のご意見・ご感想をお待ちしております。

おハガキ・お手紙は以下の宛先にお送りください。

【宛先】

〒 150-6008 東京都渋谷区恵比寿 4-20-3 恵比寿ｶﾞｰﾃﾞﾝﾌﾟﾚｲｽﾀﾜｰ 8F
（株）アルファポリス　書籍感想係

メールフォームでのご意見・ご感想は右のＱＲコードから、
あるいは以下のワードで検索をかけてください。

アルファポリス　書籍の感想　検索

ご感想はこちらから

エタニティ文庫

結婚《けっこん》詐欺《さぎ》じゃありません！

桜《さくら》朱《しゅ》理《り》

2023年2月15日初版発行

文庫編集－熊澤菜々子
編集長 －倉持真理
発行者 －梶本雄介
発行所 －株式会社アルファポリス
〒150-6008 東京都渋谷区恵比寿4-20-3 恵比寿ｶﾞｰﾃﾞﾝﾌﾟﾚｲｽﾀﾜｰ8F
TEL 03-6277-1601（営業） 03-6277-1602（編集）
URL https://www.alphapolis.co.jp/
発売元－株式会社星雲社（共同出版社・流通責任出版社）
〒112-0005 東京都文京区水道1-3-30
TEL 03-3868-3275
装丁イラスト－白崎小夜
装丁デザイン－ansyyqdesign
印刷－株式会社暁印刷

価格はカバーに表示されてあります。

落丁乱丁の場合はアルファポリスまでご連絡ください。

送料は小社負担でお取り替えします。


ISBN978-4-434-31611-1 C0193